名探偵のままでいて

小西マサテル

宝島社文庫

宝島社

[目次]

名探偵のままでいて

第一章／緋色の脳細胞

1

今朝は青い虎が入ってきたんだ、と楓《かえで》の祖父はいった。

「どうやってノブを廻《まわ》したんだろう。器用なものだね」

祖父は、虎が書斎に入ってきたことよりも――そしてその身体《からだ》が青色の体毛に覆われていたということよりも、その虎が玄関の扉を開けて入ってきたことのほうに驚いているようだった。

「噛《か》まれなくて良かったじゃない」

楓は、あえて軽口をたたいてみせた。

内心では、せっかく起きてるのにまたそんな話か、と少しばかり落胆する。

週に一度ほどの訪問だが、祖父はほぼ寝ているのが常だった。

かといってたまに起きていても幻視《げんし》の話ばかりだ。

そして楓が帰るまでそうした話に終始し、まともな会話が成立しないのである。

それでも楓は素直に〝青い虎の話〟に耳を傾け、何度も相槌《あいづち》を打ってみせた。

実家でもある祖父の家で過ごすひとときは、かけがえのない時間だと思えたからだ。

「それで虎はね――」と祖父は、前脚を交差させる歩き方の真似《まね》をした。

「立ち去るとき、実に幸せそうな笑顔を見せたんだよ」

「虎が笑ったの？」

あぁ……まただぁ、と心の内で苦笑いする。

現実にはあり得ない幻視の話なのに、また本気で聞き入っているではないか。

そう――最初は熱心に聞いている〝ふり〟をしているにもかかわらず、祖父の語り口が余りに巧みなせいか、いつも我知らずその世界に引き込まれてしまうのだ。

そして今日などは、書棚のどこかの本の挿絵から本当に青い虎が飛び出してくるような錯覚さえ覚えるのだった。


語るだけ語って満足したのだろう。

祖父の両の瞼《まぶた》が、ゆっくりと閉じていく。

日がな一日、祖父はこの部屋の電動式のリクライニング・チェアーに座っている。

長身痩軀《そうく》の祖父に合わせて大きめのサイズを選んだのだが、想像以上に座り心地が良かったらしく、ほとんど椅子から離れないようになってしまったのは大きな誤算だった。

傍らのサイドテーブルには、移動に欠かせない木製の杖《つえ》が立てかけられている。

だが、杖を勧めてくれたケアマネージャーからは、用を足すときはお使いになるのに本棚から本を選ぶときは面倒くさがってまるで使ってくださらないのよ、転倒が心配だわ、とため息まじりの愚痴を聞かされていた。

（今でも本が好きなんだ。でもおそらく内容は――）

ほとんど頭に入ってきていないんだろうな、という寂しい想像がよぎる。

本で埋め尽くされた書斎に、饐《す》えたインクの香りが漂う。

それは、楓が好きな神保町《じんぼうちょう》の古本屋街を思い起こさせた。

気付くと窓から差す木漏れ日が迷彩模様となり、祖父の寝顔に落ちていた。

高い鼻梁《びりょう》と目尻に刻まれた皺《しわ》が、七十一歳だというのになぜだかしみがまるでない顔の上に複雑な陰影をかたどっている。

昔に比べると顎や頬の肉は削《そ》げ落ちているが、それが逆に彫りの深さを際立たせていた。

広い額の真ん中から分けられた毛量たっぷりの長髪は、七割ほどの白髪が残りの黒髪とグラデーションを成していて、これまた古代ローマのコインに彫られた皇帝のような立体感を醸し出している。

孫娘目線という贔屓目《ひいきめ》を抜きにしても、堂々たる容貌に思えた。

（モテたんだろうな、きっと）

楓は、ずり落ちていたブランケットを祖父の細い首元までそっと掛け直した。

掃除を終え、石鹸《せっけん》の香りの抗菌スプレーを書棚の本に当たらないように注意しながら噴霧すると、もう理学療法士がリハビリのためにやってくる時間になっていた。

この抗菌スプレーは、単に部屋を清潔に保っておくためだけにあるのではない。

祖父は頻繁に、蚊のようなたぐいの小さな虫の幻覚を見る。

そうした場合、即席の〝殺虫剤〟の代わりにもなるのだ。

(じゃあね、おじいちゃん)

(――また来るね)

書斎の扉の脇には、亡き祖母から譲られたかたちとなっている鏡台があった。

経年劣化ならぬ経年進化とでもいうのだろうか。

鏡台の木目には積み重なった時間が複雑な色合いの化粧となって塗りこめられており、それが格別の味わい深さを醸し出していた。

楓は鏡台の引き出しからへアブラシを出し、さっと髪を整え鏡を見て顔を作る。

(笑え)

かつては重厚な樫《かし》の木《き》製だった書斎の扉は、そのうち祖父が車椅子に頼らざるを得なくなるときに備え、スライド式のそれにリフォーム済みだった。

楓は音を立てないようにそっと扉をスライドさせながら、碑文谷《ひもんや》の祖父の家を後にした。

2

帰路、東横《とうよこ》線に揺られながら車窓に目を移すと、まるで表情のない顔が映じていた。

せっかく作った笑顔だったが、もうそのかけらさえ残っていない。

すでに空は薄めの口紅をひいたようにたそがれていた。

秋口とあって積乱雲は姿を消し、さまざまなかたちの雲が点在している。

楓の胸に、ふと、祖父との記憶が去来した。


二十三年前、四歳の楓。

縁側で彼女は祖父の胡坐《あぐら》に乗っかりながら、茜色《あかね》に染まる空を見つめている。

祖父が、知性を漂わせる澄み切った双眸《そうぼう》から視線をひざ元に落とす。

「楓。あの辺りの雲は、それぞれなにに見えるかい。それらをすべて使って、ひとつのお話を作ってみなさい」

今思えば、落語の三題噺《さんだいばなし》だ。

楓の想像力の羽をはばたかせようとしたのか——

あれは祖父なりの情操教育のつもりだったのだろう。

楓は間髪をいれずに答える。

「あのくもは、ちっちゃいおじいちゃん。あっちのくもはね、ひらべったいおじいちゃん。それでね、えっと。いちばんおっきなくもは、おじいちゃんよりもふとったおじいちゃん」

それじゃお話を作れないだろう、といいながらも祖父は相好を崩した。

そして驚いたことには、仕方ないとばかり楓の代わりに『さんにんのおじいちゃん』というタイトルの童話を即興で作ってしまったのだ。

細かいストーリーはよく覚えていない。

だが、食いしん坊の「ふとったおじいちゃん」が砂糖と間違えて世界中の風邪《かぜ》薬を飲んでしまい、さんざん馬鹿にされたものの、結果的には世界一長生きした……というような結末だったことは記憶に残っている。

たぶん、粉末の苦い薬が苦手だった楓への教訓のような意味合いがあったのだろう。

でもなにしろ語り口がとびきり面白いものだから、楓は手を叩《たた》いて喜んだものだ。

「ほら、楓。見てごらん」

空を見上げると、「おっきなくも」――「ふとったおじいちゃん」だけが残っており、「ちっちゃいおじいちゃん」と「ひらべったいおじいちゃん」は文字どおり雲散霧消していた。

話の結末どおりではないか。

あっけにとられた楓は、祖父と、空の「ふとったおじいちゃん」を、きょときょとと幾度となく見比べたものだ。

思えばあのときの祖父は、ひそかに雲の様子を確かめつつ話を紡いでいたのだろう。

そして「ちっちゃいおじいちゃん」か「ひらべったいおじいちゃん」が最後まで残っていたならば、話の展開は大きく変わっていたに違いない。

「ね、おじいちゃん。もっと、かえでにおはなしして。じゃないと――」

幼い楓は上を見上げて、祖父の喉ぼとけのほくろから生えている毛を引っ張った。

すると意外とあっさり抜けてしまったので無性におかしくなり、大笑いした記憶がある。

あのときひょっとしたらわたしは、と楓は思った。

(おじいちゃんの知性の栓を抜いてしまったのかもしれない)

祖父の様子が目に見えておかしくなったのは、ほんの半年前のことだった。

散歩に付き合ったとき、歩幅が明らかに小さくなっていたのだ。

「おじいちゃん、見かけより太ってきたんじゃないの。足が付いていってないよ」

祖父は首を傾《かし》げ、歳だな、と自嘲《じちょう》気味に苦笑してみせた。

楓も最初は体重過多か、単に加齢のせいだと思った――いや、思おうとした。

だが、そこからの進行は速かった。

大好きなコーヒーを飲むと、カップを持つ手がぶるぶると震える。

家を訪ねると、いつも書斎の椅子で、うつらうつらと船を漕《こ》いでいる。

姿勢は常に猫背がちとなり、なにをするにも動作が緩慢になった。

いや、それよりもなによりも。

楓はなによりも、あの日の衝撃を一生忘れることができないだろう。

深夜にスマートフォンが鳴った。

寝ぼけ眼をこすりながら電話に出ると、若い男性とおぼしき相手はなぜか言い辛《づら》そうに〈あのう、救急隊のものですが〉と名乗った。

そして恐縮した様子で何度も言い淀《よど》みながら、こう続けたのだった。

〈楓さんご本人でいらっしゃいますか――あぁ、やはりそうですか。あのですね、壁に貼られてあった緊急連絡先のメモに楓さんの名前があったものですから、こうしてお電話させていただいたのですが。実はここにいらっしゃる楓さんのおじいさまがですね、119番通報をされまして。それで、えぇと――そのですね〉

「どうしたんでしょうか」

〈『血まみれの楓がここに倒れている』と仰《おつしや》っているんです〉

かかりつけのクリニックでは、パーキンソン病と思われるがはっきりしたことは分からないので大きな病院に行ったほうがいい、と勧められた。

大学病院に行き、CTを含め、詳しい検査を受ける。

結果——若い医師は、椅子で昏々《こんこん》と眠る祖父をよそに、こともなげに告げた。

「レビー小体型認知症ですね」


あれほどに聡明だった祖父が、古希を迎えたばかりの年齢で認知症になった——

楓としては、その事実をすぐに受け入れることはとてもできなかった。

だが、自分なりにインターネットや取り寄せた資料で調べてみると、祖父の症状のすべてが、この病気のそれとことごとく符合するのだった。

認知症患者の数は、日本だけで六百万人以上にのぼるらしいこと——そして、一口に認知症といっても、実はさまざまな種類があるということも初めて知った。

いわゆる認知症は、およそ三つに大別される。

一番多いのは患者数の約七十%にものぼる「アルツハイマー型認知症」であり、これはアミロイドβ《ベータ》と呼ばれるタンパク質の一種が脳に沈着することで発症するらしい。

世の中のほとんどの人々が認知症と聞いてまずすぐにイメージするのは、この型だろう。

次に多いのが、脳梗塞や脳卒中の後遺症に起因する「血管性認知症」であり、これは認知症患者全体の二十％ほどになるという。

どちらの認知症も、同じ話を何度も繰り返す記憶障害、時間や場所の感覚があいまいになってしまう失見当識《しっけんとうしき》――あるいは外を歩き回る徘徊《はいかい》といった症状が現れることが多い。

そして――祖父が告知された「レビー小体型認知症」――英語の〝Dementia with Lewy Bodies〟の頭文字をとり、ＤＬＢとも呼ばれる――は、全体の約十％を占める。

この病名が付けられたのは一九九五年のことだというから、人類の長い病気の歴史からすれば比較的あたらしく発見された疾病のひとつだろう。

近年、「第三の認知症」として注目を浴びており、医療現場はもちろん治験の分野でも、その病態の解明が急ピッチで進んでいるらしい。

ＤＬＢ患者の脳や脳幹には、決まって、ちいさな目玉焼きのような深紅色の構造物――レビー小体――が見られるという。

そして、この「ちいさな目玉焼き」こそが、手足の震えや歩行障害といったパーキンソン症状であったり、レム睡眠行動障害と呼ばれる大声での寝言であったり、あるいは日中から眠ってばかりいる傾眠《けいみん》状態や、距離感が捉えられない空間認知機能障害を引き起こすのである。

だが――

DLB最大の特徴であり、他に類を見ない症状は、なんといっても「幻視」だ。

患者によってモノクロであったりカラーであったりとその見え方はさまざまではあるが、共通しているのは「ありありと」「まざまざと」「はっきりとした」幻覚が見えるという事実である。

たとえば、朝、目覚めて目を開けたとたん、部屋の中に十人もの人間たちが無表情のまま黙って立っていて、自分をじっと穴のあくほどに見つめていたりする。

あるいはダイニングテーブルの上に大蛇がのっそりと、とぐろを巻いている。

一日中どこへ行っても、お下げ髪の少女がずっと後ろを付いてくることもある。

およそ非現実的な幻視も珍しくはない。

すたすたと眼前を横切る、二足歩行の豚。

皿の上を優雅に飛び跳ねる妖精。

そして、祖父も見た、青い虎――

奇妙なことに多くの場合、それらに幻聴は伴わない。

〝幻視の中で蠢《うごめ》くものたち〟はあくまで視覚的なまぼろしに過ぎず、彼らが患者に話し掛けてくることはないのだ。

だが五感のうち、人間が外部から受け取る情報は、視覚が実に九割を占めるという。つまりは大半のＤＬＢ患者にとって〝蠢くものたち〟は、明確に実在するのだ。

患者たちがいちばん使いたい諺《ことわざ》は「百聞は一見にしかず」かもしれない。なにしろ目の前にそれがありありと見えるのだ。

その存在をいくら周囲が否定しようとしても、それが「ない」「いない」と納得させるのは至難のわざではないか。

それでも「そんなものはここにない」「いるわけがない」「しっかりしてよ」と周囲がむやみに注意すると、ときに患者は怒り出す。

「ＤＬＢの介護は難しい」とされるゆえんである。

楓が介護のためのハンドブックを読んでみると、このようなことが書かれてあった。

「患者さんが『おおきな虫が見えるよ』『こわいよ』などと幻視を訴えてきたときには、『気のせいだよ』などと否定したり、『病気なんだから困らせないで』などと突き放したりせずに、手を叩いたりして『ほら、これでいなくなったでしょう。もう大丈夫だよ』などと、優しく声をかけてあげましょう。ほかのことに話題をそらすのも効果的です」――

そういうものなのだろう、とは思う。

それに、楓に対して怒ったことがいちどもない祖父と揉《も》めるような事態だけは、やはりどうしても避けたかった。

だからこそ楓は、祖父の病気について深く語ることを避けてきたし、祖父が語る幻視についても、本人の前ではその実在を否定することを一貫して避け続けてきたのだった。

どだい、患者を相手に認知症だと自覚させるのは不可能に近いことだろうし、もしそれができたとしても、残酷に過ぎるように思うのだ。

でも、とも思う。

楓は自分のそうした認識や振る舞いに、割り切れるはずの割り算でなぜか剰余が出てきてしまうような奇妙な違和感を覚えていた。

それは、あの祖父が認知症になるはずがない、あるいはこのまま知性を失っていくはずがないというような現実逃避的な思い——もっといえば願望めいた思いというのとも、少し色合いが違っているような気がした。

（そう。なにかが違う——）

でも、その違和感の正体が何なのか。

今の楓には、なんら具体的に説明することができなかった。

3

弘明寺《ぐみようじ》の駅からバスに揺られること十五分。

ワンルーム・マンションの自室に帰ると、本が届いていた。

こよなくミステリを愛した文芸評論家、瀬戸川猛資《せとがわたけし》氏の評論集だ。

奥付を見ると、「一九九八年四月一日　初版第一刷発行」とある。

楓の記憶に間違いがなければ、ほどなく氏は五十歳の若さで世を去ったはずだ。

つまりこの本は、とりもなおさず瀬戸川氏の遺作ということになる。

幼い頃から祖父の薫陶《くんとう》を受け、すっかりミステリマニアとなっていた楓は、もはや小説だけでは飽き足らなくなり、祖父の書棚にあった瀬戸川氏の評論集まで読むようになった。

すると――驚くというよりも呆《あき》れてしまった。

氏はさまざまな作品を俎上《そじよう》に載せ、独自の視点から天衣無縫にその魅力を語っているのだが、そのコラムはときとして――いや、ほとんど例外なく、本編よりも面白いのだ。

たとえば『名作巡礼』という連作コラムでは、本格ミステリ御三家、エラリー・クイーン、アガサ・クリスティ、ディクスン・カーらの代表作を槍玉《やりだま》に挙げ「そんなに傑作ですか?」などと徹底的にこきおろしており、それらは本編以上に論理的でスリリングであり、非の打ちどころのない正論でもあるのだが――瀬戸川氏本人は知ってか知らずか、彼らへの溢《あふ》れんばかりの愛情が行間に滲《にじ》み出てしまっていて、読むたびにほっこりさせられてしまう。

楓を海外のクラシカルなミステリ好きにさせた〝神〟――

(せとがわ、たけし)

そっと心の中でつぶやくだけで、楓の胸は躍った。

一九七〇年前後――若き日の瀬戸川氏は、幾多のミステリ作家や評論家を輩出した伝説の大学サークル、「ワセダミステリクラブ」の中心人物だったという。

かつて西早稲田《にしわせだ》には「モンシェリ」という喫茶店があり、そこでは連日のように「ワセダミステリクラブ」の学生たちが口角泡を飛ばしつつミステリ談義を繰り広げていて、その輪の中心にはいつも眉毛が太く目鼻立ちのくっきりとした瀬戸川氏の笑顔があったらしい。

そして祖父もまた、「ワセダ――」の主要メンバーのひとりだったのだそうだ。

本格ミステリには、珈琲《コーヒー》がよく似合う。

赤地にサイケデリックな白文字で『珈琲専門　モンシェリ』と抜かれた縦長の看板は、

まるで〝ミステリ専門家〟以外の客をシャットアウトするような感があったという。

底が見えない謎のような泡が渦を巻く、濃厚かつビターな珈琲。

ルルーの『黄色い部屋の秘密』を彷彿《ほうふつ》とさせる、タイル張りの黄色い外壁。

二階の小劇場から響く劇団員たちの靴音は、さしずめチェスタトンの『奇妙な足音』か、はたまた乱歩《らんぽ》の『屋根裏の散歩者』か。

モンシェリがない今となっては、想像の羽を伸ばすほかはない。

だが、瀬戸川氏や祖父を語り手としていたその店はきっと、コミック界におけるトキワ荘、あるいは水滸伝《すいこでん》における梁山泊《りょうざんぱく》のような熱量と光芒《こうぼう》を放っていたのではないだろうか。

（ふたりの本格ミステリ談義……聴きたかったな）

もはや店が存在しないがゆえに、楓の夢想は余計に大きく膨らむのだった。

残念ながらモンシェリは、もはやない。

だが――本ならば、ある。

大好きな本は、やはり手元に置いておきたくなる。

ましてや祖父の家の本は、半透明のグラシン紙のブックカバーで丁寧に保存されていて、どのページにも折り目ひとつ付いていないものだから、借りるとなるとどうにも気が引けてしまう。

それで楓は、瀬戸川氏の評論集のすべてを大人買いすることに決めたのだった。

(良かった、まるで新刊だ。帯まで付いてる)

楓は、本の状態を見て嬉《うれ》しくなった。

本音をいえば、新刊で揃《そろ》えたいところだ。

だが、この遺作はすでに絶版となっていたため、やむなく中古専門のネット書店で買い求めたのだった。

これで著作の全冊が揃ったことになる。

(こういうのをコンプリートする二十七歳の女ってどうなんだろ)

顔がほころぶのを自覚しながら、立ったままぱらぱらとページをめくってみる。

そのとき――

本の間から四枚の小さな紙が、銀杏《いちょう》の葉のようにカーペットの上へ舞い落ちた。

(ん。なんだろう)

楓は、慎重に四枚の紙を拾い上げ、テーブルに並べてみた。

そして、それら大小さまざまな長方形の紙を、じっと見つめたまま考え込んだ。

(栞《しおり》にしては多すぎる)

(だけど)

(付箋にしては〝重すぎる〟――)

四枚の紙は、雑誌や新聞の切り抜き記事だった。

そしてそのどれもが、瀬戸川氏の逝去を伝える訃報記事だったのである。

4

祝日を利用して三日ぶりに目黒《めぐろ》区の碑文谷に足を運ぶ。

地元の御鎮守《ごちんじゅ》様である碑文谷八幡宮《はちまんぐう》にほど近い住宅街――

その隅にひっそりと佇《たたず》む祖父の家は、寂れかけた小さな二階建ての木造住宅だ。

申し訳程度の庭からは、桜や八つ手が塀の外まで枝葉を伸ばしている。

門柱の木の表札には、墨痕も鮮やかに祖父の苗字《みょうじ》がどん、と書かれてあった。

昔から見慣れた祖父の字だ。

表札は家の顔だという。

外観にいくらかでも風格があり、いまだ凜《りん》とした存在感を纏《まと》っているのは、表札の文字が達筆であるおかげかもしれなかった。

だが門から中に入ると、そうした趣きはいきなり興を削がれる感じがあった。

かつては玄関までの目印のように丸石がぽつぽつと敷かれてあったのだが、祖父が認知症を患って以来、そこは無味乾燥たるコンクリートの小径《こみち》となっていた。

リフォームが後回しになっている玄関ドアのノブを廻すと、すぐに抗菌剤の疑似石鹼の香りが鼻をつく。

ヘルパーさんですか——楓はそう声を掛けようとして、すぐにやめた。

玄関先にそれらしき靴が見当たらなかったからだ。

訪問介護ヘルパーは掃除と洗濯を終えて、今しがた帰ったばかりなのだろう。

廊下の壁のそこかしこには、まだ新しい手摺《てす》りがいくつも取り付けられていた。

足取りがおぼつかない祖父にとって、家の中を移動するには複数の手摺りが必須となる。

こうした福祉用具を購入する際、補助金を申請しようとすると、自治体によって差異はあるものの、かなり煩雑な手続きと膨大な時間を要する場合が多い。

そのため結局は祖父のように、自費でその多くを賄《まかな》わざるを得ないのが実情だった。

廊下の左手にある居間に入る。

ふと、まだかろうじて艶を残す大黒柱を見ると、鉛筆で横線が何本も引かれてある。

それは、幼い頃の母や、たったひとりの孫である楓の背を測った痕だった。

横線の脇に書かれてある身長の数字や日付の文字はほとんど消えかかってはいるものの、これまた祖父の達筆ぶりが窺《うかが》える。

だが、その文字にめり込むように手摺りの芯棒が突き刺さっているのを見ると、胸が痛む。

窓辺を見やると、白いTシャツが部屋干しで何枚か吊《つ》るされているのに気が付いた。

(やだ。ヘルパーさん、うっかりしたのね)

DLB患者がいる場合、なるべく服の部屋干しはしないほうがいい。

干された服を人と勘違いしてしまうからだ。

とくに白いTシャツの場合、DLB患者は往々にして、その〝白いキャンバス〟に強烈な幻視を重ねてしまうことがあるのだ。

同様の理由から人物画や家族写真なども患者の目には触れさせないほうがいいと聞き、卓上に並んでいた写真立てを簞笥《たんす》の奥かどこかに、急ぎ仕舞い込んだこともある。

慌ててハンガーからTシャツを外そうとしたとき――

背後から、比較的しっかりとした祖父の声がした。

「すまんね、それは香苗《かなえ》が干していったんだ。まだ汚れが落ち切ってなかったかな」

居間に現れた祖父は、コーヒーカップを持ったまま、ゆっくりとベッドに腰を下ろした。

二階にある寝室はすでに物置と化していたから、祖父の行動範囲は、もっぱらベッドが置かれているこの居間と、いちばん奥に位置する書斎に限られている。

だが今日の足取りをみると、前回来たときよりもすこぶる調子が良さそうだ。

日によって体調に大きなばらつきがあるのもDLBの大きな特徴だ。

「ううん、皺を伸ばしていただけよ」と取り繕いながら、Tシャツを取り込むのは諦めた。

「ヘルパーさんじゃなくてお母さんが来てたのね」

「仕事が残っている様子でね、慌てて帰っていったよ。残念ながら入れ違いだな」

内心、楓はほっとした。

そのほうがいい――

少なくとも、あの疑問をぶつける今日だけは。

そもそも最近では、これほど体調が良さそうな祖父を見るのは珍しい。

やはり今日はチャンスだ。

「香苗が淹《い》れたコーヒーは冷めても旨《うま》いんだよ」

祖父は笑みをたたえたまま臀部《でんぶ》をゆっくりとずらして座り直した。

そして、少しだけ震える手でコーヒーを啜《すす》ってから口を開いた。

「今日はコーヒーがこぼれるおそれはなさそうだ。自分でいうのもなんだが、相当に調子がいいのだろうね。そこであえて確かめたい。これはもう勘としかいいようがないんだが」

祖父はコーヒーにまたひとつ口をつけてから、楓の顔をまっすぐに見据えた。

「ぼくに大事な話があるんだろう。その顔をみれば分かる」

楓は、少しだけ泣きそうになった。

〝ぼく〟という、祖父ならではの一人称。

冴《さ》え冴《ざ》えとした、黒目がちの優しい眼差《まなざ》し。

まるで、あの頃の祖父が帰ってきたようだった。

傾眠状態にないせいか、滑舌もしっかりしている。

思えばこの半年間、体調を気遣うあまり、真剣な会話はほぼ交わしていなかった。

やはり確かめるのは今しかない。

楓は勇気を振り絞り、「そうなの、実はね」と口火を切った。

「わたし、おじいちゃんに訊《き》きたいことがあるんだ」

「なんだい」

「おじいちゃんさ」

泣きそうになるのを懸命に我慢する。

「おじいちゃんさ……自分で自分が病気だってこと、分かってるんじゃないの？　現実じゃなくていつもまぼろしを見てるってこと、自覚しているんじゃないの？」

だめだ。

声が震えてしまう。

「でも、わたしに心配かけたくないから」

涙が出てきた。

絶対に泣かないって決めてたのに。

「わたしに心配かけたくないから、自覚してないふりをしてるんじゃないの？」

祖父は柔らかい笑みをたたえたまま、またひと口、コーヒーを啜った。

そして、カップを慎重な手付きでベッド横のダイニングテーブルに置いた。

「そう、楓のいうとおりだ。ぼくはまぎれもなく、レビー小体型認知症の患者だよ」

やはり直感は当たっていた。

祖父の黒い瞳とその中の虹彩《こうさい》は硝子《ガラス》細工のように細やかであり、吸い込まれそうな深遠さに満ちていた。

そう——そこには、昔となんら変わらない知性の光が宿っていたのだ。

そしてそれこそが、楓本人も気付いていなかった、あの違和感の正体だったのだ。

この二日間、ＤＬＢについてさらに詳しく調べると、さまざまなことが分かった。

同じＤＬＢ患者の人たちの間でも、レビー小体の現れる部位によって、記憶力や空間認知機能の減衰《げんすい》には大きな差異が見られるということ。

幻視を常に怖がっている患者もいれば、あっさりと慣れてしまう患者もいるらしいこと。

患者によってその症状には濃淡があり、まさに千差万別なのだという。

ドーパ剤をはじめとする各種の薬剤のバランスが絶妙に働いたときには、まるで「霧が晴れたように」幻視が消え去ってしまうというケースも多いらしい。

実際に体調次第では、知性の衰えをまったく感じさせないこともあるという。

なにより楓をいちばん驚かせたのは「自分が見ている映像は現実のものではなく病気の産物だ」ということをはっきりと自覚している患者もまた存在する――という事実だった。

中には、毎朝目覚めるたびに現れる幻視を楽しみにしており、あとでそのスケッチを描くことを趣味にしているという極めてポジティブな人たちもいるという。

まだＤＬＢには科学的知見が出揃っておらず、それゆえに誤解も生じやすい。

医療の現場においても、患者の強烈な幻視体験を表層的に捉えただけで「認知症の進行だ」と速断してしまう医師も決して少なくないというのだ。

ＤＬＢの発症は、必ずしも知性の減衰を意味しない。

楓はこの事実を知ったとき、あの妙な違和感が、まさに「霧が晴れたように」消え去ったような気がしたのだった。

こういったパーキンソン症状は別として、と祖父はわずかに震える手を見ていった。

「ぼくの精神状態が、いわゆる健常者とは程遠い状態にあることには、だいぶ前から気が付いていた。そうだな――たとえばそこの書棚の壁をふと見ると、その一面に、まるで腕のいい宮大工が神輿《みこし》に彫ったかのような細かい彫刻が施されているんだ。だが触ってみると、彫られている感触はまるでない。壁は極めて滑らかなんだ。では、視覚と触覚、どちらを信用すべきか。ぼくに気付かれることなくひと晩で精巧な彫刻を書棚の壁全体に施すのは、とうてい不可能じゃないか。加えて世の中の誰にも、わざわざ年寄りの部屋に忍び込み、その書棚に彫刻を施す動機はまるでない。ということは――残念ながら信用すべきは触覚だということになる。裏を返せばぼくの視覚は、まるで信用ならんというわけだ」

楓は返す言葉もないまま、祖父の告白を聞くばかりだ。

「では、この異変の原因はなんなのか。パソコンは壊れていて使えない。スマートフォンで検索しようと思ったが、このとおり手元がまるでおぼつかない。というよりも〝楓の亡骸《なきがら》〟を見て119番通報してしまって以来、香苗にスマートフォンを没収されているから、そもそも検索のしようがない」

祖父はいたずらっぽく、形のいい唇を尖《とが》らせた。

「そこでヘルパーさんに頼み込んで介護タクシーを呼んでもらい、図書館に行って調べてみた。なにしろ字を追うだけですぐに目はかすむわ眠くなるわで、一日がかりの作業にはなったが……ぼくがどんな病気なのかという確信は持てたよ。そういえばほら、〝灰色の脳細胞〟という言葉があるだろう」

祖父はベルギー人の名探偵、エルキュール・ポワロの口癖を引用して自嘲気味に微《ほほ》笑《え》んだ。

「するとぼくの場合は濃いオレンジ色のレビー小体が脳の表面に広がっているわけだから、さしずめ〝緋《ひ》色《いろ》の脳細胞〟の持ち主、というわけだ」

じゃあ、と楓は尋ねた。

少し声がかすれているのが自分でも分かる。

「どうしてわたしに幻視の話をわざわざ何度も聞かせてみせたの？」

「それはだね」

少しだけ祖父は、言い淀んだ。

「ぼくが幻視の話をしているときはとくに、楓の表情がくるくると変わるからだ。驚いた顔を見せてくれたり、笑顔を見せたりしてくれるからだ。なにより、声を出して相槌を打ってくれるからだ。そうするとぼくは、楓の実在を確信を持って感じ取れるんだ」

「え……どういうこと？　わたしはいつだって、おじいちゃんのそばにいるよ」

「では、こういえば分かってくれるかな。ぼくは以前、楓に向かって、正直あまり長くはないであろうぼくの今後の――なんというのだろうね――いわゆる〝終活〟という言葉は耳に馴染《なじ》むわりに無神経で好きじゃないから使わないとするならば、ぼくの今後の身の処し方について、とことん本音を語ったことがあったのだよ。そのときは自分でも体調が完璧に近いとうぬぼれていた。伝えるなら今しかないとさえ思っていたのだよ。それでそう……一時間ほどはたっぷりと話したかな。ところがだ。なぜか無言で、しかもずっと無表情のまま話を聞いていた楓は」

祖父は、一度言葉を切ってから視線を落とした。

「とつぜんふっと、ぼくの前から消えてしまった。その楓は幻視だったんだ」

あるいは〝煎り〟が入りすぎたコーヒーのせいかもしれない。

祖父の顔に一瞬だけ、苦みのような色が走った。

「こんなに惨めで哀《かな》しいことはないじゃないか。以来ぼくは、楓のほうから切り出すまで、病気の話はけしてすまいと心に決めたのだ。たとえ、まともな会話がまるで成立しない認知症の老人だと決めつけられたとしても仕方ない――そう思ったのだ」

（おじいちゃん）

もういちど、心の中でつぶやいてみる。

（おじいちゃん）

ひとりきりの孫娘に、自身の最期の身の振り方の話ができなかった――いや、あえてしなくなった祖父。

その苦悩に、どうしてもっと早く気付いてあげられなかったのだろう。

幻視は確実に見る。

それも、頻繁に。

記憶障害も含め、ときにさまざまな意識障害にも襲われる。

パーキンソン症状により、動作は極めて鈍い。

だが――祖父の基本的な知性には、いささかの衰えもなかったのだ。

5

近所のミッション系の幼稚園の降園時刻なのだろう。

家の前を通り過ぎる子供たちの童謡らしき歌声が聞こえてきた。

調子っぱずれなところが逆に可愛《かわい》い。

祖父の頬も自然と緩んでいた。

秋の日は釣瓶落《つるべ》とし――

とはいえ日が暮れるまでは、まだ時間の猶予がありそうだった。

「実はね。おじいちゃんに見てもらいたいものがあるの」

楓は黒いバッグから、瀬戸川氏の評論集を取り出した。

もし祖父がいつものように椅子で眠っていれば、持参した洗い立てのブランケットを体に掛け、その横でゆっくりと読んで帰るつもりだった。

だが。

今の祖父ならば、あるいは――

祖父は、ガウンのポケットから取り出した縁なしの老眼鏡を高い鼻にかけ、それでもいくぶん本を手元から離しつつ、感慨深げにいった。

「瀬戸川先輩の遺作じゃないか。わざわざ買わずともぼくがあげたものを」

(貰《もら》えないわ。そんなに大切にされてる幸せな本を)

楓は内心で、くすりと笑った。

「確か絶版になっていたはずだが、よく手に入れたものだね」

「今は中古本専門のネット書店があって、かなりの稀覯本《きこうぼん》でも意外と簡単に買えたりするんだ。それでね――実は本の中に、こんなものが挟み込まれていたの」

楓は本を開き、改めて四枚の訃報記事をテーブルの上に取り出してみせた。

『ミステリや映画評論で活躍　瀬戸川さん逝く』

『瀬戸川さん逝去 惜しまれる才能』

『多層的な批評の時代　瀬戸川さんが遺《のこ》したもの』

『瀬戸川氏語った　ミステリと映画の幸せな逢瀬《おうせ》』


「うん。当時、全部目を通したよ」

それらの見出しをちらりと見やっただけで、祖父はぽつりと寂し気にいった。

「他に二社が記事を出したかな。もちろんぼくはすべてスクラップしてあるがね」

「そうなのね」

楓は改めて、祖父の記憶力に舌を巻く。

病気のせいでごく最近の出来事の記憶はすっぽりと抜け落ちたりするが、昔のことともなると、その引き出しが自在に開くのかもしれなかった。

「でね、おじいちゃん――問題はここからなんだ。これってありそうでなかなかない、いわゆる〝日常の中のミステリ〟だな、と思うの」

なるほど、と祖父は頷《うなず》いた。

「つまり、ミステリのテーマはこうだな。『いったいどこの誰がなんの目的で、この四枚の訃報記事を本の間に挟み込んだのか』というわけだ」

「そのとおり。だいたいまず、栞にしては多すぎるでしょ。でも付箋にしては訃報記事って、なんだか空気が重すぎると思わない？」

「まるでハリイ・ケメルマンだな」

祖父は眼鏡を外しながら昔のミステリ作家の名前を口にした。ケメルマンの代表作『九マイルは遠すぎる』は、パブの隣客たちの会話の中で飛び出した「九マイルもの道を歩くのは容易じゃない、まして雨の中となるとなおさらだ」というたったひとことのセリフから、前日に起きた殺人事件の全容を一瀉千里《いっしゃせんり》に解明してしまう、とことん論理性のみにこだわった名作ミステリだ。

そのとき――唐突に、祖父がせがんだ。

「楓。煙草《たばこ》を一本くれないか」


七五調の語呂の良さもあってか、その言葉はどこか呪文のような響きを伴っていた。

楓は書斎の鏡台の引き出しから、青い煙草の箱を持ってきた。

フランスの煙草、ゴロワーズ。

さして高価な煙草ではないが、かといって、どこででも手に入る代物でもない。

楓が神保町の古本屋街を巡る際、知る人ぞ知る小さな雑貨屋で買い求めるのが常だった。

「火を点《つ》けてくれるとありがたい。そう、それでいい。手が震えるのでね。ひとりでいるときは呑《の》まないようにしているんだ」

祖父は、煙草を「吸う」とはいわず「呑む」という。

今のような嫌煙社会ではなく、煙草が酒と同じように当たり前の嗜好品《しこうひん》として認知されていた頃の名残なのだろう。

若い頃から煙草は週に数本を嗜《たしな》む程度であり、最近も呑むのはごく稀《まれ》のことだ。それだけに楓としても、これくらいの愉《たの》しみは残しておいてあげよう、と思う。

祖父は煙草を呑むと、しばし陶然とした表情を浮かべた。

楓はゴロワーズの香りが嫌いではなかったが、干したままになっているTシャツに匂いがつくのを恐れ、少しだけ窓を開ける。

祖父はゆっくりと紫煙をくゆらせながら、より明瞭な口調で「さて――」といった。まるで煙草により、その知性のブースターにスイッチが入ったかのようだった。

「楓はこの材料から、どんな物語を紡ぐかね」

楓の心臓が早鐘を打った。

祖父は昔から、仮説のことを〝物語〟と表現する。

今、本当に帰ってきた。

あの祖父が。

「わたしの考えた物語はこうよ」

楓は努めて平静を装いながら、考えに考えてきた仮説を話す。

「物語、一。『訃報記事を挟み込んだのは、本の元所有者である。彼、あるいは彼女は、自分以外の瀬戸川氏のファンにも、瀬戸川氏が亡くなった虚無感を共有したいがために、あえて記事を本の中に入れたのだ』」

祖父の様子を窺うと、我が意を得たように頷いている。

相変わらず祖父の前で物語を話すのは緊張を強いられる。

けれど――

（けれど、嬉しい）

「えっと、物語、二」

我に返って楓は続けた。

「『訃報記事を挟み込んだのは、中古本の書店関係者である。彼、あるいは彼女は、瀬戸川氏のファンだった。そこへ何十年ぶりかに、瀬戸川氏の絶版本の注文がきた。嬉しくなった彼、あるいは彼女は、見知らぬ同好の士――つまりわたし――のために、いわばプレゼントのつもりで、記事を本の中に入れたのだ』」

知的な昂奮《こうふん》のせいか、喉が渇く。

「どうかな。わたしが考えた物語は、このふたつなんだけど」

祖父は答えた。

「うむ、悪くはないね。それぞれいちおう筋が通っているし、牽強付会《けんきょうふかい》とまではいえない。だがどちらも、大きな矛盾がある」

「そっか」

楓は唇を噛んだ。

「いいかね、まず物語一の矛盾点はこうだ。訃報記事を持っているほどの瀬戸川先輩のファンが、果たして愛着のある本を売るだろうか？　ましてやこの本は、瀬戸川氏の遺作なのだ。普通の感覚の持ち主ならば、記事と一緒に自身の蔵書として大切にとっておくはずだ」

楓は首を縦に振るしかない。

「そうね。本好きの心理からすると、納得しがたいかも」

「物語二は、物語一よりも気持ちはいい。だがやはり矛盾は否めない。もしも書店関係者が善意から訃報記事を挟み込んだのならば……なぜ一筆だけでも添えなかったのだろうか？　記事を丁寧に挟み込むほどの手間をかけたのなら、『同好の士として大変嬉しく思いました。ついては勝手ながら瀬戸川氏の逝去を伝えた記事を追悼の意を込めてプレゼントさせていただきます』くらいのことは書いてもいいじゃないか。なぜ、彼、あるいは彼女は、それほどのわずかばかりの労を惜しんだのだろうか？　要するに」

祖父は、ずばりといった。

「物語一も物語二も、ストーリーが根本的に破綻《はたん》しているということだ。これ以外の物語Xが存在するのだ」

「じゃあ」

かすれた声で楓は尋ねた。

「おじいちゃんは、その物語Xを紡ぐことができるっていうの？」

祖父はなにも答えず、短くなったゴロワーズを惜しむかのように親指と人差し指でなんとかつまみながら、最後の煙をふかした。

その目は、ゆっくりと――しかし、確実に細くなっていく。

楓は、寝てしまうのではないか、と心配になる。

だが、それは杞憂《きゆう》だった。

祖父ははっきりと目を開け、「今、〝絵〟が見えたよ」――といった。

「残念ながら、本の元所有者である男性は、すでに亡くなっているね」

「えっ」

「だってほら、見てみなさい。すぐそこに安らかな顔つきの男性がいるじゃないか」

幻視だ。

だがこの幻視は、明確な論理性に基づいている——

直感的にそんな気がした。

「物語Xのストーリーはこうだ。彼は生前、大好きな瀬戸川猛資氏の訃報記事を、哀惜の念を込め、大切にしている本の中に挟み込んでいたのだ。ところが——彼の死後、彼の奥様が、それほどの宝物だとはつゆ知らず、遺品整理の一環として、さまざまな本と一緒にまとめて中古本の書店に売ったのだよ」

（真相だ——）

そう思わざるを得ない。

これぞ破綻がまるでなく、すっと腑《ふ》に落ちる、完璧な「物語」ではないか。

でも、と楓は食い下がった。

「どうして元所有者が男性だって分かるの？　女性ってケースもあり得るじゃない」

ないね、と祖父はあっさりといってのけた。

「配偶者が亡くなったとき、哀しみを抑えつつも冷静な行動がとれるのは女性のほうだ。男なんてまるでだめだよ。実際、ぼくなんかも」

祖父は視線を落とした。

「妻に先立たれたとき、なにもすることができなかったからね」

楓の脳裏に一瞬、亡き祖母の丸くてふんわりとした顔立ちの面影がよぎる。

しばらくの間、沈黙が続いた。

するととつぜん祖父は、紫煙の中をじっと凝視しながら、はしゃいだように話し始めた。

「あはは。今そこで——モンシェリのテーブル席で、本の元所有者は憧れの瀬戸川猛資氏と話し込んでいるよ。今夜はとことんミステリ談義に付き合わせるつもりらしい」

また幻視だ。

だが——このいっぷう変わった幻視は、いったいなんなのだ。

楓は息を呑んだ。

「なにもかもが昔と一緒だ。珈琲の香りが沁《し》みた杉の木造りの壁に、また新たな謎の息吹が沁み込もうとしている。カウンター席では暇を持て余した店主が学生相手に本気で将棋を指している。おや、とつぜんバイトくんが慌てて立ち上がったぞ。どういうことだろう」

一瞬だけ真顔になった祖父は、すぐにまた相好を崩した。

「やぁ、これは慌てるのも無理はない。こんどはクイーンとクリスティのお出ましだ。おやおやいつの間にか、カーも談義に加わっているじゃないか。本格ミステリ御三家が揃い踏みのお茶会だ。いや、クイーンは合作作家だから四天王と呼ぶべきかな。クリスティが厨房《ちゅうぼう》を借りてデヴォン州伝統、ご自慢の紅茶を淹れ始めたぞ。瀬戸川先輩たちも大喜びだ。カーはカーで、われ関せずとばかりに真顔でお茶のポットを穴があくほど見詰めている——なにやら新しい毒殺トリックを思いついたに違いない。いやはや、みんな実に楽しそうだ」

（なんなの）

（これはなんなの、おじいちゃん）

物語の幸福な結末を希求する、祖父の無意識下の優しさのなせるわざなのだろうか。

楓の目に、また涙があふれ出た。

だが今度は、かすかな笑みを伴うような温かい涙だった。

（おじいちゃんが今見てる光景は、間違いなく〝事実〟だわ）
まるで根拠はないのに、そんな気がした。

そのとき――
煙草が水をたたえた灰皿に落ち、じゅっと音を立てた。
窓の隙間から、優しい秋の風が吹き込んでくる。
取り込みはぐれたTシャツが、風に揺れた。
祖父はTシャツに向かって何度も頭を下げた。
「どうもどうも、今度は敬老会の皆さんですか。大勢でわざわざおいでくださって」
ゴロワーズの火が、かき消えるのと同時に――
祖父はまた、恍惚《こうこつ》の人に戻っていた。

第二章／居酒屋の〝密室〟

1

公立小学校の教師という仕事は、公務員とはいえ、定時どおりに帰宅できるものではない。

職員室で小テストの点数をつけていると、時計の針は午後六時を回っていた。

(あれはいったい――)

単純な作業を続けているうち、ふと楓の思考は、あの不思議な幻視の記憶に飛んだ。

真相という名の〝絵〟が見える能力とは、どんな思考回路に起因するものなのか。

ひょっとしたら――と楓は赤ペンを走らせる手を止めた。

祖父は、傑出した知性と蓄積された知識によって、論理的に導かれる結論に基づく幻覚を自覚的に見ることができるのかもしれない。

そして、煙草の先に広がる煙が現実の光景をぼうっと霧のように覆い隠し、祖父がいうところの〝絵〟を、さらに見せやすく後押ししているのかもしれない――

(もちろんこれは仮説だけど……あ、違う。〝物語〟だっけか)

楓は周囲の教師たちにばれないように、俯《うつむ》きながら苦笑した。

そういえば、と思い返す。

祖父は「世の中で起こるすべての出来事は物語なんだ」というのが口癖だった。

楓が物心ついた頃、祖父はすでに小学校の校長を務めていた。

そして、その学校に入学してから、祖父が「まどふき先生」と呼ばれていて、校内でいちばん人気のある教師であることを知ったのだった。

入学式や卒業式といった式典を別とすれば、祖父がスーツを着ているところを誰ひとりとして見たことがない。

いつも腕まくりしたワイシャツ姿で廊下の窓を拭いていたり、校庭の草花に水をやっていたり、あるいは一心不乱にトイレの便器を磨いていたりする。

袖から覗《のぞ》く腕は細いものの二頭筋が隆起しており、スポーツか武道の素養を感じさせた。

かといって、いわゆる体育会系の教師ではない。

児童とすれ違うたび、必ず名前を呼んでから「今どんな本を読んでいるの」と声を掛ける。

児童全員の名前を憶えているのも驚きだが、楓がもっと驚いたのは、児童が読んでいる本の内容を祖父があらかた知っていて、その〝物語〟が発する魅力を熱く語ることだった。

卒業式となると祖父は、証書と一緒に一冊の本を児童に手渡す。

そのジャンルは、純文学からミステリ、SF、コミックまで、児童それぞれの個性にあわせ多岐にわたっていた。

いや、本だけではない。

児童の中にはなんと、ホラー系のアクションゲームソフトを手渡された者もいる。

祖父にとってはゲームでさえ、人格を形成していく上で大切な〝物語〟だったのだろう。

ときに子供たちには眠れなくなるほどの怖い物語や胸躍る不可思議な物語が必要であり、それが感受性や創造力を育むトリガーとなる、というのが祖父の信念だった。

実際、祖父のお眼鏡どおり、のちにその児童はゲーム会社を起業してヒット作を連発していると聞いている。

楓の学年の卒業式で祖父が語った「校長のあいさつ」がまた、型破りなものだった。

祖父は、いきなりポケットから本を取り出し、その一節を芝居っ気たっぷりに朗々と読み上げ始めたのである。

「『最近はあまり聞かれなくなった言葉があるんだ』」

オペラ歌手もかくやというような見事なバリトンで唐突に始まった〝校長の朗読劇〟に、児童も保護者らもあっけにとられるばかりだった。

「『使ったとしてもあまり真面目な口調でじゃない。今では流行おくれで、その言葉を使うときには、ちょっと嘲笑でも浮かべなくちゃかっこうがつかない。なんという言葉か分かるかい？……それはね』」

壇上の祖父は、一拍だけ間をあけ、楓たちを見渡してから、バリトン声で締めた。

「『〝冒険〟という言葉だ』」

祖父は、そのまま一分ほども黙ったままだった。

そして講堂のざわつきがおさまるのを待ってから、普段の朗らかな口調に戻した。

「これはジャック・フィニイというミステリ作家の『クイーン・メリー号襲撃』という作品に出てくる有名な台詞《せりふ》です。古いようでいて新しい、誰もが内心で、わくわくしないではいられない言葉。それが冒険というふた文字なんです。あぁ、今、〝ぼうけん〟って四文字じゃないの？　って思った人は、漢字をもっと勉強しなきゃいけませんね」

講堂にくすくすと笑い声が響く。

それがおさまるのを待ち、祖父は真面目な面持ちで、

「卒業する皆さん。あなたたちに無限の未来など待っていません」といいきった。

「すべては有限です。終わりがあります。若さという武器は、あっという間に錆《さ》びついていってしまうのです。望む未来を手にしたいのなら——どうか、冒険してくださ

い。以上です」

楓にとっての〝冒険〟は、憧れの祖父と同じ小学校教諭への道を目指すことだった。

(そう、忘れもしない)

卒業式で祖父から貰った本は、ロバート・F・ヤングの『たんぽぽ娘』を表題作とする短編集だった。

『たんぽぽ娘』はその名のとおり、たんぽぽ色の髪の毛の少女の時空を超えた切ない恋愛を描く、ハートフルな古典SF小説だ。

今でも楓は『一昨日《おととい》はうさぎを見たわ』から始まるたんぽぽ娘の有名な台詞を、すべてそらんじることができる。

楓の髪も、母の香苗に似てうっすらとした栗色《くりいろ》であり、そういう意味では、たんぽぽ娘と似ていなくもない。

おそらく祖父は、ひとりきりの孫娘に素敵な恋愛をしてほしいという願いを込めて、あの本をプレゼントしたのだろう。

(ごめんね、おじいちゃん。恋愛……まるでできてないや)

楓が『たんぽぽ娘』から受けた影響といえば——

花が好きになったことくらいだろうか。

また苦笑を浮かべた頭の上から声がした。

「楓先生。なにニヤニヤしてるんですか」

はっとして振り返ると、同期の男性教師、岩田《いわた》が、小皿を持って立っている。

「さては差し入れの香りを嗅ぎつけましたね」

楓は、いやそんなわけじゃ、と慌てて赤ペンを握りなおした。

もう秋口だというのに、岩田はまだ半袖のポロシャツ姿だ。

おそらく一年のうち、たとえ一秒でも長い間、二の腕の筋肉を見せたいのだろう。

「今日はガトーショコラを作ってみました。楓先生には少し甘すぎるかもですけど」

「わー、嬉しい。遠慮なくいただくね」

岩田は、その見るからに骨太な体軀《たいく》から受けるイメージとは裏腹に、料理とスイーツ作りを趣味としているという。

ケーキは口に入れたとたん、すぐに舌の上でとろけた。

いつもながら少し甘すぎるようにも感じたが、疲れた体には嬉しい味だ。

きっと子供たちならば大喜びする味に違いない。

「いつもありがとうございます。美味《おい》しい」

岩田は顔全体を〝くしゃり〟とさせる笑みを見せると、天然パーマの髪を照れたようにこれまたくしゃりと手でかきながら、真向いの席へと戻っていった。

まるで美容院で本格的なパーマをかけたようなふわりとした髪型がチャーミングに映る。

彼が自分にいくらか好意を寄せてくれていることには、うっすらと気付いていた。いい人であるのは間違いない。

でも、まっすぐで邪気のない彼の快活さには好感を覚えつつ、そこがなぜか眩《まぶ》しすぎる。

楓自身が内省的で考え込んでしまうタイプであるぶん、万人受けするであろう彼の明るさに引け目を感じているところがあるのかもしれない。

思えば昔から、女性の友人たちから数々の〝ダメ出し〟を受けてきた。

〈楓、せっかく可愛いんだから難しい言葉使わずに、もっとくだけた話し方しなよ。そのほうがもっとみんなと打ち解けられるんじゃないかな〉

控えめにいっても、悪意まるだしの子も。

〈本ってさ、スマホで読めばよくない？　今どきあえて文庫本を手放さないのって、正直、アピールとしてもあざといと思う〉

明るめのファッションが苦手なことを暗に揶揄《やゆ》する子もいた。〈なんで楓っていつも黒っぽい服ばっか着てるのかな。『髪の毛が明るいんだから服も合わせたほうがいいのに』なんていってる子もいたよ。いや、私は楓の自由だと思うんだけど〉

そういったダメ出しの数々に、楓はなにもいい返すことができなかった。

自分でも二十代の女性としては老成し過ぎているのでは、と思う。

そしてそれがコンプレックスとなり、恋愛においても足枷《あしかせ》となっていたのだった。

あるいは本の読み過ぎ、活字中毒の弊害なのか。

いや、もっと突き詰めれば、やはり――

〝あの出来事〟のせいで、恋愛どころか普通の大人としての人付き合いさえ苦手になっているのかもしれなかった。

祖父譲りなのか、子供たち相手にだけは堂々と話せるのに――

「聞いてます？　楓先生」

「あ、ごめんなさい」

向かい側の席から、岩田がなにか話し掛けてきていたようだ。

「ちょっと考え事してて……で、なんだっけ」

「なんだっけはないよなぁ」

岩田は口を尖らせた。

「こんな怖い話を二回させますかね、普通」

「怖い話――」

「ですからね。半年ほど前に行った居酒屋さん覚えてます？　『はる乃《の》』だっけ」

「覚えてるよ、もちろん」

覚えているのも当然だ。

そもそも碑文谷にほど近いその割烹《かっぽう》居酒屋は当時の祖父の行きつけの店であり、岩田とふたりきりで呑むのにまだ抵抗があった楓自身が選んだ店だったからだ。

あのときは勝手に酔いつぶれてテーブルに突っ伏した岩田をよそに、先に来ていた祖父とカウンター席でゆっくりと呑みなおした記憶がある。

その『はる乃』でですね、と真剣な面持ちで岩田はいった。

「きのうの夜、殺人事件があったようなんですよ」

祖父も贔屓《ひいき》にしていた割烹居酒屋で、人が殺された――？

しかも岩田がいうには、高校時代の後輩がその場に居合わせていたというのだ。

「さっき連絡が来てこれからそいつと呑むんですけど、良かったら一緒にどうですか」

「え？　だって、わたしなんかが行ったらびっくりされるんじゃないの」

「そこは大丈夫です。ほら、僕って高校のとき、野球やってたじゃないですか」

「初耳ですけど」

「でしたっけ。で、野球部って、卒業して何年経《た》っても先輩のいうことは絶対なんですよ。なんで、楓先生をとつぜん連れてってもなんの問題もありません。ただし――」

「なぁに？」

「あいつのほうにはだいぶ問題があるんですけどね。なにしろ相当の変人なんで」

2

ログハウスを模したイタリアン・バールには、待ち合わせた時間より五分ほど早く着いた。

北欧風のパイン材の内壁を見て、喫茶モンシェリに似てたりして、とちらりと思う。こぢんまりとした店内にはカウンターとふたつのテーブルしかなく、奥のテーブルでは若いカップルがワインを開けている。

手前のテーブルには「予約席」と書かれたプレートが置かれているから、おそらくこの席で間違いない。

その一角で、岩田の天然パーマとは対照的に、髪の毛がまっすぐでやたらと毛量が多いワンレングスの人物が、ひとり文庫本を読んでいた。

性別さえも分からない——が、ばさっと着ている青いシャツのボタンが右側に付いているから男性なのだろう。

女性の場合の顎ラインボブ、とでもいうのだろうか。

シャープな顎のラインに沿って、髪先のラインが綺麗《きれい》に揃っている。

額に垂れた前髪のせいで、顔が見えない。

だが——長くて細い指だな、と思った。

あの、と思いきって、楓のほうから話し掛ける。

こういうの大の苦手だけど、たしかこっちが年上だし。

「岩田先生の後輩さんでいらっしゃいますか」

はい、とワンレングス男は、楓の目を見ないまま答える。

そして、スマートフォンの画面を長いくすり指でぽんと押し、ちらっと見た。

「待ち合わせまで四分二十五秒あります。あと少しなんで最後まで読んじゃいますね」

そのまま四分間あまり——

楓はただ無言のまま、ワンレングス男が本のページをめくる音だけを聞いていた。

でも不思議と、無視されていることに腹が立たない。

それは、ワンレングス男の本のページのめくりかたが、いかにも紙を傷めないような繊細さに溢れていたせいかもしれなかった。

壁に棲《す》んでいる梟《ふくろう》が、ほう、と八時を告げる。

すぐにワンレングス男が、額から長髪を一気にかきあげた。

なんか芝居がかってるな、と少し思う。

あ、でも、この子。

鼻が高い。

「初めまして、下の名前で呼んでください。日本の四季の〝しき〟と書いて四季《しき》です」

「四季くんね。じゃあえっと、こちらも初めまして」

こっちも、下の名前だけでいいか。

「木へんに風。もうすぐ紅葉が綺麗な、木の〝かえで〟――楓っていいます」

四季が、鼻で笑った。

「ポエムですか」

「えっ」

「あのう――僕の自己紹介に引きずられたの、分かんなくはないですけどね。自分の名前を説明するときに普通、紅葉が綺麗でどうのとかいいます？　それってさぁ、自分の顔を紅葉の美しさに重ねられても問題ないくらいの自信があるってことですよね」

「いや、そういうわけじゃ」

無理に口角を上げてみせるが、見るからにぎこちない笑みになっていることだろう。

なに、この子——

まぁ、睫毛《まつげ》が長いのに免じて黙っておこう。

というよりも本音をいえば、うまく切り返す自信も度胸もない。

子供たち相手なら、ぱっ、ぱっ、と言葉が浮かぶのに。

「それより岩田先輩、遅いっすね。飲み会を仕切ってて遅れるとかありえなくないですか」

「ん、そうですね。少し仕事が詰まってるとはいってましたけど」

店員が来た。

ワンレングス男——いや、四季は、手慣れたものだ。

「あ、もうひとり来るんで、オーダーはそのときに……いやいっか。まずは生をふたつで。呑めますよね？　いきなり僕に変なポエムを呑ませたくらいだもん」

「な——」

なんという言い草だろう。

でも結局は俯くだけで、感情を押し殺してしまう自分が悔しい。

「あ、はい。少しくらいなら」

「カプレーゼをひとつ。それと生ハムの盛り合わせをください。あとはもうひとり来てからまとめて頼むんで――はい、お願いします」

「あの、すいません」

「なんですか」

またつとめて笑顔を作りながら、さすがにいってみる。

「オーダーするんなら、一応わたしの意見も聞いてほしかったんですけど」

四季は目も合わせないまま低く笑った。

「気付いてないのかな。あなたさっきから隣のカプレーゼを二度見、いや三度見してますよ」

え、嘘《うそ》。

顔がかっと赤くなるのが分かる。

「いやいやいや、赤くなられても。ずっと見られてるトマトとモッツァレラとバジルのほうが恥ずかしがってますって」

「じゃあ生ハムの盛り合わせは？」

「そっちは僕が食べたいんですけど、なにか」

「いえ」

さらに顔が赤くなるのを自覚したとき――へぇ、と四季は、楓のコートのポケットから少しだけ顔を覗かせている、油絵を基調とした細長い装丁の本を指さした。

「〝不可能犯罪の巨匠〟ディクスン・カーですか。一周してオシャレですね」

（お。意外と話せるかも――）

「そう、『四つの凶器』です。もうラスト近いんですけど、なかなかいいですよ」

「えっ」

四季は心の底から驚いている様子だった。

「ファッションとしてポケットから見せてるんじゃなくて？　ほんとに読んでるんですか。今どき、カーの初期作品を？　いやごめんなさい、いえこういっちゃなんですけど、あなたほど今っぽいビジュアルで？」

「ちょっと、なにを仰ってるのかよく分からないんですが」

「ビールきましたよ」

「乾杯は岩田先生が来てからでいいんじゃないですか。それよりも」

あれ？　わたし、ちょっと昂奮してるかも。

でも――初対面の男性と、こんなに話してる。

「カーを読んでて、なにが悪いんですか」

「いや、カーが悪いってわけじゃないんですけど」

四季は高い鼻の横を掻《か》いた。

「翻訳もののクラシカルな本格ミステリなんて、よく読めるなぁと思って」

「どういうことですか」

「理由を全部挙げてたらひと晩かかりますが、かいつまんで話します。まず舞台設定が古い。ごく常識的に考えて、絶海の孤島に部屋がいくつもある豪邸を建てますか。連続殺人で死ぬより餓死のほうが怖いと思いますね。次に、キャラ設定が余りにも類型的で古い。容疑者の中には、退役軍人なのにニックネームがいまだに〝大佐〟で、親子ほどに年の離れた金髪美女の妻がいる。『あんたが奥さんに殺されるんじゃないか』と心配になりますね。あと、翻訳がとにかく古い。お年寄りが出てくると決まって『わしゃのう、ふたつの大戦を命からがら生き延びてきたんじゃ』なんて調子で話し始める。ロンドンの話のはずなのに、いつの間に岡山か広島が舞台になったんでしょうか。もうひとつ、これは翻訳ものの宿命でもありますが——登場人物の名前がなにしろ覚えにくい。〝フォテスキュー一家〟の一族全員のフルネームを把握するのは至難の業です。〝インホテプの娘、レニセンブ〟が登場しても、まるきりアタマに入ってこない。なんだろうな——ネーミングに凝りすぎて、いっそう作りもの感が浮き彫りになっているような気がしてなりません。ややこしい苗字を付けるくらいなら下の名前だけでいいし、渾名《あだな》でもいいし、もっとスッキリさせるならばいっそのこと、

〝祖母〟とか〝兄〟とか、人称代名詞でいいんじゃないかとさえ思います。要するにですね、翻訳もののクラシカルな本格って、ミステリという所詮はつくりものに過ぎない鋳物《いもの》の中にさらにいくつかの鋳物が入っちゃっているんです。僕は、〝マトリョーシカ・ミステリ〟って呼んでるんですけどね」

（ちょっと。いいたいことといってくれちゃって――）

たしかに昔の海外ミステリって、舞台設定の古さ、キャラの古さは否めない。

とくにカーの文体の古さについては、かの瀬戸川猛資氏も言及していた記憶がある。

だがそれでも、瀬戸川氏と同じく楓は、カーらの作品を偏愛してやまない。

いい作品は木製の高級家具を素手でそっと撫《な》でているような優しい感覚があって。

それに古い翻訳作品には古いなりの渋さやコクのようなものがあって、それがその時代を映す鏡にもなっていて。

真っ向からいい返したいところだったが、揉めるのが嫌だしここは我慢――

代わりに向こうに振ってみる。

「じゃ、あなたは――四季くんだっけ――どんなミステリを読んでいるんですか」

「ミステリは日本人作家の作品に限りますよ」と四季は断言した。

「新人に門戸を開いたミステリの賞がこれほど多い国はほかに類をみません。舞台設定やキャラ設定が甘ければ、この時点で淘汰《とうた》される。自然と全体のレベルも上がっていきます。翻訳家によって出来が落ちる、という悲劇も起こり得ません。ジャンルの多様性たるや、まさに百花繚乱《ひゃっかりょうらん》の体《てい》をなしています。今や日本は、世界に冠たるミステリ大国といっていいんじゃないでしょうか」

「それって単に四季くんの好みというか、思い込みじゃないのかな」

「やだなぁ。一応は論拠を示しているんですから好みとかに落とし込むのはやめませんか」

（うわー……これはなかなかだぞ。議論のための議論をしたがる子だ）

　楓は思わず、肩をすくめた。

「ほら、それですよ」

「え？　え？　なになになに？」

「今、肩をすくめたでしょ。普通の日本人の女性はね、困惑したときに肩をすくめたりしないんです。あなたはフランス南部の避暑地にやってきた有閑マダムですか。クリスティとかばっか読んでるから、自然とそういう仕草が身についちゃってるんですよ。僕はそういうの〝マトリョーシカ・ミステリ病〟って呼んでるんですけどね」

（それ絶対、今作ったでしょ！）

　柄にもなく大きな声を出しそうになったとき、岩田が「そこまで！」と割って入ってきた。

「ね、楓先生。こいつ、変人中の変人でしょ」

ふう、とひとつ深呼吸する。

落ち着け。

笑え。

「いいんだ、わたしも相当の変人だから。でも岩田先生——悪いけどあなたの後輩くんに、ひとつだけいわせてもらってもいいかな」

初対面の相手、しかも男性に対して面と向かって抗弁するなんて何年ぶりのことだろう。

楓は四季のほうに勇気を出して顔を向けた。

「フォテスキュー一家は『ポケットにライ麦を』。インホテプの娘、レニセンブは『死が最後にやってくる』の登場人物ね。あなたもクリスティを読んでるんじゃないの」

「でね、楓ちゃん」

ワインをデキャンタで頼んだ頃から、岩田の自分に対する呼び方が変わっていたが、スルーしておくことにした。

「こいつが面白いのはですね。野球をやってるうちに、なぜか審判員やら、監督やら、ときには応援団員になりたくなっちゃったんですって。で、それきっかけで結局、売れない劇団員になったという……なんかよく分かんないでしょ」

劇団員——でもそこはなんだか分かるような気がする。

「それでまたこいつ、妙な人生観を持ってるんですよ。ほら、なんだっけ」

四季は子供のような笑みを浮かべた。

「僕はね、楓先生。世の中のすべての出来事は、物語だと思ってるんですよ」

どきりとした——既視感のような感情。

癪《しゃく》にさわるけど、なんだか胸に馴染む。

「ある日本の名優が亡くなる前にいったんです。『今起こっていることがすべて正解なんだ』って。この言葉を僕はこう解釈しています。『すべての出来事は物語であり、かつ、ハッピーエンドなんだ』と。だったら自分の人生においても、いくら浅くても、できるだけたくさんのハッピーエンドの物語の中に飛び込んでいくべきだと思ったんです」

四季はまた長い髪の毛を額からかきあげた。

でも今度は不思議と、嫌な気持ちがしない。

ボロネーゼがきたのと同時に、岩田が手を揉みながら嬉しそうにいった。

「この店でいちばんのおすすめです。こういうのを前にすると『クッキングパパ』の話をしたくなりませんか？　僕、全巻もってるんですよ」

楓が「全巻?」と笑ったとき、四季も同時に小さく笑った。

ミラノ風カツレツに舌鼓を打ったあと、気持ちをリセットするのに絶妙のタイミングで食後のカプチーノが運ばれてきた。

酒が弱い岩田も、さすがにまだ泥酔してはいないようだ。

「そろそろ事件の話をしてもいいですか」と四季がいった。

都内の割烹居酒屋で起こったという殺人事件——

本来ならば大々的に報じられてもおかしくないが、ちょうどサッカー日本代表の試合があった煽《あお》りを受けたのか、一般紙でもベタ記事の扱いであり、ネットニュースでもほとんど報道されていないらしい。

「あと大騒ぎになっていない理由としては、昨日の今日ということなのか」

四季は椅子から腰を浮かし、楓と岩田に顔を近付けた。

「なぜかまだ詳しい警察発表がなされていないからでしょうね」

隣のカップルはすでに帰っていたから、店内の客は三人だけだ。

それでも四季は厨房の店員の耳に入るのをはばかったのか、少しだけ声をひそめた。

「でもこれはまぎれもなく殺人なんです。そして、なぜ僕がこんな話をするのかってことも分かってほしいんです。というのも……僕の友人が事件に巻き込まれているからなんです」

岩田がそのあとを引き取った。

「そうなんですよ、楓先生」

カプチーノを口にしたとたん、呼び方がもとに戻っている。

お酒のせいにしないと口説けないタイプ。

その不器用なとこ、嫌いじゃない……けど。

「四季から相談されたとき、ちょうど目の前にいらっしゃったじゃないですか。そういや、ミステリマニアだったなって思って——で、楓先生もお誘いしたってわけなんですよ」

四季は画像作成アプリで作ったという居酒屋の略図をふたりのスマートフォンに送った。

「まずは、これを見てください。『はる乃』の簡単な間取りです。この店と同じようにテーブル席はふたつしかなくて、あとは常連客が陣取るカウンター席がいくつかあるだけの、こぢんまりとした居酒屋ですね」

楓は、間取り図をみながらいった。

「うん。何度か行ったけど、こんな感じだったと思う」

碑文谷の北を横切る目黒通りを渡って数分ほどのところにぽつんと建つ古民家風の

お店。

割烹居酒屋といっても、けして一見《いちげん》の客が尻込みするような高級店ではなく、ラフなジーンズ姿の明るい女将《おかみ》がひとりで切り盛りしている、雰囲気も料金もごくカジュアルな店だ。

値段のわりには凝ったお通しと名物の煮込みが評判であり、四十絡みの肌がきれいな女将さんの笑顔と、清潔そうな真っ白いエプロンが脳裏をよぎる。

「ちょうどいい広さなんだよね。あと、地酒の品揃えがいいんだよ」と岩田。

楓は、(通ぶっちゃって。あのときは日本酒までいかないうちにつぶれちゃったくせに)と思いながらも口にはせず、四季に尋ねた。

「それで、このⒶからⓂというのは、お客さんなの？」

「そうです。左側——つまり西側の卓①には、会社帰りと思われるⒶからⒹまで、男女ふたりずつの四人組。そして、東側の卓②には、僕を含めた劇団の連中、ⒺからⒽまでの男性四人組が座っていました。あと、カウンター席もすべて男性客たちで埋まっていたと記憶しています。要するにお店は満員の活況を呈していたわけです。女将さんがひとりで切り盛りしている店ですから、彼女はさぞや忙しかったことでしょう。ここまでは大丈夫ですか」

楓と岩田は、同時に頷いた。

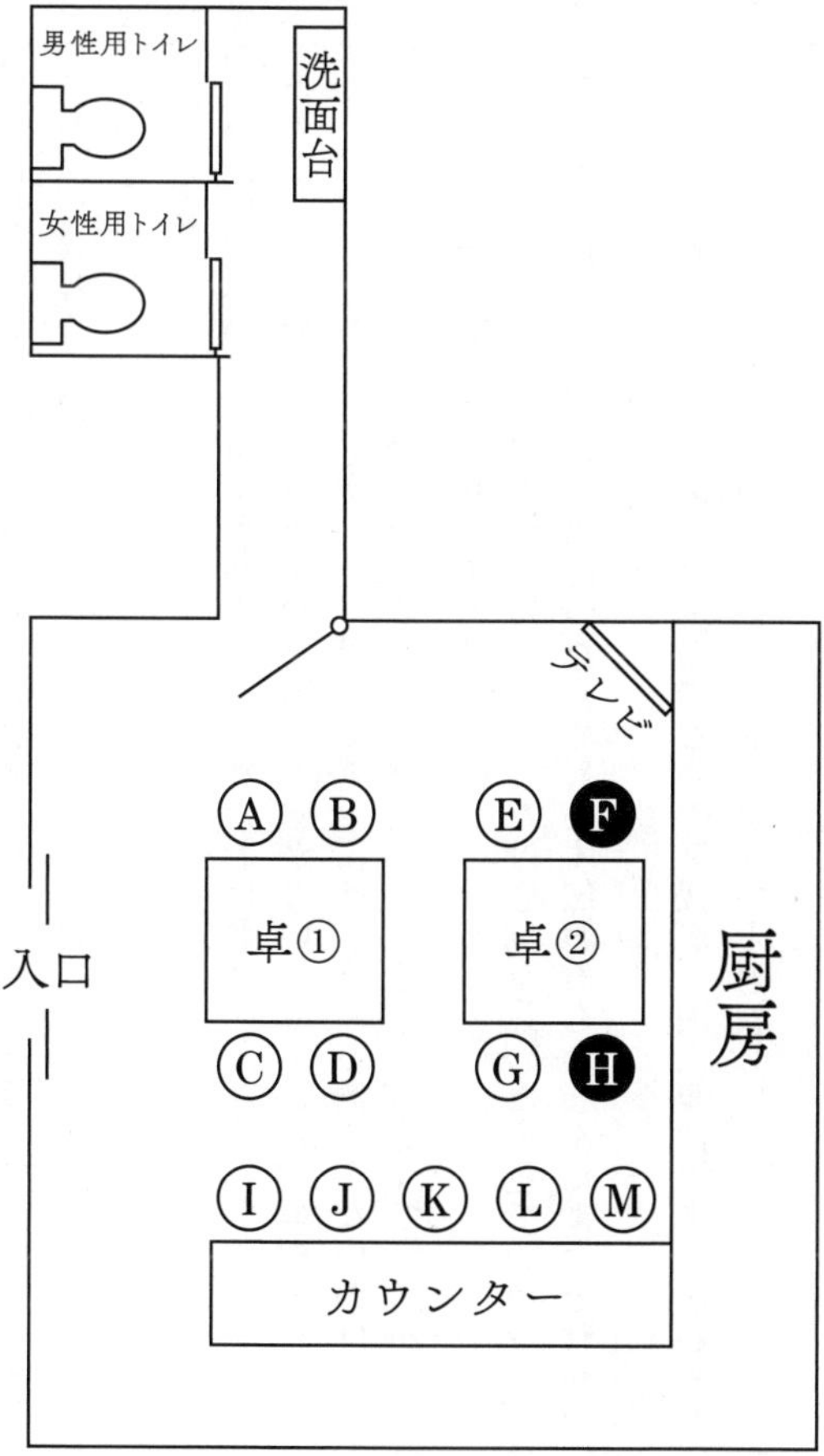
男性用トイレ
洗面台
女性用トイレ
テレビ
A
B
E
F
卓①
卓②
入口
厨房
C
D
G
H
I
J
K
L
M
カウンター

「で、この卓②に座ってるⒻが、ほかならぬ僕です。背中側のテレビではサッカー日本代表の試合をやってたんで、ほとんどのお客が試合を肴《さかな》にグラスを傾けていました。そういう意味では注文が殺到する状態ではなかったわけで、女将さんとしては少しは息をつけたかもしれません」

そっか、と楓。

「居酒屋なのに、いわばスポーツバー状態だったわけね」

「そうなんです。僕は正直サッカーにまるで興味がないんで、ときどき巻き起こるニッポンコールにうんざりしてました。だって選手には、まるで聞こえないわけじゃないですか。僕、自分の中で逆バネが働いちゃって……どさくさに紛れて何回か『サウジアラビア！』って叫んじゃいましたよ」

岩田が「そういうことじゃないだろ」と少しだけ怒気を込めた声色でいった。

「サポーターの声援って、試合場にいなくても必ず伝わるもんなんだよ。それがひいてはチームの力になるものなんだ」

「ふうん……居酒屋で鮭ハラスをつまんでる客の声援が、国立競技場まで伝わるんですか。だったら日本代表はとっくにワールドカップで十連覇してるはずですけどね」

「おまえ」

岩田が顔色を変えた。

「それが元野球部員のいう言葉か。演劇をやってるんだったら、さまざまな人に感情移入できなきゃいけないんじゃないのか。国立に行きたくても行けない、それでも応援したいというサポーターの役だってやらなきゃいけない場合があるんじゃないのか。さっきいってたこととまるっきり矛盾してるじゃないか」

正論だ。

瞬間、気まずい沈黙が流れる。

すると四季は意外にもさっと立ちあがり、申し訳ありませんでした、と深々と頭を下げた。

「劇団の仲間が巻き込まれているんで、少し気持ちがささくれだっていたかもしれません。先輩、ここは僕が奢《おご》りますから許してください」

「いや、いいよいいよ。まさか後輩に出させるわけにいかないよ」

岩田は慌てた様子で俺もいい過ぎた、今回だけ許すから座れ、と天然パーマの頭を搔いた。

部活動の経験がなかった楓は、ふたりの関係性を垣間見て少しうらやましく思う。

「話が逸《そ》れちゃいましたね。それで――これはあとになってスポーツニュースを見て時間を確認したんですけど」と四季が続ける。

「三対三、同点のまま後半戦に入ってすぐの午後十時十分前。ここから、日本代表による怒濤《どとう》のシュート三連発が放たれます。複数のディフェンダーを振り切っての豪快なミドルシュート。コーナーからのダイレクトシュート。絶好の位置でファウルを拾ってからの直接フリーキック――。あいにくどれもが、キーパーの好守に阻まれたりバーに嫌われたりして得点には繋《つな》がらなかったんですが、息をもつかせない一気呵成《かせい》の猛攻に、店内は総立ちの盛り上がりとなりました」

「うん、あそこの十分間は力が入ったよな。当然、おまえも立ち上がったんだろ」

「いえ、僕だけは座ったまんまナッツを食べてて」

「そういうの総立ちっていわないんだよ」

「『日本、怒濤のシュート三連発！　時計の針は十時を回ったところですが、ひとりとして席を立つ者はいません！』そんな実況が耳に残っていますから、猛攻が終わって敵がようやくボールを支配したのは、ちょうど夜の十時きっかりでした。応援疲れしたせいか、少しだけ店の空気が弛緩《しかん》した覚えがあります。さて――このときのことです。僕の向かい側に座っていた同い年の劇団仲間の男性――常連客なんですが名前は伏せてここではⒽとしておきますが――彼がトイレに行って、三分ほどしてから席に戻ってきたんです。ここ、大事なところなんで再現しますね。よく聞いておいてください」

四季の表情がにわかに真剣味を帯びた。

「ちょ、ちょっと待って、四季くん。録音させてもらってもいいかな」

楓は了解を取ってから、スマートフォンのボイスメモをスタートさせた。

これはきっと祖父の力を借りることになる――直感的に、そう思ったからだ。

「いいですか。では――」

四季は完全に演劇人の顔になり、〝再現劇〟を語り始めた。


「――トイレから席に戻ってきたⒽが、煙草に火を点ける。

その彼に、向い側にいた僕――すなわちⒻが声を掛ける。

『トイレ、空《あ》いてた？』

Ⓗが答える。

『――あぁ、どうぞ。空いてるよ』

Ⓕは席を立って、トイレに向かう。

女性用トイレを横目にしつつ奥の男子トイレに入ろうとするが――なぜか扉は開かない。

見ると、回転レバー式の鍵が中から掛かっている。

ノックをしても返りのノックはない。

ふと足元を見て、Ⓕは仰天して声をあげる。

『あっ！』

なぜⒻ――僕は、思わず叫んだのか。

トイレの扉の下から、明らかに血液らしき液体が流れだしてきていたからだ。

『なにかありましたか？　大丈夫ですかっ』

声を掛けるも返事はない。

Ⓕは洗面台に足をかけ、トイレを上から覗きこむ。

すると――スキンヘッドにタトゥーを入れて、両耳にピアスを付けた細身の中年男性が、便座に座ったまま前かがみで倒れこんでいるのに気付く。

背中にはナイフらしきものが突き刺さっており、そこから血が滲み、溢れている。

床はもはや血まみれだ。

スカジャンの背中を真っ赤に染めた中年男性はぴくりとも動かない。

そこで僕、Ⓕは確信する。

（この人はすでに死んでいる。そしてつい今しがた、この場所で殺されたのだ――）

カット」

楓は、口を手で押さえたまま黙り込んだ。

まさか四季が死体の発見者だとは、思ってもいなかったからだ。

そして――

背中を刺されていたのであれば、必然的に自殺ではなく他殺ということになる。

岩田も初耳だったのか、腕を組んで黙したままだ。

ややあって、岩田のほうが尋ねた。

「で、どうなったんだ。当然、警察を呼んだわけだろう」

「はい。まずは、なるべく騒ぎにならないようにそっとカウンターの奥を通って厨房に行きました。女将さんは、調理台にのんびりと頬杖をついてスパイスを効かせた鶏料理かなにかの新メニューを紙に書き込んでいるところだったんですけど……僕のただならぬ様子を見たとたん、油性ペンを走らせる手を止めて紙を破ってしまいました。あるいは僕の慌てっぷりに気圧《けお》されて書き損じたのかもしれません。で、僕に促されて警察に通報したんですが、あれこそ茫然《ぼうぜん》自失というのか、気丈な女将さんの声が震えてましたね。電話し終わったあとは、その場にへたりこんでしまいました」

「お気の毒に」と楓。

苦労人で働き者の女将の人柄の良さを知っているだけに、その情景がまざまざと浮かぶ。

「パトカーが三台もきましてね。現場は一時的に封鎖され、すぐに事情聴取が行われました。ここも重要なポイントだと思うんで、聞き逃さないでください」

楓と岩田は、改めて身を乗り出した。

「私服警官。『御遺体が発見されて騒ぎとなる前、どなたか用を足しに行かれた方を見かけませんでしたか？』

卓①、トイレへの動線が見える客たちの証言。

男性客Ⓒ。『いやぁ夜九時半ごろまでは、みんな何回もトイレを使ってましたけど、そのあとは記憶にないですね。日本のシュート三連発に沸いた直後の十時ごろ、ようやく隣のテーブルの方が行った覚えはありますが』

この〝隣のテーブルの方〟というのは、当然Ⓗのことだ。

女性客Ⓓ。『私も見てないわ。テレビでサッカーをやってたから誰か行けば気付くと思う』

カウンターの客たちも口々にこう証言する。

『九時半以降は十時ごろまで誰も用を足してません』

『えぇ。正直、それどころじゃなかったです。店の全員が席に着いたままでしたよ』

『なにしろ三対三ですからね。目が離せない熱戦でしたから』

卓②の客たちの証言も同様だ。

つまり、夜十時過ぎに遺体を発見したⒻ――つまり僕を除けば――最後に男性用トイレに行ったのは、その直前に用を足しに行ったⒽということになる。そしてさらに問題なのは」

刹那《せつな》、役者としての本分を忘れたのか、四季の目に痛みのような感情の色が走った。

「Ⓗは『黙秘します』と一切の証言を拒否。そのせいで警察に連行されていったのだ――カット」

（まさか、四季くんの仲間が連行されただなんて――）

またも訪れた束《つか》の間《ま》の沈黙を、あえて楓から破ってみる。

「被害者の身許《みもと》は分かったの？　話を聞く限りお客のひとりじゃないようだけど」

「いえ、おそらくですが判明していないと思います。女将も見たことがない方だといってましたし、私服警官が『免許証もなにもないですね』と話しているのが聞こえましたから」

「凶器の〝ナイフらしきもの〟というのは誰の所持品だったのかな」

「あ、そっちのほうはすぐに判明したみたいで」と四季。

「これも鑑識の話が耳に入っちゃったんですけど――被害者の男性は、腰のベルトにバタフライナイフを収納する革ケースを付けていたんですよ」

岩田がくしゃりとした髪をくしゃりと掻いた。

「ということは、犯人は腰のバタフライナイフを奪い取って刺したってことだな」

「そうなりますよね」

「なら結論は火を見るより明らかじゃないか。四季には悪いけどさ、なんらかの理由からⒽが衝動的に殺しちゃったんじゃないのか？　三分間あれば犯行には充分だ。なにしろ黙秘してるっていうだけでめちゃくちゃ怪しいじゃないか。普通に考えてまともな奴じゃないよ」

「それが先輩、Ⓗはとてつもなくまともな奴なんですよ。演劇人としては致命的なほどにね」

「致命的？」

はい、と四季は岩田の目を直視して断言した。

「演劇人というのは〝いい奴〟過ぎてもだめなんです。ところがⒽには、他人を蹴落としても役を獲ろうという上昇志向がまるでない。でもね、性格の良さだけはこの僕が保証します。とても人を殺せるような奴じゃない。真面目で優しくて正義感の強い、最高の男なんです。その意味では先輩にちょっとだけ似ているかもしれません」

やめろよぉ、といいながらも岩田はあからさまに嬉しそうに顔全体をくしゃりとさせた。

「俺ってそんなに最高の男か」

「いやそこじゃなくてもっと前の。性格の良さ〝だけ〟は保証できるという」

「おい」

「すいません」

「今回だけ許す」

「それにだいたいもしもⒽが犯人なら、僕がトイレに行こうとしたとき、絶対に止めるはずじゃないですか」

「たしかにそうだな。じゃあなぜⒽは黙秘し続けてるんだろう。いや、それよりもなによりも」

　岩田はまた天然パーマの髪に手をやった。

「この事件――誰がどこでどうやって、タトゥーの男を殺したんだろう」

「そこも含めてすべてが不思議よね」

「改めて時系列で〝起こったであろうこと〟と論点を整理しておきましょう」と四季。

「まず九時半以降は、誰ひとりとしてトイレに行っていません。十時ちょうど――Ⓗが用を足しに男性用トイレへと向かう。わずかに約三分後。席に戻ってきた彼は、男性用トイレが空いているか僕に尋ねられて、『空いてるよ』と明言する。すぐに僕は、男性用トイレへと向かう――ところがなぜか、扉は内側から閉まっていた。ノックをしても声を掛けても反応がない。慌てて洗面台を足掛かりに扉の上から中を覗き込むと、そこには——明らかに背中を刺されたばかりの死体があった、というわけです」

「トイレに窓はないわけだよな。誰かが忍び込めるような」

「ありません。図のとおりです」

「だとするとだぞ、論点はやっぱり——」

「そう、先輩がいったとおりです。この事件、誰がどこでどうやって、タトゥーの男を殺したんでしょうか。そしてさらに付け加えるならば——犯人は、どこに消えたんでしょうか」

しばし続いた静寂を破り、また壁の梟がほう、と鳴いた。

それまで黙したままふたりの会話を聞いていた楓が口を開く。

「これは相当に複雑な謎を孕《はら》んだ事件だと思う」

楓は直感をそのまま口にした。

「だからこそ四季くんは、わたしたちに相談を持ち掛けてきたんだよね」

四季は、肩をすくめてみせた。

あは。

キミも肩をすくめてるじゃない。

「ねぇ四季くん、明日までちょっと待ってくれないかな。ひょっとしたら、なにか役に立つことを話せるかもしれない」

あしたは休みだ――祖父のところへ行ける。
楓はそっと、ボイスメモのストップボタンを押した。

3

祖父の家に着いたと同時にからっと雨があがった。

根拠はないが、祖父の体調がいいような気がする。

雨水に湿った落葉がそこかしこで光っている庭を通ると、書斎の窓から声が響いてきた。

「あーえーいーうー、えーおーあーおー」

「あーえーいーうー、えーおーあーおー」

今日はどうやら発声練習のリハビリが行われているようだ。

昨今の介護の現場では、リハビリをひとりが受け持つケースというのは稀であり、目的に応じた様々な専門職によるチーム体制が敷かれることが多い。

「言語聴覚士」は、「話す」「聴く」そして「飲みこむ」といった行動面のリハビリを手助けする、比較的新しいリハビリテーション専門職だ。

書斎の扉をノックして楓ですと名乗ると、どうぞ、と人好きのする明るい声が返ってきた。

「お孫さんがいらっしゃいましたよ。調子が良くてよござんしたね、〝碑文谷さん〟」

昔の噺家《はなしか》たちが住んでいる地名に合わせて「——町の師匠」と呼ばれていたように、落語好きの祖父は自分の「碑文谷」という渾名が昔からいたくお気に入りだ。

頭を下げつつそろっと書斎に入ると、禿《は》げかけた頭をきれいに剃《そ》り上げた細身の初老の男性が、両手に医療用のゴム手袋をはめ、喉のマッサージを始めるところだった。

背は百六十センチの楓と同じか——いや、少し低いくらいか。

「喉の肉がラクダのように垂れ下がったお年寄りがいらっしゃるでしょう。あぁいう方というのは喉の筋肉が落ちてしまっているんです。当然、嚥下《えんげ》能力も落ちてしまう。日頃からマッサージをしておくとだいぶ違いますよ」

「あぁ、いい感じだ。いつもありがとう」

「しかし碑文谷さんの御髪《おぐし》は御立派でらっしゃいますね。羨ましい限りですわ」

男性は頭をぐるりと廻し、つるんとした頭頂部を祖父と楓に見せて笑いを取った。

「でも碑文谷さんの髪の毛がいくら立派といってもね、うちの娘にはかないませんよ。なにしろ長さが違う、滑らかさが違う。そしてなんといっても艶が違う」

「当たり前だよ。娘さんとぼくみたいな年寄りを比べてどうするんだ」

祖父は声に出して笑った。

「いつもそんな調子だから君のことを〝親バカさん〟っていいたくなっちゃうんだよ」

祖父は気のおけない周囲の人間に渾名を付けるのが好きだ。

きっと親バカさんとは相性がいいのだろう。

床屋政談っぽい空気というのだろうか——ふたりの会話はテンポがよく、脇で聞いているだけでこちらも楽しくなってくる。

まるで江戸川乱歩の名エッセイ、『カー問答』だ。

「祖父が長話でご迷惑をお掛けしてませんか」

楓が尋ねると、親バカさんは本気で心外そうに、いえいえそんな、と目の前で手を振った。

「いつも碑文谷さんの博学ぶりには感心するばかりでしてね」

鼻の下がぷくりと膨らんでいて、どこか猿のようなユーモラスな印象を与えている。

「スポーツに例えるなら十種競技《じっしゅきょうぎ》のチャンピオンとでも申しますか。もうあらゆる分野に精通しておられるもんだからお話を聞くだけで本当に勉強になります。こちらから講義代をお支払いしたいくらいのもんですよ」

社交辞令ではない気がした。

笑い皺に包まれたつぶらな瞳は、好奇心が旺盛《おうせい》なのだろうと思わせる。

「ほう、十種競技とは面白い例えをするね」

祖父はいたずらっぽく片方だけ口角を上げた。

「ならば親バカさんに訊こうじゃないか。十種競技の種目を全部いえるかな」

「出た。勘弁してくださいよ」

親バカさんはわざわざ楓に顔を向け苦笑して見せつつ、つるんとした頭を撫でた。

「ね、楓先生。いつもこんな具合で、やり込められてばかりなんですよ」

「では代わりに答えよう。まず百メートル競走。それから走り幅跳びに砲丸投げ――」

「はいはいっ！　今日も碑文谷さんの勝ちですっ」

かぶせ気味のタイミングのいいツッコミに、楓もつい釣り込まれて笑ってしまう。

施術の終了時間に合わせるかのように、庭で鈴虫がりん、と鳴いた。

近頃では民家の庭に鈴虫が棲むのは珍しいらしく、それが祖父の自慢の種なのだ。

「では私めはそろそろ退散させていただきますね」

祖父はありがとう、と手を上げながらも名残惜しいのか、そういえば、とまた声を掛けた。

「この間の鈴虫の群れの声はうまく録《と》れていたかね」

「ばっちりでした。娘に聴かせたら大喜びしてましたよ」

「それは良かった。三匹もの鈴虫が同じ葉の上で鳴くなんてことはそうないからね」

「値の張るレコーダーを買った甲斐《かい》がありました。癒やされるとはあのことですよ」

「だろう。清少納言《せいしょうなごん》いわく、『虫は鈴虫』。一番手に鈴虫の音色を挙げたほどだ」

「いや、すいません。そっちじゃなくて」

親バカさんは大袈裟《おおげさ》に首を捻《ひね》っておどけてみせた。

「その音色を聴いていた娘の笑顔に癒やされたんです」

「あはは。君にかかっちゃかなわんな」

「では楓先生、ごゆっくり」

親バカさんは、楓とほぼ同じ高さの目線から何度もお辞儀をしつつ書斎から出て行った。

（祖父は幸せ者だな）

体調面のサポートだけではなく、こうして笑わせたりしてくれるのは本当にありがたい。

介護スケジュールを立てたときのケアマネージャーの「介護で大切なのはご家族も含めてのチームワークと笑顔ですよ」という言葉が、今になって心にしみる。

楓は心の中で介護スタッフたちに手を合わせながら、事件の概略を話し始めた。

聴力にはまるで衰えがないのが、祖父の自慢だ。

事件のあらましとボイスメモを聞いた祖父は、遠い目でつぶやくようにいった。

「『はる乃』か。足がいうことをきかなくなってから久しく行ってないな。知ってるだろ、あそこのもつ煮込みは最高なんだ。タレと出汁《だし》の塩梅《あんばい》が絶妙でね――ひとりきりで暖簾《のれん》をあげたのに、よくぞあそこまでの味が出せたものだ」

祖父は、お気に入りのうぐいす色のカップのコーヒーを口にした。

楓も昨夜から、コーヒーばかり飲んでいるような気がする。

一説に、DLB患者にとってコーヒーは体にいいともいわれている。

が、祖父の場合は飲みすぎだ。

「あそこの女将はね、ぼくが行くと必ず『碑文谷さん、今日は何時までいらっしゃるの』と尋ねてきたものだ。帰る時間を答えると、近寄ってきて耳元で『じゃあ問題ふたつだけにしとくわ。お銚子《ちょうし》一本でどうかしら』などと事前交渉を持ち掛けてくるのだよ。それで、お客さんが少なくなった時分になると、数学やら英語やらの参考書を、ばさっとカウンターに広げるのだ。彼女は若い時分、あることがもとで退学せざるを得なくなってね。高卒認定試験を受けるために、ずっと独学していたのだよ。問題を理解できたときの笑顔というのは、小学生だろうが大人だろうがなんら変わりがないものさ。そうなるとぼくのほうも嬉しくなるじゃないか。で、結局は五問、六問と教えることになってね――毎度のように看板までいるのが常だったのだがね」

「女将さんは試験に合格したの？」

「もちろんさ。誰が家庭教師を務めたと思ってるのかね」

祖父は眉を上げてふざけたつもりのようだったが、声には寂寥感《せきりょうかん》が滲んでいた。

「実に落ち着けるいい店だ――ぼくは、常連のⒽとおぼしき四角い顔の若者のこともよく知っている。店が忙しいときの『僕のことなんていいのに』という優しい声音の口癖を知っている。彼が亡き母親の面影を女将に重ねていることも知っている。そして、不器用なだけに自分でも気付いてないのだろうが、ひとりの女性として意識していることも知っている」

「そうだったのね」

さて――と祖父は気を取り直すように本題に斬り込んだ。

「まず、四季くんは犯罪に加担していないこととして話を進めよう」

「そうね。じゃないと物語の紡ぎようがないものね」

「するとだね。まずは事件そのものの謎よりも、どうにも看過することができない別の大きな謎が浮上することとなるのだよ。そうだな――〝メニューの謎〟とでも呼ぼうか」

「メニューの謎？」

楓は小首をかしげた。

「そんな謎あったっけ」

「トイレで遺体を発見した四季くんは、すぐに厨房の女将へ報告に行った。すると女将は、『のんびりと頬杖をついてスパイスを効かせた鶏料理かなにかの新メニューを紙に書き込んでいるところだった』のだが――四季くんの姿に気付いたとたん、『油性ペンを走らせる手を止めて紙を破って』しまったのだという。いったいなぜだろう」

「四季くんもいってたけど、慌てて書き損じちゃっただけじゃないの？　そこ、そんなに気になるところかなぁ」

「おおいに気になるね」

祖父はサイドテーブルにカップを置いた。

「書き損じたにしろ、わざわざ破ることはないじゃないか。なにはともあれ、まずは四季くんの話を聞くほうが先決じゃないかね。そもそもあの女将に、メニューの紙を破るなんていう荒々しい行為は似つかわしくないよ。なのに彼女はなぜ、メニューの紙をわざわざ破ったのか。いや、破らなくてはならなかったのか。これが〝メニューの謎〟だよ。そしてこの謎が合理的に説明できてこそ、初めてこの物語の真相が見えてくるのだ」

よく考えてみたらたしかにそうかも。

楓は数回お店で会っただけだが、メニューを書き間違えたくらいで人前で破るような人物には見えなかった。

でも――だとしたら？

祖父は、〝小さく前へ倣《なら》え〟のポーズのように両手を前に出し、メニューの謎についてはひとまずおくこととしよう、と手を横に振った。

「さてここで本来ならば、さっそく楓に〝物語〟を紡いでもらいたいところではあるのだが、その前に、かつての常連としてのぼくの体験談を聞かせておいたほうがフェアだろうね」

祖父の顔が複雑な陰影を帯びた。

「なにせぼくには、〝タトゥーの男〟の正体に心当たりがあるからだ」

「えっ」

「女将が高校生だった時分から暴力にものをいわせ、ずっと彼女の人生に暗い影を落とし続けてきた人物だ――かねてからぼくは、女将から『昔の男が悪い人でね』と、婉曲《えんきょく》表現ではあるがたびたび話を聞かされていたし、実際にタトゥーの男が店先に立っているのを見たこともある」

「そうだったんだ」

「一年ほど前だっただろうか。あれは、誰もが心細くなるような強い風が吹き荒れる寒い夜のことだった。ぼくはいつものようにあの店で女将に勉強を教えていたのだが――あの日に限って女将がしたたかに酔っ払ってしまってね。『碑文谷さん、勉強はもうおしまい。お酒は奢るから、この間、店先に現れた男の話を聞いてくれない？』

そういってカウンターに頰杖をついたんだ」

（頰杖――）

そういえば四季が厨房に入っていったときも、女将は頰杖をつきながらメニューを書いていたという。

愛嬌《あいきょう》のある彼女に似合う可愛い癖だな、と楓は思う。

「ぼくはふたりの間になにがあったのか、すでにほとんど分かっていたから、『彼……出てきたんだね』といった。すると女将はカウンターから崩れ落ちるように泣き始めてね」

「〝出てきた〟って――どこから？」

「刑務所だよ」

祖父はこともなげにいった。

「二十数年前、おおいに世間を騒がせた事件があった。タトゥーの男と女子高生のカップルが、列島を股にかけて何件もの押し込み強盗を働いたのだ。抵抗しようとした被害者がひとり殺されたほどの大事件だ。主犯はもちろんひと回りほども年上の男のほうで、女性はいわれるがままに付き従っていただけの従犯だった。小柄で運動神経が良かった彼女は、もっぱら高い窓から侵入したり逃走経路を確保したりといった役目を担っていただけなのだが、世間はそうは見てくれない。稀代《きたい》の極悪カップル――〝日本のボニー&クライド〟として、大層な悪名を馳《は》せたものさ」

（ボニー&クライド――）

聞いたことがある。

アメリカン・ニューシネマの道標的作品であり、サスペンス・ミステリの名作ともいえる映画『俺たちに明日はない』の主役ふたりのモデルで、一九三〇年代にアメリカ中西部で銀行強盗を繰り返したカップル、ボニー・パーカーとクライド・バロウのことだ。

「そうか。じゃあそのカップルの女性のほうが、まだ女子高生だった女将だったのね」

「そのとおり」

祖父の額に、幾筋もの哀しげな皺が刻まれた。

「ようやくふたりは北の最果ての地で逮捕された。男は刑務所行きとなり、女子高生――のちの女将は、女子少年院に収容された。そこまでの話は、ぼくも報道で知っていた」

「うん」

「それから幾年月――ぼくは店先に姿を見せたタトゥーの男を見るなり、すぐに、かつて全国指名手配されていた〝日本のクライド〟だと気が付いた。すると女将は必然的に〝日本のボニー〟ということになる。クライドは長い刑務所暮らしのあと、卑怯《ひきょう》にもまたもやボニーの前にその姿を現したのだ」

「やだ――」

「お酒の勢いを借りてなのかどうか、いつかぼくにすべてを聞いて欲しかったのだろうね。女将は問わず語りに逮捕後の話をし始めた。貧しい家庭に育った彼女は〝食事とは一日に三度するものだ〟ということを女子少年院で初めて知ったそうだ。そしてそこで食べた煮物の美味しさが忘れられず、固く決意したというんだ。将来は必ず、自分の店を持とうとね」

　胸に迫るものがあった。

　楓にとっての〝冒険〟が小学校の教師だったとしたなら、彼女の人生を懸けた〝冒険〟は、自分の手料理を存分に振舞えるお店を出すことだったのだ。

「彼女にとって逮捕は、男との縁を切るため――そして第二の人生をスタートさせるための天の配剤だったといえよう。ところが、どこで居場所を嗅ぎつけたのか――とつぜん店先にタトゥーの男、クライドがぬっ、と現れた。脅す材料はただひとつ。『おまえ、過去を知られてもいいのか？　店が潰れるかどうかは俺次第だぜ』とね。女将としては、泣く泣く無心に応じざるを得なかったというわけだ。ぼくは二度と無心に応じちゃだめだ、もしもあの男がやってきたらすぐにぼくに連絡しなさい、と忠告したのだがね」

祖父はちらりとサイドテーブルに立てかけてある杖に目をやった。

だが、もしも女将からなんらかのかたちで連絡があったところで、今の祖父では、とてもあの店まで出向くことはできなかっただろう。

たとえ、杖を使ったとしても――

楓は気付かないふりをして本題に水を向けた。

「そして――とうとうあの日がやってきたのね」

「そうだ。性懲りもなく、またもクライドは無心のために現れた。店が繁盛していたのは、むしろ彼にとっては好都合だったはずだ。いつも以上に金をせしめることができると、ほくそ笑んだことだろう。まさか人生最期の日になるなんて、思いもよらなかったに違いない。まぁ、遠からず彼の素性は警察でも明らかとなるだろう。ことによると事件の発表が遅れている理由も、そのあたりにあるのじゃないのかな。騒動となるのを見越した上でマスコミへの対応を考慮してから発表しよう、というわけだよ」

祖父は両手を組み合わせて楓の目を真っすぐに見た。

「さて、以上で事件にまつわる材料は出揃ったように思う。では、改めて訊こうじゃないか。いったいあの夜、なにがあったのか――楓としては、どんな物語を紡ぐかね」

ここで、きた。

楓はごくりと唾を呑み込んでから、「物語」を紡ぎ始めた。

「物語、一。『Ⓗが犯人である』」と楓はいった。

「彼は何らかのトラブルをきっかけとしてタトゥーの男を男子トイレで殺害。中から鍵をかけた上で、壁のタオル掛けや内鍵を足掛かりにトイレの上部から脱出――何食わぬ顔で席に戻ってきて煙草に火を点けたのだ。事件について黙秘しているという事実が、この物語を支えているといえる」

祖父は、かたちのいい顎に生えた無精ひげを撫でながら、「矛盾があるね」と明言した。

「もしもⒽが犯人ならば、四季くんから『トイレ空いてる?』と訊かれたとき、なぜ彼は『あぁ、どうぞ――空いてるよ』と答えたのだろうか。中から鍵を掛けた以上、当然少しでも遺体の発見を遅らせたいはずじゃないか。ましてや最後にトイレに行ったのだから、自分が疑われるのは必至だ。人間の心理としてとうてい首肯できないね」

たしかにそうだ。

Ⓗが犯人なら、彼の言動は自身の犯行をひけらかすようなものだからだ――

それに彼の優しい性格を聞いた今となると、犯人扱いするのは少しばかり心が痛む。

楓は、どこかほっとしつつ――だが、おおいに当惑しながら、次の物語へと移った。

「物語、二。『Ⓗは犯人ではない。ほかの何者かが男を殺害し、中から鍵をかけ、トイレの上部から脱出したのだ』」

そういってから、楓は自分でこの物語を否定した。

「でもあり得ないな。こちらには、物語一よりも大きな矛盾があるもの」

祖父は、いろんな意味にとれそうな笑みを浮かべた。

なにを思っているのだろう。

「だってそうじゃない。九時半以降、誰もトイレを使っていないんだよ。そして十時にトイレに行って戻ってきたⒽの、男性用トイレは『空いてるよ』という言葉がもしも真実なら」

次の言葉を発するには、少しばかり勇気を必要とした。

「わずか数分の間に被害者が忽然《こつぜん》とトイレに現れて、同時に犯人も姿を消した――ということになる。いわば広義の〝密室殺人〟となってしまうもの」

「そのとおりだ」

祖父は、書棚が影を落としている書斎の一隅をじっと凝視した。

「うん、〝絵〟が見えたよ。犯人は女将だ。今ぼくの目の前で、彼女は身支度を整えている」

「えっ」

身支度を整えている――ということは、逃走を図ろうとしているということか。

「楓の物語でいえば、二が正解なのだ。つまりこれは紛れもなく広義の〝密室〟事件なのだ」

祖父は断言した。

「あの夜、なにがあったのか――詳しく振り返ってみることとしよう」

祖父はまた額に皺を寄せた。

「九時半までは客が何度もトイレに立っていた。ところがここから試合が白熱してトイレどころではなくなり、客たちの目はすべて、テレビのサッカー中継に注がれることとなる。さらにそのあと、日本のシュート攻勢で客が総立ちとなり、店内がさらなる喧噪《けんそう》に包まれた九時五十分ごろ――性懲りもなく、またもやクライドが金を無心しにやってきた。店先の彼の存在に気付いたのは、カウンター越しにその姿を見た女将だけだ。彼のほうがトイレを指さしてこっちに来いと合図したのか、それとも女将のほうが目配せしてトイレにいざなったのかは、さだかではない。が、店内での騒動をなにより恐れるのは女将だから、可能性が高いのはやはり後者だろうね。それに厨房で会うのは危険極まりない。それこそ刺身包丁や出刃包丁なんかの物騒なものがふんだんにあるからね。相手はDVを絵に描いたような男だ――身の危険を感じた女将がトイレを選んだのは当然のことだよ。日本の更なるシュート攻勢で客の目がテレビに釘付《くぎづ》けとなっている中、女将はカウンターの後ろから、そっとトイレへと向かう。クライドは店の入り口からすっと壁伝いに進んで右開きの扉を開け、忍び込むようにトイレに入る。客は総立ちで試合に熱中していたから、誰ひとりとしてこのふたりの動きには気付かない。そして女将は男性用トイレで話し合いの場を持ったのだが――そこでやはり、揉めに揉めた。女将は勇を鼓し、毅然《きぜん》と無心を断る。初めての明確な拒絶だね。だが、その態度に激高したクライドは暴力に打って出ようとする。断言するが、首を絞めようとしたはずだ」

「首を――じゃあ、正当防衛ってこと？」

「うむ。これは明らかに正当防衛事案なのだ――そう判断できる理由はあとで説明しよう」

祖父は粗塩を舐《な》めたかのような苦い顔のまま言葉を繋いだ。

「さらに彼は、腰のバタフライナイフで女将を刺そうとする。そして揉み合っているうちに、女将は誤ってクライドを刺してしまったのだ」

楓の脳裏に、不気味にも鮮やかなコントラストを描くイメージが浮かんだ。

真っ赤な血。

純白に滲む、紅《くれない》の色。

そのイメージは、いやがうえにも過去の〝あの出来事〟を想起させた。

「〝どうしよう？　刺すつもりなんてなかったのに〟――女将は慌てて救命措置を施

そうとしたことだろう。だがすでにクライドはこときれていた。彼女は必死でトイレの中でどう対処すべきか思案した。人柄がよくて生真面目な彼女のことだ。当然まずは自首しようという思いがよぎったはずだ。だが——その上で彼女が思い至ったのは、お店の今後のことだったのだ。たとえ正当防衛が認められたとしても風評被害は避けられない。女手ひとつで借金を重ねてようやく暖簾をあげた店なのに、店主が〝日本のボニー〟と知られたら、たちまちのうちに潰れてしまうことだろう。ましてや死人《しびと》が出た飲食店に誰が足を運ぶだろうか。彼女はどうしてもすぐに事件が明るみに出ることだけは避けたかった。クライドの遺体が見つかる事態だけは、絶対に避けたかった。パニック状態の彼女が、まずはとりあえず一晩だけでも——少なくともサッカーの試合が終わり客を追い出すまでの間だけでも亡骸を人目から遠ざけておくことができれば——そう考えたのも無理からぬことだろう。そして男性用トイレの扉をそっと開け、辺りの様子を窺おうとしたその瞬間、すなわち午後十時、常連客のⒽが用を足しにやってきたのだよ。そこで彼女は咄嗟《とっさ》に再び男性用トイレにこもって鍵を掛け、扉越しにⒽに声を掛けたのだ。『ごめんねⒽさん。女性用に誰か入っててらしたからこっちを使わせて。すぐに出るから』とね——。そしてⒽがいなくなった頃を見計らい、クライドの財布などの所持品をエプロンのポケットに入れ、鍵は掛けたまま壁のペーパー器具や内鍵を足掛かりに、男性用トイレの上部から脱出したのだ」

「えっ」

　楓は首を傾げた。

「トイレの上の隙間から出たってわけ？　うーん……女将にそんな荒業が可能なのかなぁ」

　祖父は頬を緩めながら人差し指の先をこめかみに当てた。

「いいかな。犯罪に手を染めていた頃の彼女の得意技を忘れちゃならん。小柄で運動神経抜群の彼女は、高い窓からの侵入を得意としていたという。しかも店での恰好《かっこう》は、常にラフなジーンズ姿だ——トイレからの脱出なんて造作もないことさ。人は〝割烹居酒屋の女将〟というと、無意識のうちに割烹着や着物姿を連想しがちだね。だが別に割烹居酒屋だからといって、和服を着なきゃいけないというルールがあるわけじゃない」

　——そのとおりだ。

　事実、楓自身、女将のラフな恰好も手伝って入りやすい店だからこそ、岩田を誘うことができたのではなかったか。

　四季を始めとする若い劇団員たちについても同様だ。

　カジュアルな店だからこそ、気楽に暖簾をくぐることができたのだ——

「さて、トイレの上から首尾よく抜け出した女将は、はっと思いつく。トイレを使用禁止にすれば、せめて閉店までは死体が発見されることはないだろう、と」

「なるほど。筋が通ってる」

「いっぽうⒽは、踵《きびす》を返して席に戻っていく。実はこのとき、女性用トイレは扉こそ閉まっていたものの鍵は開いていたのだが、Ⓗは確かめようともしなかった。女将がすぐに出るというのだから、わざわざ女性用トイレを使おうなどとは考えもしなかったからだ」

「でもさ、おじいちゃん――」

「あぁ。楓の疑問も分からないでもない」

頷く祖父の顔には、いい相槌だね、と書いてあった。

「女将が男性用トイレを使うことに違和感を覚えるかもしれん。だがね、実際のところサービスエリアなどではよくあることなんだ。女性のやむにやまれぬそうした行為に文句を付けるのは大人の男として野暮ってものだよ。ましてや居酒屋であれば〝従業員が使用することがありますがご了承ください〟という注意書きがある店なんて、珍しくもないからね」

たしかに、と思わざるを得ない。

ましてやあの店の厨房にはトイレがない。

女将は当然、お客と同じトイレを使うはずだからだ。

「さて――席に戻ったⒽは、こう思った。〝煙草を一本吸ったら改めて用を足そう〟とね。われわれ喫煙者にはよくあることさ。そしてこの感覚こそが、結果的に不可能犯罪めいた状況を生んだ最大の要因なのだ」

　祖父はまた、部屋の一隅を凝視した。

「Ⓗが喫煙者でなければ、トイレ前の廊下から店内へと続く扉を開け、そこで立ったまま女将が出てくるのを待っていたことだろう。そして、もしもⒽがトイレ前で立っていたとしたなら、いかに店内が騒がしかったとはいえ、さすがに卓①の連中の目にとまったはずだ」

「そうね。そして聴取のとき、『中に誰か入っていたのか――トイレ前で待ってた人がいましたよ』と証言したはずだわ」

「だがⒽは喫煙者だったがゆえに、一度わざわざ席へと戻ったのだね。さてこのとき、Ⓕ、すなわち四季くんから『トイレ、空いてた？』と訊かれたときの、Ⓗの奇妙な言葉を今一度思い返してほしい。『あぁ、どうぞ――空いてるよ』。どうだろう、奇妙な間というのかな。前段の言葉がどうにも無駄に思えないかい。後段の『空いてるよ』のひとことだけで良くないだろうか。気心の知れた劇団の仲間に向かって『あぁ、どうぞ』だなんて……どうにも他人行儀に過ぎるとは思えないかね」

　そうだ。

四季くんは、「同い年の仲間」といっていた――

「実はこの瞬間、Ⓗは四季くんの肩越しに、トイレから出てきた女将の姿を目にとめたのだ。だからこそ、〝あぁ、どうぞ〟という奇妙な言葉――すなわち、（あぁ、今ちょうど俺も改めて行こうと思ってたけど、煙草に火をつけたところだし、女将が出たからお先にどうぞ）と同義の言葉が口をついて出たのだよ」

じゃあ、と楓はさらなる疑問を口にした。

「どうしてお客さんたちは、こぞって〝九時半以降は誰もトイレに行っていない〟〝誰も用を足していない〟と証言したの？」

祖父は、ずばりといいきった。

「それは、トイレから出てきた人物が、客ではなく女将だったからだ。そして彼女が、トイレの備品を抱えていたからだ」

楓は、はっとした。

え――これって。

これってまさか、「見えない人」テーマ？

「たとえば女将が、ペーパータオルの屑箱《くずばこ》を胸に抱えていたとしたらどう思うかね。用を足しにいったようには見えない。備品の整理か交換に行ったとしか思えないじゃないか」

やっぱり……！

「そうだ。このとき、女将はいわば、かのチェスタトンのいうところの〝見えない人〟になっていたのだね。あぁそれと、これはもういわずもがなだが――この屑箱の中には、返り血を浴びたエプロンとクライドの所持品が入っていたのだよ」

庭から鈴虫の声がした。

これで事件の経緯に関する解明は、あらかた終わったように思える。

でも、と楓はあえていった。

「なんだか想像に想像を重ねてるきらいはあると思うけど。たとえば、女将さんとⒽが共謀していたって可能性はない？」

「ないね。ならばなぜⒽは四季くんがトイレに行くのを許したのかね。共謀していたのなら、ふたりでなんとでも理由をつけてすぐに店を閉めてしまえばいいじゃないか」

「女将さんの計画的な単独犯行っていう可能性だって――」

「もっと考えにくいな。満員の店でリスクを負って殺害に及ぶ必然性がまるでない」

「そうね、そうだわ。たしかに、たしかにおじいちゃんのいうとおりなんだけど」

だけど――

こんなこと、いっていいものなのだろうか。

「なんていうんだろ。まるで、見てきたような話に聞こえちゃって」

「そうだよ」

祖父は目を細めて部屋の一隅を見つめたまま、あっさりといった。

「今そこで女将はクライドと揉めに揉めている。あるいは女将はトイレの扉越しに、Ⓗと話している。さらに女将はやむなくクライドを刺している。そのさまが、ぼくには見えている。これほど確かな証拠はないじゃないか。まぁ正確には〝見てきたような話〟ではなく、〝見えている話〟なのだがね」

楓は驚きのあまり口を押さえた。

これは――

これは、かつてない推理の手段ではないか。

女将さんの温かい人柄や昔の彼の悪辣さなどキャラクターの性格を押さえたうえで、情報を瞬時に、徹底的に吟味《ぎんみ》する。

すると導き出された必然的な真相が、幻視という明確なかたちで眼前に現れるのだ。

また鈴虫が、りんと鳴いた。

「さて、いよいよ〝メニューの謎〟の考察に入るとしよう」

「解けるというの？　どうして女将さんがメニューの紙を破ったか、という謎が」

「もちろんだ。最初にいったとおり、この謎こそが真相を示す鍵なのだ」

「メニューを破った理由に合理的な説明なんてつくのかな」

「つくともさ。そしてこのときの謎めいた行為こそが、女将の犯行と、その行為が正当防衛であったことを明確に示唆《しさ》しているのだ。では、楓に逆に訊こうか。慌てて厨房に戻った女将になったつもりで考えてほしい。男性トイレを使用禁止にしたいならば、どういった行動に出るかね」

「そうだな」

少し考えてから楓は答えた。

「急いで〝故障のため使用禁止〟みたいな貼り紙を書くと思う」

祖父は手でピストルのかたちを作った。

「ご名答」

「えっ？　だって女将さんが書いたのはスパイスを効かせた料理のメニューで――」

そこまでいってから、楓は右手で口をふさいだ。

故障《こしょう》。

スパイス。

まさか――

「気付いたようだね」

祖父は、長い人差し指を顔の前で立てた。

「女将としては男性用トイレの鍵を掛けて出てきたのだから、まさかすぐに遺体が発見されるなんて思ってもいなかったはずだ。そして楓のいうとおり、慌てて『故障のため使用禁止』というような文言の貼り紙を書こうとしていたのだよ。だが、絞められた首の痛みに加えて焦りと混乱のせいで、〝故障〟という漢字がすぐには出てこなかった。そこでやむを得ず『こしょう』と平仮名で書いたのだ。さらにここが肝心な点なのだが――彼女はこのとき、けして頬杖をついていたのではない。無意識のうちに、激しく痛む首筋を撫でていたのだ。そしてこの無自覚な動作こそ、彼女の犯行が正当防衛であったことを示しているのだよ」

「そっか――そこに四季くんがやって来たのね」

「そうだ。女将としては大変な誤算だったろう。トイレの下から流れる血を見た四季くんが、遺体の存在に気付いてしまい、厨房へと飛び込んできたわけだからね」

「そして四季くんは、『こしょう』と書かれた貼り紙を見てしまった――」

「瞬時のことだから勘違いするのも無理はない。四季くんはその四文字を見て、鶏の柚子胡椒《ゆずこしょう》焼きのような、スパイスが効いた料理のメニューだと思ってしまったのだよ。だが女将としては当然この段階でトイレの注意書きを読まれるわけにはいかない。自身の関与がすぐに露見してしまうからね。そこで反射的に貼り紙を破ってしまったというわけなのだ。まぁ普通に考えてみれば分かることじゃないか。満員の客でごった返しているさなかにメニューを新しく作る余裕なんてありゃしないよ。ましてやのんびり頬杖なんかつくものか」

「故障《こしょう》」と「胡椒《こしょう》」――

　たしかに、居酒屋でよく見かける言葉の代表格ではないか。

「四季くんが遺体を発見して女将に伝えたとき、〝茫然自失〟となり、警察に通報する際に〝声が震えていた〟のも無理からぬことだ。なにしろ貼り紙をする前に遺体が見つかってしまったのだからね」

「でも、おじいちゃん。まだ分からないことがあるんだけど」

「なんだね」

「エプロンや男の所持品はどこへ行ったの？　当然捜索されたと思うんだけどな」

　祖父は、見ようによっては意地の悪い笑みを浮かべた。

「楓にはそれくらいのことは気付いてほしいものだね。さすがの警察でもおいそれとは調べにくい場所はひとつしかない。自慢のタレで漬け込んだもつ煮込みのズンドウの中に決まってるじゃないか」

「あ……！」

「さぞや女将は逡巡《しゅんじゅん》したことだろうね。お店を守るために事件をなかったことにしようとしていたのに、もつ煮込みの中にエプロンや財布を隠せば自慢の出汁は台無しとなる。この行為も、結局はお店を潰すことに繋がってしまうかもしれないからだ」

楓は想像を巡らせてみた。

そうした場合、もしも自分であればどういう行動をとっただろうか。

だが、結論は出そうにもなかった。

「あともうひとつ付け加えておこうか。警察に連行されたⒽが、なぜ黙秘しようと決心したのか――という点についてだがね」

祖父は幻視のかけらを捜すかのように、目をわずかばかり細めた。

「いちばん得心がいく理由は、女将を庇《かば》っているということだ。つまり彼は、警察が来た段階で、彼女の犯行以外はあり得ないと察していたということだね。Ⓗは正義感が強く優しい男だ。あるいは女将からクライドの悪行を詳しく聞いていたのかもしれないね」

「でも――なんだか、ふたりにとっては哀しい結末ね」

「どうしてだい」

「だってさっき、女将さんが身支度を整えているっていったじゃない。Ⓗが黙秘を続けている間に、自分だけ逃げようとしているんでしょ」

「それは違う」

祖父の目が、さらにすっと細くなった。

「彼女が身支度を整えていたのは逃走のためではない。そら――今ぼくの目の前で、警察に電話をしているよ。彼女は自分を庇ってくれている㋪のために、自首する道を選んだのだ」

（その〝絵〟だけはさすがに、希望的観測に過ぎるんじゃないのかな）

そうは感じたものの、祖父にここまではっきりと断言されると、それが真実に違いない、とも思えるのだった。


そのとき――今度は複数の鈴虫がりん、りんと鳴いた。

同時に、今にも眠りそうなほどに細かった祖父の目が、かっ――と大きく見開いた。

「そうか。いや、これはぼくとしたことが」

祖父は窓の外に目を向けて苦笑した。

「重要な事実を無視するところだったよ。鈴虫の雄と雌のうち、鳴くのは雄だけだ。いや、これは鈴虫に注意を向けさせてくれた親バカさんのおかげというべきかな。どうやらぼくは大変な間違いを犯していたようだ」

――え。

鈴虫？

間違い？

戸惑う楓を尻目に祖父は謎めいた笑みをたたえたまま、また無精ひげを撫でた。

「しかし無精ひげというものは、気になるとどこまでも気になるものだね」

楓には、とりとめのない話にしか思えない。

「ヘルパーさんか香苗に剃ってもらえば良かったよ。楓に任せると、荒っぽくて仕方がない。そこでだね——髭剃《ひげそ》りの代わりにお願いしたいことがある」

まさか。

でもきっと、あの台詞が、くる。

楓の直感どおり、祖父はいった。

「楓。煙草を一本くれないか」


祖父は、宙にふぅ、とゴロワーズの紫煙を吐いた。

そしてまた深々と、椅子に身体を埋め込んでいく。

瞑目《めいもく》しているのか。

それとも、目を細めているだけなのか。

やがて祖父は、紫煙の中を凝視してから口を開いた。

「楓、悪かった。さっき紡いだ物語は最適解ではない。実に大きな矛盾があるからだ」

「えっ」

「けしてからかったわけではないよ。可能性を探るうち、〝絵〟は常に変化していくんだ。そして口惜《くや》しいことに、やはり煙に浮かぶ〝絵〟のほうが、デッサンに狂いがないのだよ」

祖父はさらに紫煙の中に目を凝らしてから、ぽつりといった。

「犯人は女将ではなく、やはりⒽだったのだ」

――冷ややかな静寂。

いつの間にか、庭の鈴虫はすっかり鳴りを潜めていた。

「鈴虫はたとえ何匹いようと、音を奏でるのは雄だけだ。つまりうちの庭の鈴虫たちがいくら鳴こうが、雄と雌の比率を正確にはじくとするならば、結局は目視で個体をカウントするほかはない。だが、あの日の居酒屋の男女比率は明確に判明しているじゃないか」

（男女比率？）

「それが事件に関係あるのかな」

「いいかい。もう一度あの日の客層を思い返してみてほしい。客はテーブル席とカウンター席、ⒶからⓂまでの合わせて十三人。そのうち女性客は、卓①のふたりだけだったのだよ。逆にいえば十一人もの男性客たちがいて、サッカーの試合が終われば彼らは一斉に男性用トイレに殺到する可能性があるわけだ」

「うん」

「だとするとさっきの物語には、大きな矛盾が生まれてくることとなる。すなわち」

額に垂れた髪の奥で祖父の瞳が光った。

「〝男性客が押し寄せる危険性があるにもかかわらず、なぜ女将は、クライドと話し合いを持つ場として、男性用トイレを選んだのか？〟という矛盾だよ」

「そうか！」

楓にもようやく祖父がいわんとしていることが見えてきた。

「女将の身になってみたら分かる気がするな。厨房は刃物がいっぱいあるから論外として、すぐに話し合いを終わらせてクライドに帰ってもらうつもりだったとしたなら、場所はトイレ前の廊下か、最悪、女性用トイレだよね。男性用トイレっていちばん選びにくいと思う」

「そういうことだ。では、空白の三分間になにがあったのか――今いちど考察してみよう。まず九時五十分ごろ、クライドが店先に現れる。女将は彼に目配せをしてトイレに促す――ここまでは先ほどの論考と一緒だね。だが彼らが話し合いを持ったのはトイレの中ではなく、その前の廊下だったのだ。やがてふたりは激しく揉みあい始め、クライドは女将の首を絞め、さらにナイフを手に取り女将を刺そうとする。まさにこのとき、Ⓗがやってきたのだ。そしてⒽは女将を助けようとクライドからナイフをもぎ取ったのだが、勢い余って彼の背中を刺してしまったのだ」

「うん、頷ける。女将じゃとても激高しているクライドには敵《かな》わないと思う」

祖父はそれにだね、と人差し指を立てた。

「もしも犯人が女将ならば、揉み合って刺す場所は相手の腹部になるはずだ。刺傷が背中だったという事実は、すなわち別の第三者――Ⓗの犯行を明確に示唆しているのだよ」

いわれてみれば……！

「実はこのとき、クライドにはまだ息があった。傷はすでに致命的なものではあったろう。腹か背中に深々と刃物が刺さったままとなった場合、人間はまず助からないものだよ。だがこの時点では女将もⒽも、まさか死ぬとは思ってもいなかった。女将は呻《うめ》きながら悪態をつくクライドの手を引き、とりあえず彼を女性用トイレに連れ込んだ。男性用に連れ込むより騒ぎが気取られるリスクははるかに低いからだ。『Ⓗさん、ゴメンね。こちらはなんとかするから、介抱は任せて！　万一のときは救急車を呼ぶから！』女将の声を背に、Ⓗは茫然自失の体で席へと戻っていく。一方、女将のほうはクライドに『大丈夫？』『救急車を呼ぼうか？』などと声を掛けていたのだが――クライドはまたもや狂暴性をあらわにさせ、女将を殺そうとする。刺さったままのナイフが栓代わりとなり、まだ体外への目立った出血はない。慌てた女将は廊下奥へと逃げる。そして狂ったように襲ってきたクライドをかわし、たまたま扉が開いたままになっていた男性用トイレに突き押した。その勢いで背中のナイフがタンクに激しくぶつかり——彼の動脈を完全に断ち切ったのだよ。だが、この突発的な自衛行為を犯罪と断ずるのは酷だろうね。あくまで不可抗力の産物であり、クライドの死期をほんのわずかばかり早めたに過ぎないからだ」

「そっか……。そして女将は男性用トイレの鍵を内側から掛けて上から脱出したのね。で、クライドの所持品とエプロンを屑籠に入れてホールに戻ろうとする——」

「そうした咄嗟の行為は、店の今後のためというよりも、むしろⒽに累が及ばぬようにするためだったのではないだろうか。かたや席に戻ったⒽは用を足すことさえ忘れ、動転した気持ちを少しでも落ち着かせようと煙草に火を点けた。そして四季くんに『トイレ、空いてる？』と訊かれたそのとき、彼の肩越しに女将の姿を目にとめたのだ。Ⓗからすれば男性用トイレは確実に空いているはずだから、やむなく『あぁ、どうぞ——空いてるよ』と答えたのだね。だが実際には、思わぬトラブルにより血まみれの遺体が忽然と男性用トイレに現れる結果となった。当然Ⓗはこう勘違いしたはずだ——（女将が改めて殺害してしまったのだ）とね。だからこそⒽは女将を庇い、今も黙秘し続けているのだ。犯人は自分であることも知らないままに」

祖父は名状しがたい複雑な表情を浮かべた。

紫煙の中に、居酒屋でもお馴染みだったⒽの優しげな面影を探しているのだろうか。

「ぼくには、取調室の机の下で固く拳を握ったまま押し黙っている、Ⓗくんの姿が見える。彼は女将が現れない限り、なにも話すまいと心に誓っている。そして女将がなにをいい出そうと、その証言にすべて辻褄《つじつま》を合わせる覚悟を決めている。ただし女将が本当の事情を話せば、すぐさまⒽは迷うことなく自分が刺しましたと〝自白〟することだろう。すると――うむ、見えてきた」

祖父は眉根を寄せてさらに紫煙の中をぐっ、ぐっ、ぐっと凝視した。

まさか――

いや、間違いなく、ごく近い将来の光景だ。

ときに紫煙のスクリーンは、来たるべき未来の絵さえ映し出すのだ。

「女将が泣き崩れている――彼女は間違いなくこう話している。『刺したのはたしかに彼ですけど、けしてわざとじゃないんです。私を助けてくれたんです！』と。その声を耳にしたⒽは、あの口癖を口にする。『僕のことなんていいのに』。そしてそのときⒽは初めて確信するのだ——女将への本当の感情を。母性に対する恋慕と思い込んでいただけで、実は女将のことを女性として好きだったことに。愛していた、ということに」

恋愛が不得手な楓にも理解できるような気がした。

Ⓗにとっての黙秘とは、あるいは女将への感情を自問自答する貴重な時間になっているのかもしれなかった。

楓は、さらに思案する。

Ⓗの犯行は警察にどう判断されるだろうか。

ある種の緊急避難的行動と捉えられるだろうか。

女将の行為はどう汲《く》み取られるだろうか。

だが楓としては、ふたりの優しさが新たな道を照らしてくれると信じたかった。

ややあって、灰皿の中のゴロワーズの火が消えた。

祖父はコーヒーカップの中を凝視しながら、一転して眠そうな声でつぶやいた。

「楓、箸をとってくれないかな。ここのもつ煮込みは本当に最高なんだ」

楓は、眠りについた祖父に心の中で話し掛けた。

（おじいちゃん。なかなか外に連れ出せなくてごめんね）

そして――

もしもまたあの店が開いた折には、必ず祖父を連れて行こうと決心した。

第三章／プールの〝人間消失〟

1

再開発が進んだせいだろうか。

今やごみひとつ落ちていない下北沢《しもきたざわ》の駅前に、祖父がいう「猥雑《わいざつ》だからこそ最高」な、この街独特の魅力をすぐに感じ取ることはできなかった。

それでも、金剛力士像のポーズを微動だにせずただひたすら続けているふたりのパフォーマーの周りを若者たちが取り囲み、冷笑を浴びせることもなく真顔で注視している光景を見て、やはりここは「シモキタ」なのだな、と楓は思った。

昔は老舗の映画館だったというフィットネスジムの近くに、その小劇場はあった。

スタンド式の看板には、極太の油性ペンで奇妙な文言が書かれてある。

〈劇団「あおこーなー」三ヶ月に一度のお楽しみ公演『作者はあなたVOL・3』〉

ん。

「作者はあなた」とは、どういうことだろうか。

だが、第三弾ということは、少なくともある程度の引きがある恒例企画なのだろう。

隣の唐揚げ専門店の油の香りが漂う階段を下りていくと、赤毛のショートカットの受付担当者が、えくぼを浮かばせ「ようこそ」と笑顔で楓を出迎えた。

髪の色に合わせたのであろう真っ赤な口紅が印象的だ。

（裏方さんかもしれない。でもやはりこの女性も、演劇世界の住人なのだ）と思う。

「どうぞ」と、紙と鉛筆を手渡される。

（アンケート用紙か。ようし……紙いっぱい、ビッシリと書こうっと）

そう意気込んでいたら、思わぬ言葉が返ってきた。

「こちら、〝台本用紙〟となります。開演の十五分前には回収しますので、それまでにご記入くださいね」

紙に目を落とすと、〈演じてもらいたい人物の設定を自由にお書きください〉とあり、最後に〈～の人生模様〉と締められている。

そうか。

これは、「即興劇《エチュード》」なのだ――

扉を開くと、定員三十名ほどの小劇場は、すでにほぼ満員の盛況だった。

空席を見つけようと、薄暗い場内に目を凝らす。

すると、先に来ていた岩田が「となり、取っときましたよ」と声を掛けてきた。

ありがとう、と腰を下ろすと、岩田は早くもすらすらと鉛筆を走らせている。

そして、「このパターンは僕も初めてなんですけど」と得意気に鉛筆をくるりと回した。

「楓先生、意外とこういうの苦手そうですよね」

「台本用紙のこと？」

「そうそう。いってみりゃこれって、モロに大喜利のお題ですよね。ほら、僕ってお笑いが大好きじゃないですか」

「初耳ですけど」

「でしたっけ。でも楓先生みたいな真面目な方には、ちょっと厳しいと思うんですよ」

（たしかにそうかも）

楓は、鉛筆を片手に、はたと考え込んだ。


やがて、「台本用紙」が楓を含む観客全員から回収され、五分ほど経ったとき、劇場にリングアナ調のナレーションが響いた。

『お待たせぇいたしましたぁ。〝あおこーなー〟から、当劇団、座長の入場です』

ダンサブルな曲とともに、細身のシルエットのスーツに身を包んだ四季が舞台に現れた。

「へぇ……あいつ、座長に昇格したんだな」と岩田がつぶやいた。

観客、とくに若い女性たちは、割れんばかりの大拍手を送る。

その人気ぶりを、知ってか知らずか――

四季は拍手がおさまるのを待って諸注意を伝えたあと、一段階ギアをあげた声で、

「皆さん。今回も素晴らしい台本、まことにありがとうございます」と頭を下げた。

どきり、とした。

低いのに会場の隅々まで通る声。

遠い昔、どこかで聞いたような耳ざわり。

「えっと……例によって僕の一存で、五つほど選ばせていただきました。これから我々、劇団員一同、一生懸命、エチュードを演じさせていただきます。仕込み、やらせ、いっさいなし！『作者はあなたＶＯＬ・３』。まもなく開演です」

そして、四季が「せーの？」といったとたん、楓をのぞく観客全員が声を揃えて、

「ショウ・マスト・ゴー・オーン！」と叫んだ。

これが、劇団「あおこーなー」の約束ごとなのだろう。

少しばかり楓が疎外感を感じる中、舞台は暗転した。

観客が作者となり参加者となる奇妙な緊張感と期待感が、漆黒の小劇場を包み込む。

開演ブザーと同時に、舞台が明転する。

それからの九十分間は、演者と観客がともに舞台を作り上げるというライブ感覚が横溢《おういつ》する至福の時間となった。

『球速百五十キロで投手にニューボールを投げ返すベテラン審判員』の人生模様。

あるいは、『タイムスリップの行き先が戦国時代ではなく、貴族たちが和歌を詠み蹴鞠《けまり》を愉しんでいる平安時代に来てしまった自衛隊員たち』の人生模様。

『タイトル戦の控室で「キミのために勝つ！」と拳を握りつつ名人戦に挑む将棋の棋士』の人生模様は、手に汗握る、観たこともないラブストーリーに仕上がっていた。

さらに――

『競馬で全財産を使い果たしてマグロ漁船に乗り込む二十代女性』の人生模様。

このとき楓は、（やった、採用された！）と、心の中で快哉《かいさい》を叫んだものだ。

毎回、「台本」がナレーションで発表されるたび、まずは分かりやすい笑いが巻き起こる。

だが、その台本に立脚した芝居の骨子は、きわめてシリアスなのだ。

そこが新しい、と素人ながらも楓は思った。

そしていちばん最後に劇団員全員により三十分以上にわたって演じられたのは、サーカス団員の老夫婦がW主演をつとめる一大叙事詩――

『本番前夜、ほぼ殺し合いの大喧嘩《おおげんか》をした空中ブランコ夫婦』の人生模様だった。

2

芝居の打ち上げは、小劇場から歩いて七分ほどの水炊きの店でおこなわれるという。

牡蠣《かき》料理専門店や古着屋、ダーツ店など、統一感のまるでない店舗が立ち並ぶ道すがら、岩田が悔しそうに愚痴をこぼした。

「あいつ俺の台本をボツにしやがって」

「あ、そうだったんだ……。で、どんなのを書いたの？」

「『元野球部の小学校教師』です」

（まんまじゃん）

（よくそれで採用されると思ったね）

（今それをいえるあなたが逆に眩しい）

複数の言葉が頭をよぎったが、ここは「残念ね」のひとことに留《とど》めておいた。

水炊き店に着き、座敷席に上がり込み、水炊きをつつきながら呑み始める。

ここは、食べ物と飲み放題システムとのコスパ・バランスが抜群にいいらしい。

楓は祖父から、「演劇人は芝居そのものよりも、そのあとの打ち上げのためにこそ芝居を打つのだ」という話を聞いたことがある。

周囲のただならぬ喧騒をみるにつけ、改めて、なるほど——と思う。

「あおこーなー」は、裏方を合わせても総勢わずか十名足らずの小劇団だが、楓の受け持つクラスの児童三十二人が束になってかかっても敵わないほどのはじけっぷりだ。

先だっての割烹居酒屋『はる乃』の事件では、やはり女将が警察に出頭し、Ⓗの犯行であることは明らかとなったものの、犯意はなかったとの判断が下される雲行きだと聞いた。

彼の仲間たちが屈託なく騒げているのも、そのためかもしれない。

結果的には、祖父の願望めいた推理が完璧に的中したということになる。

だがその話を酒の肴にするのは、不謹慎というものだろう。

大きな長方形のテーブルでは、「ショウ・マスト・ゴー・オーン！」という音頭とともに、幾度となく乾杯が繰り返されていた。

四季に誘われて参加したものの、楓としてはさすがにその高揚感にはついていけず、どうにも居心地が悪い。

だが岩田はというと、確かまだほんの数回しかこの劇団の芝居に足を運んでいないのにもかかわらず、「あそこの部分はさぁ」と、まるで古参の劇団員のように自然と会話の渦に溶け込んでいる。

こういう人懐こさが、児童たちからすこぶる好かれている理由のひとつなのだろう。

小一時間も経っただろうか。

長い髪を後ろに束ねたTシャツ姿の四季が、お相手できなくてすいませんでしたぁ、と生ビールのジョッキを三つ持ったまま、楓と岩田の間に割り込んできた。

「ここの飲み放題はね、グラス入れ替え制じゃないのがいいところなんですよ。いけるだけいっちゃってください」

「いやぁ、もう生はいいよ」

岩田が渋面をつくる。

「これ以上呑むと腹が出ちゃうからな。しかしおまえが羨ましいよ。なんでスポーツが大嫌いなくせに、その体型を保っていられるんだ」

たしかに、と楓も内心で相槌を打つ。

最初に会ったときは女の子のように華奢《きゃしゃ》に思えたが、よくみると明らかに筋肉質だ。シックスパックに割れたお腹が、Tシャツ越しにでも分かる。

四季は「身体を鍛えることとスポーツは別ですよ」といいながら、楓のほうにジョッキを押しやった。

「なんていったらいいのかな――僕のスポーツ嫌いというのは、クラシカルな翻訳ミステリが肌に合わない理由とも繋がっているのかもしれません」

またわたしに、なにか仕掛けてこようとしてる？

「──どういうことかな」

「『名探偵 みなを集めて〝さて〟といい』っていう有名な川柳があるでしょ。この間もいいましたけど、昔の海外ミステリって、あまりにも〝パターン〟に嵌《はま》りすぎているんです。たとえば名探偵は、真犯人を指摘したあと、きまって得意気に『片手で口ひげをひねり』ます。なぜ鏡も見てないのに、口ひげをひねる必要があるんでしょう？　左右のバランスが崩れると気持ちが悪いじゃないですか。片方の口ひげが歪《ゆが》んだまんまで名推理なるものを披歴《ひれき》されてもなんの説得力もありませんよ。僕が真犯人なら笑っちゃいますけどね」

百歩、いや、ここは千歩譲ろう。

全力のお芝居が終わった直後だし。

「いってること、分からなくはないよ。けどそれがスポーツ嫌いとどう繋がるの？」

「実況やら試合後の演出やらがやはり〝パターン〟に嵌りすぎてて、そこが嫌なんですよ。ツッコミどころが多すぎてうんざりしちゃうっていうのかな」

気付くと岩田は、いつのまにか、またテーブルに突っ伏している。

飲み放題ってシステム、彼には向いてない。

「たとえば、プロ野球のお立ち台のシーンです」

岩田を無視したまま四季は続けた。

「『放送席、放送席。ヒーローインタビューです』――はい、カット。回線状態が悪かった大昔ならいざしらず、なぜ『放送席』を繰り返す必要があるんでしょう。一回でいいですし、そもそも『放送席』という言葉そのものが死語じゃないでしょうか。それでもリポーターは、自省もないまま続けます。『今日のヒーローはもちろんサヨナラホームランを放ったナンチャラ選手です。打った瞬間すぐにそれと分かる当たりでした！』――はい、カット。打った〝瞬間〟にホームランと分かるわけがない。コンマ何秒か経ったあと、打球音に加え球の角度と勢いを見て、初めてホームランと分かるわけです。それなのに定型文に嵌るあまり、結果的には実に恥ずべき嘘をついてしまっているんです。あとはやっぱりなんといっても」

四季は、喉をうるおすためかビールをぐいっと呷《あお》った。

おーい、岩田先生。

「野球の実況でやめてほしい定型文、第一位といえば」

岩田、起きろ。

わたしを助けろ！

「『さぁツーアウト満塁、カウントはスリーボール、ツーストライク。一打サヨナラという大変な局面を迎えました』」

だめだ。

もう誰もとめられない。

「『つぎの一球、ランナーは一斉にスタートを切ります！　ピッチャー、第六球を投げた……打ったぁ！　打球はショート後方に上がる……これはおもしろい！』――はい、カットもカット、大カットです。『これはおもしろい』？　いやいや絶対におもしろくはないでしょう。どちらのファンも固唾《かたず》を飲んで見守っているシビれるようなシーンです。『おもしろい』なんて、どれだけ上から物をいっているんですか。こんなセリフ、野球の神様かミスタープロ野球にしか許されないと思うんですよ。つまり結局ですね……僕が、いいたいのは、ですね……自分の勝手な思い込みで、立ち位置を、勘違いしちゃいけないって、ことで……」

あれ？

なに、このヘンな感じ。

饒舌《じょうぜつ》というのとは、また少し違う。

この子――ひょっとして、めっちゃ酔ってる？

話をかえてみよう。

ていうかこの話は、まだ彼が正気を保っているうちにしておきたい。

「ね、四季くん。それより、今日の感想をまだいってなかったんだけど」

そっと、ジョッキを四季の前から遠ざける。

「あぁ……。ぜひ聞かせてください」

楓は、少しだけ居住まいを正してからいった。

「最高だった」

本音だ。

祖父から「芝居のあとに演者から感想を求められたら、返すべき言葉は『最高でした』しかない。演者はトランス状態にある。褒められたいだけなんだ」と聞いてはいたが――これは、心の底から湧き出てきた、本心からくる言葉だった。

四季は、見たこともない無防備な笑みを顔いっぱいに浮かべ、「ありがとうございます」と嬉しそうにいった。

「エチュードそのものが良かったのはもちろんだけど、みんながいろんな役を次々と演じていたことに圧倒されちゃった。たとえばほら、女性の役がいくつもあって」

「はい」

「四季くんも女の子の役をふたつくらい演《や》ってたでしょ？　まったく違和感がなかった。あ、女性の役も演ることがあるから髪を伸ばしてるんだなって――そう思った」

「いやぁそんなんじゃなくて。面倒くさいから切ってないだけで」と四季は髪をかきあげ――ようとしたが、みごとに空振りした。

髪の毛を後ろに縛っていることさえ忘れるほど酔っているようだ。

「だいたい劇団の方々のうち、女性はひとりしかいないわけじゃない？」

楓は、テーブルの向かい側に座っている赤毛の劇団員に目をやった。

「なのにあれだけの男女が入り乱れる群像劇を作り上げるなんて、ほんとにすごい」

すると、何人かが声を出して笑った。

「楓先生。残念ながら」と四季が、多少ろれつの回っていない声でいった。

「そもそもうちの劇団に、女性は、ひとりもいませんよ――おい」

すると赤毛の劇団員は頭に手をやり、ぱっと真っ赤なウイッグを取った。

「当劇団、ただいま女性を大募集中です。楓さん、いかがですか」


ひとりで何役もこなした肉体的な疲労はもちろん、座長としてのプレッシャーから解放された反動も手伝ったのだろう。

四季は座椅子に身体を預け、上を向いて寝始めてしまった。

すると、テーブルに突っ伏していた岩田が「やっと電池が切れたみたいだな、こいつ」といいながら、むっくりと顔をあげた。

「あれっ」と楓。

「岩田先生――酔っぱらって寝てたんじゃないの？」

「やだな、気付いてなかったんですか。だいぶ前から僕はウーロン茶しか飲んでませんよ。今夜は、絶対にこいつがつぶれちゃうような気がしてたし」

岩田は自分のコートを四季の体にそっと掛けた。

「あと、例によって小難しいスポーツ批判が始まったんで、相手にしてらんないな、と思ってね。今夜は短かったほうですよ。いつもならこのあと野球だけじゃなくて、サッカー実況からマラソン実況に文句をつけるくだりに入っていくんですけどね」

そっか。

さっきのはエチュードじゃなくて、演りなれた演目だったんだ。

実はですね、と岩田は、しどけなく口を開けて寝ている四季を優しい眼差しで見下ろした。

「こいつがスポーツ嫌いになったのには、わけがあるんですよ」

「えっ」

「高校のときの野球部での話です。僕はキャプテンでキャッチャー。そして四季は、一年生ながら球の速さを買われてエースを任されていました。まぁ任されたというか部長先生は野球音痴だったんで、実際のところ、こいつにエースを任せたのは僕だったんですけど」

「そうだったのね」

野球のバッテリー。

よく分からないが、ふつうの先輩後輩の関係性よりもよけい紐帯《ちゅうたい》が強いような気がする。

「僕ら三年生にとっては最後の夏でした。同点のまま相手校の攻撃で迎えた九回裏、ツーアウト満塁、カウントはスリーボール、ツーストライク——そんな局面でした」

（さっき四季くんが文句をつけてた場面そのままだ）と楓は思った。

「四季は僕のサインどおり、ど真ん中にまっすぐを投げたつもりだったんでしょう。でも、汗でボールが滑って暴投になった。そしてその球は——バッターの顔面を直撃したんです。当然、押し出しでサヨナラ負けでした。でも、試合のことはいいんです。試合終了のサイレンよりも、救急車のサイレンのほうが、今も耳にこびりついてます。当たりどころが悪かったせいか——バッターの子は、左目を失明してしまったんです」

楓は返す言葉を失った。

「その日以来こいつは野球をやめてしまいました。そしてどんなかたちであれ、相手を傷つけてしまうおそれのあるスポーツというジャンルそのものを嫌いになってしまったんです」

分かる。

けれど——

（嫌いなふりをしてるだけかもしれない）

本当は今でも大好きなのかもしれない——野球を、スポーツを。

そんな気がした。

「楓先生。なんで僕が、こいつは今夜つぶれるなと思ったか教えましょうか」

「うん」

「今日の本番前、僕と四季が楽屋で喋《しゃべ》っていたら、どこかで見覚えのある人物が楽屋挨拶に来たんです。先に気付いたのは四季のほうでした」

「まさか」

「そうなんです。どこで聞きつけたのか……あの日のバッターの彼が、初めて芝居を観に来ていたんです。四季のやつ、泣いてました」

そういう岩田の声が、震えている。

「そりゃあ呑みたくなるでしょう。つぶれたくもなるでしょう。楓先生、こいつはね、口は悪いけど優しいやつなんです。庇ってやりたくなるような、弱いやつなんです。でもね」

岩田は、無理に笑顔をつくったように見えた。

「最初にいったように、本当に変人中の変人ですからね。こいつのことなんて、絶対に好きになっちゃいけませんよ」

3

（二日酔いなのに来ちゃった）

楓は、自分の行動に自分で驚いていた。

大学時代の同級生たちとのランチ会に顔を出すのは、三年ぶりのことだった。

なんだか急に、周囲との付き合いに積極的になってきたような気がする。

それはことによると、四季という奇妙な顕示欲を持つ、自分とは異質な存在と触れ合ったせいかもしれなかった。

新宿三丁目《しんじゅく》の駅にほど近い、手ごねハンバーグが人気の洋食屋に入る。

比較的安価なランチコースが売り物で、お世辞にも高級店とはいいがたいものの、楓にとってはハードルが低くてありがたい。

前に顔を出したときには表参道のビストロだったが、赤ちゃん連れの同級生も増えてきたせいか、自然とこういうチョイスになったようだ。

とはいえ掃除が行き届いた店内には、それなりに凝った装飾が施されていた。

ハロウィン前とあって、どのテーブルにも小さなおばけカボチャが鎮座している。

壁の格子状のフレームには早くも仮装用のグッズや衣装があれこれとディスプレイ

されていて、中でも真っ赤な羽飾りがついた貴族風の銀仮面が目を引いた。

それは楓に、きのう見たあの劇団員の赤いウイッグを思い起こさせた。

食事が終わり、子供がむずがってるからお先に、という同級生を店外まで見送り、赤ちゃんをあやしてから席に戻ると、テーブルの対面には、代わりに懐かしい友人が座っていた。

「楓、ひさしぶり。相変わらず肌が白くて綺麗ね」

「またぁ。二日酔いで顔色が悪いだけだよ」

三年ぶりだというのに一瞬で打ち解けられることがなんだか嬉しい。

美咲《みさき》は、かつて学食でランチを共にしていた数少ない友人のひとりだった。

(でも、結局は友人どまりの関係性だったかも)

そういえば、いつから親友を作るのが怖くなったのだろう。

やはり、母親にまつわるあの出来事を知ったときからだったように思う。

恋愛はもちろん、人に会うこと、真剣に仲良くすることがまだ怖い。

一生、癒えない傷——

「そうそう、楓には報告しとかなきゃ」と美咲はいった。

「今わたし、楓のおじいさんが校長先生をやってた小学校に勤めてるんだよ」

「へぇ」

「あんなカッコいいおじいちゃま、そうはいないよね。お元気なの？」

うん、まぁ――と曖昧に答える。

けして祖父が認知症であることを恥じているわけではないが、久しぶりのランチ会で掘り下げる話題ではないと思ったからだ。

しかし、美咲が祖父と同じ学校の教壇に立っているとは驚きだ。

教育学部だったから、同級生たちのほとんどは教師を務めており、小学校の教師となった者も珍しくない。

だがそれでもやはりこれは奇縁というべきだろう。

「でね。楓のおじいさんは〝まどふき先生〟って呼ばれてたじゃない？　それがね、校長先生をお辞めになって十年以上経った今でも、ＰＴＡとかではレジェンド的な存在になってるんだよね」

（わぁ）

普通に誇らしい。

「で、肝心なのはここからで」と美咲は、店の窓をちらりと見た。

そこには、黒い厚紙のゴーストや魔女や黒猫がデコレーションされている。

「今の校長先生もすっごく素敵な人でさ。楓のおじいさんのことを誰かに聞いたらしくて、やっぱり学校中の窓を熱心に拭き始めてね――学校の界隈《かいわい》じゃ〝二代目まどふき先生〟って呼ばれているのよ」

それを聞いて、楓は思う。

やはり〝まどふき〟の効果は、伊達《だて》ではないのだ、と――

祖父の〝まどふき〟には、単に窓を綺麗にしたいという思いと、廊下を通る児童と会話を交わしたいという思い以外に、実は、秘めたる裏の目的があったらしい。

いわゆる「ブロークン・ウィンドウ（割られた窓）理論」の実践である。

楓は、祖父の話を思い返した。

街の廃屋や廃車の窓が割れたままになっていたり、地下鉄の落書きが放置されたままになっていると、人々は「そうか。これが当たり前なのだ」「そもそも誰も注意を払っていないのだ」と思うようになる。

そしてさらにガラスが割られ、落書きも増えていく。

周辺住民のモラルは次第に低下していき、ついにはそうした軽犯罪が、よりいっそう深刻な凶悪犯罪を招いていくことになる――というのだ。

では、犯罪を事前に防ぐにはどうしたらいいのか。

〝まどふき〟である。

九〇年代初頭、多発する凶悪犯罪に頭を痛めていたニューヨーク市長は、ブロークン・ウィンドウ理論に基づき、巨額の予算を投じて地下鉄の落書きをすべて消した。

すると、凶悪犯罪が激減し、治安は劇的に回復した——というのである。

「別に子供たちが犯罪を犯すなんて思ってもいないが」と祖父は笑ったものだ。

「窓が綺麗だと、床も廊下も綺麗にしたくなる。教室の埃《ほこり》だって、気になってくるものだよ。窓とは心だよ。綺麗な窓を見ると心も綺麗になると、ぼくは本気で信じているんだ」

そんな祖父の言葉を反芻《はんすう》していると——

「ね、楓。聞いてるの？」とカットインされた。

「ごめんごめん。で、なんだっけ」

「だから、その二代目まどふき先生は、初代同様、校庭のお花に水をあげるのも大好きでさ——二階にあった広くて立派な校長室を、花壇の目の前にある一階の狭い部屋に、わざわざ移動させたくらいなのよ。そこまで花を愛《め》でる気持ちって、わたしなんかにはまったく分かんないけど」

と、美咲は八重歯を見せた。

自分の八重歯が大のお気に入りで、両親から歯の矯正を勧められても頑なに断り続けたらしい。

似合ってるよ、美咲。

まず強い自分があって、そこも含めて可愛い。

わたしなんかより、ずっと。

「そういえば話、ちょっとだけ変わるけど」と美咲はいった。

「楓って、まだミステリって好きなんだっけ？」

〝ちょっとだけ〟どころじゃない。

ハンドル切りすぎ。

「うん。それしか趣味がないもん」

「だったらさ――うちの学校で、ちょっとしたミステリっていうか、ひょっとしたら結構なミステリっぽいことがあったんだけど、聞いてくれるかな」

「嘘。聞きたい」

「ミステリってさ、パターンっていうかジャンルっていうか、そういうのが細かく分かれているんでしょ？　なんだろ――『密室もの』とか、『アリバイ崩しもの』とか」

「うんうん」

「それでいうと、この場合はなんていうのかな。ほら、みんなが見ている前で、人が忽然と消えてしまうっていうやつ」

（『人間消失もの』だ――）

あまりにマニア過ぎるとは思われたくない。

即答を避け、楓は言葉を飲み込んだ。

おそらく声にしたら、少しばかりうわずってしまったことだろう。

本格ミステリの鬼だったエラリー・クイーンとディクスン・カーは、一晩中ミステリ談義を尽くした上で「ミステリの発端は人間消失の謎に勝るものなし」との結論に至ったという。

ジャンルについてはよく分かんないけど、と楓はいった。

「できればその話、録らせてもらってもいいかな」

そして、スマートフォンのボイスメモのアイコンを探し始めた。

「録られてるって思うと緊張しちゃうな」と美咲は照れたような笑みをみせながら、「どこから話せばいいんだろ」と眉根を寄せた。

「あのね。去年の春、うちに新卒の先生が赴任してきたのよ。目鼻立ちがはっきりしてて、スタイル抜群で、分かりやすく綺麗な子――そうね、昭和の美人って感じ」

昭和の美人。

「美人」だけでいいのに、ただでは褒めないところが気の強い美咲らしい。

「実名を出すのはちょっとあれだから、仮に〝アイドル先生〟ってことに――いや、昭和顔だから〝マドンナ先生〟ってことにしとこっか」

「それじゃ『坊っちゃん』だよ。もはや明治じゃん」

「まぁいいじゃない。実際、そんなイメージだったんだもん」

楓は、「だったんだもん」という過去形の表現になにやら薄ら寒いものを感じた。

「で、どこの職場でもおんなじだと思うんだけどさ。物凄い美人が現れると、周囲ってざわつくものじゃない？　うちの学校も例外じゃなくて、独身の男の先生はもちろん父兄たちもあからさまに様子がおかしくなっちゃって……なんとなくだけど、なにか不穏なことが起こりそうな気配はあったんだよね」

「そっか」

「そういえば楓もタイプは違うけど美人じゃん？　学校で不穏なことはないの」

「ないない」と手を振ったとき、楓の脳裏に、瞬間、岩田の笑顔が浮かんだ。

「ないない」ともう一度いってから、話を進めて、と美咲を促す。

「それで、今年の春くらいからかな——明るかったマドンナ先生から、とつぜん笑顔が消えたのよ。噂《うわさ》によると、私生活でなにかトラブルを抱えてたらしいんだけど、それが具体的になんだったのかは分からない。でも、梅雨ごろになると、急に休むことが増えたから、やっぱり〝なにか〟はあったんだと思う」

「うん」と楓は大きく頷いた。

自分のことを振り返ってみても、新卒二年目で急に何度も学校を休むことなど考えられないからだ。

「そして、問題の日――夏休みを目前に控えた一学期最後の授業の日を迎えたの」

美咲は周りに聞かれるのをはばかるかのように、少しだけ声のトーンを落とした。

「梅雨明け宣言が出たばかりで、抜けるような青空が広がる、おそろしく暑い日だったわ。マドンナ先生は四年生三十人のクラスを受け持ってたんだけど、四時間目の授業が水泳だったの。今でも覚えてる――隣の彼女の教室から聞こえてきた、子供たちの歓声を」

楓も、その空気は手に取るように分かる。

「みんな着替えてプールに集合！」と呼びかけたときの子供たちの嬉しそうなリアクションを見ると、いつもついつい頬が緩んでしまう。

この仕事をやっていて本当に良かったと思う瞬間のひとつだ。

「で、彼女の水泳の授業が始まったんだけどね。そうだな、ここからは絵があったほうが説明しやすいかも」

美咲は「ちょっと待ってね」というと、小柄な体に逆によく似合う大きめのトートバッグからペンとスケジュール帳を取り出した。

そして、量販店のポイントカードを定規代わりに使いながら、実に要領よく、プール周りの配置図を仕上げていく。

そのさまを見て、なぜか楓は、エチュードを自在に演じる四季の姿を思い浮かべた。

こういうのも、生まれ持ったセンスなのだろう。

「だいたいこんな感じかな」

美咲は、完成した配置図をこれまた器用に切り取ってテーブルの上に置き、文鎮のようにスマートフォンを重ねた。

「ここからは、子供たちから聞いた出来事を時系列で話すね」

再びスケジュール帳を開く。

なんでもテキパキこなせるタイプ――どうやら彼女は、メモ魔でもあるらしい。

「授業が始まったのは、午前十一時十五分。マドンナ先生は、元水泳部ってこともあって、すごく丁寧に息継ぎの仕方を教えていたそうよ。四年生ともなると生意気でね――『キャップとゴーグルを付けていても先生はすごくきれいだった』という男子もいれば、『あんなスタイルになりたい』って振り返ってた女子もいたわ」

うん、すごく分かる。

〝ザ・四年生〟って感じ。

「ひょっとしたらマドンナ先生は、元水泳部だからこそスタイルが良かったのかもしれないね。十一時四十分――彼女は笛を吹いて、こう叫んだそうよ。『みんな、お待たせ！　最後の二十分間は、自由時間としまーす！』」

さぞや大きな歓声が巻き起こったことだろう。

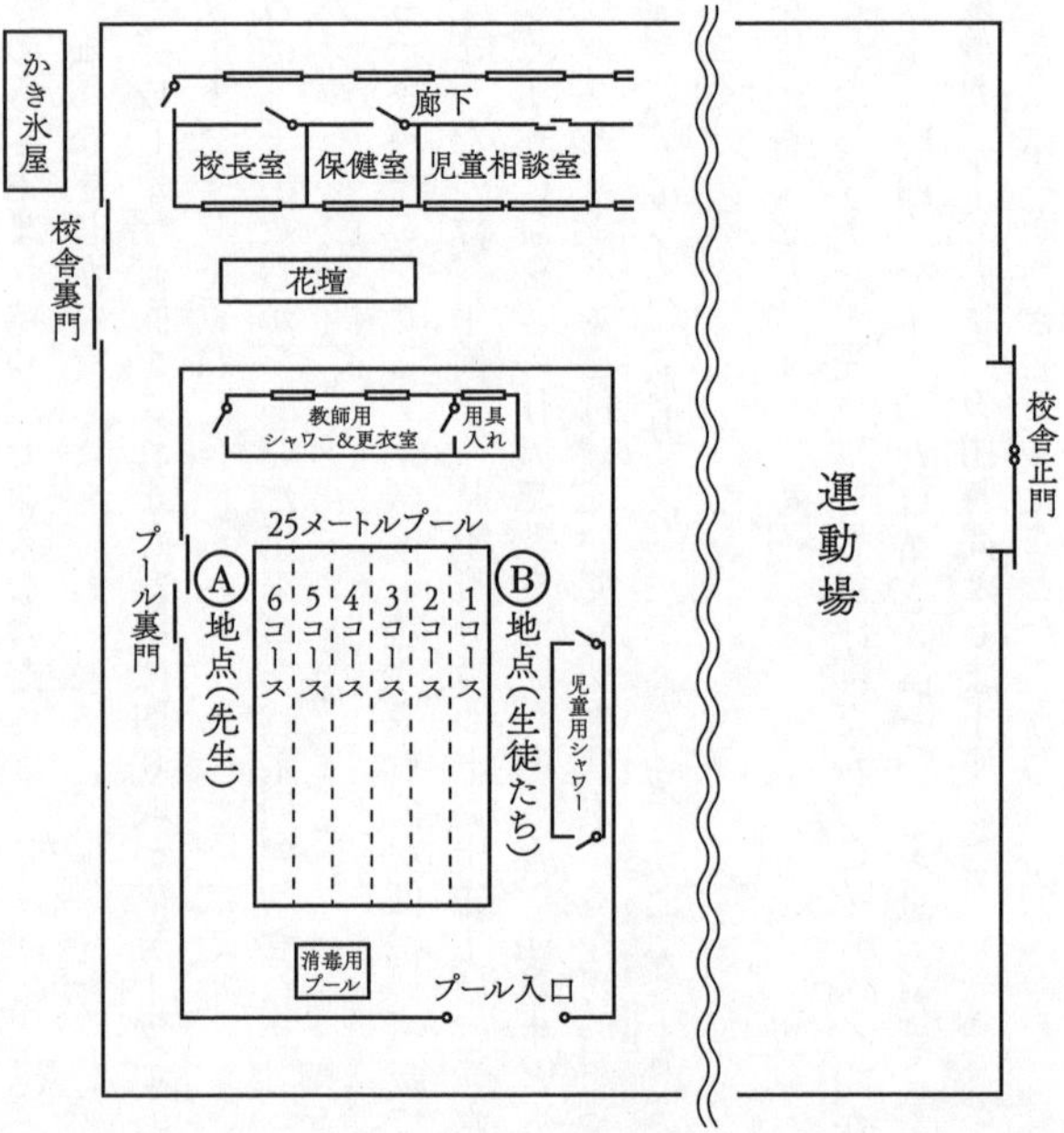
かき氷屋
廊下
校長室
保健室
児童相談室
校舎裏門
花壇
教師用
シャワー&更衣室
用具
入れ
25メートルプール
プール裏門
Ⓐ地点(先生)
6コース
5コース
4コース
3コース
2コース
1コース
Ⓑ地点(生徒たち)
児童用シャワー
消毒用プール
プール入口
運動場
校舎正門

　今も昔も子供たちは、給食のカレーとプールの自由時間が大好きだ。

　ましてや夏休みを前にした最後のプールの授業であり、絶好のプール日和だからだ。

「三十人の子供たちは、一コースから三コースまで——この図でいうと右側半分の三コースを使って、一斉に遊び始めたそうよ。水中じゃんけんをする子たちもいれば、クロールとバタフライで速さを競う子もいたりして、もう大騒ぎだったらしいわ」

　美咲はグラスの炭酸水をひと口だけ飲んだ。

　それは楓に、真夏のプールの透明感を想起させた。

「十二時ちょうど——学校の終業チャイムが鳴り響く。子供たちは当然、まだはしゃぎまわっていたんだけど——そのとき、この図のⒶ地点に立ってたマドンナ先生が笛を吹いた。そして両手を大きく何回か前に振り上げながら、『上にあがりなさい』というポーズをとったそうよ。子供たちは名残惜しそうに、Ⓑ地点に上がる。あとはシャワーを浴びて教室に戻るだけよね。でもその瞬間——プールに飛び込む音がしたそうなの。子供たちは振り返りつつ、こう思った。『先生はひとりきりでもう少しだけ泳ぐんだな』って」

「元水泳部だもんね。少しくらいひとりで楽しんでもバチは当たらないわ」

「それもそうなんだけど、水泳帽なんかの落とし物をチェックする必要もあるから、最後に泳ぐのは教師のルーティンじゃない？　でもそこはやっぱり子供だからさ。実際は『先生だけいつもずるーい』って声もあちこちで上がったらしいよ」と美咲は、可愛い八重歯を見せた。

楓の脳裏に、その夏の日のイメージが、くっきりと浮かび上がる。

水泳で鍛え上げられた美しい肢体が「く」の字を描きながら、瞬間、宙を舞う。強い日差しが、きらめく水面《みなも》に鮮やかなシルエットを描く。

彼女は私生活で、なにかの悩みを抱えていたという。

そのゴーグルの奥の目に宿っていたのは、苦悩の色か。

それとも、その悩みが消え去った歓《よろこ》びの色だったのか――

そんな楓の思念を、美咲は思わぬ言葉で打ち破った。

「先生が飛び込んだ音が聞こえてから、三十秒が経ち、五十秒が経ち、一分が経った。それなのに、先生は一向にあがってこなかったの。誰かが叫ぶ。『おい……先生……溺れちゃったんじゃないのか？』と。泳ぎが得意な男子たちが、四人、五人と次々にプールへと飛び込んで先生を捜したわ――ところが」

美咲はいったん言葉をきってから、真顔でいった。

「先生は、プールのどこにもいなかった――そのままマドンナ先生は、消えてしまったの」

他のテーブルには聞こえていないはずだ。

なのに、それまで同級生たちのお喋りで異様に騒がしかった店内が、「消えてしまったの」という言葉と同時に、とつぜん奇妙な静けさに包まれた。

あるいは窓に貼られた厚紙の魔女が黒魔術を使い、喧騒を消しさってしまったのか。

(馬鹿な)

静寂を破り、「消えてしまったってどういうこと?」と楓は訊いた。

「マドンナ先生が実際にプールに飛び込んだ瞬間を見た人はいないんだよね。あくまでも、〝プールに飛び込む音〟がしただけなんでしょう? だったらたとえば——」

「楓がいおうとしていることは分かるわ」と美咲は手で遮った。

「わたしだってミステリを嫌いなわけじゃないよ。たとえばマドンナ先生は、なんらかの理由により、子供たちの前から姿を消したかった——それで、自分の代わりに氷の塊りかドライアイスをプールに投げ入れた。子供たちが『先生がプールから出てこない』と騒いでいる間に更衣室で私服に着替え、しばらく息をひそめていた——そして子供たちがいなくなった時分を見計らい、こっそりとプールの裏門を抜け、さらには校舎の裏門から校外へと脱出した——そういうトリックよね」

楓は頷いた。

ミステリといえば、まず鏡と氷を疑え。

これが基本だ。

でもね、と美咲は、またスケジュール帳をめくった。

「たくさんの子供たちが、断言してるんだよね。『あれは絶対に人間が飛び込む音でした』って……。なんか、信じてあげたいっていう前に分かるような気がするわ。普通に考えてさ、氷が落ちる音を、人が飛び込む音になんか間違いようがなくない？　もちろん〝絶対に〟とはいわないけどさ」

うん、と楓は、昔の安直な本格ミステリのトリックを呪いながら答えた。

「ほぼ〝絶対〟間違えないと思う」

「だよね。でもまぁ仮に、子供たちがなにかの別の音を、人が飛び込む音と間違えたことにしよっか。それでもやっぱり、辻褄が合わないのよ」

「どういうこと？」

「この図をもう一度見てくれるかな」

美咲は、見取り図を前に押しやった。

「時間と一緒にもう一度、あの日に起こったことを整理するね。十二時のチャイムが鳴った瞬間、Ⓐ地点でマドンナ先生が笛を吹きながら、『もういいかげんプールからあがりなさい』というポーズをとる。生徒たちはしぶしぶプールから出て、Ⓑ地点からシャワーへと向かう。このとき、子供たちの背後から、〝明らかに人間が飛び込む音〟がした――。待つこと一分、誰もあがってこない。慌てた子供たちの何人かが、次々とプールに飛び込む。でも、誰もマドンナ先生の姿を見つけることはできなかった――ここまではいいよね」

うん、と楓。

（これって、もうとっくに〝人間消失〟の謎になってる）と感じざるを得ない。

「で、子供たちは教室に戻って慌てて着替えたあと、すぐに二階の職員室に行って、何人かの教員に『先生がプールに飛び込んだまま、消えちゃいましたぁ！』と報告したのよ」

その子たちのテンションは、さぞや高かっただろうな――と思う。

「で、実は他ならぬわたくしも、職員室にいましてね」と、美咲は少し芝居っ気を出した。

「すぐに一階に降りて、校長先生に知らせに行ったのよ。というのも」

美咲は、また、見取り図を指さした。

「校長室は一階のここにあって、花壇の花の背はたいしたことないわ。だから校長先生は、窓越しにプールの様子を一望できるのよ。プール施設の外壁は目の粗い金網だから、いわば透明のガラスみたいなものね。それでわたし、校長先生に訊いてみたの。なにか妙なことはありませんでしたか、プールの裏門や校舎の裏門から出ていく人を見かけませんでしたかって。そしたら」

「なんて？」

「『私はたまたま校長室の窓をずっと拭いていたから、誰かが裏門を通れば必ず気付いたはずですよ。どなたもお見掛けしていません』って」

でもさ、と楓は、誰もの頭をよぎるであろう疑問を口にした。

「こういっちゃなんだけど、校長先生が本当のことをいってるかどうかは誰にも分からないんじゃないの？」

ひとり、ふたりと、同級生たちが帰っていく。

だがもはや、いちいち丁寧に挨拶しておく余裕も暇《いとま》もない。

「それにいくらずっと窓を拭いていたとしても、うっかり見逃してしまっていたという可能性もなくはないと思うんだけど」

「たしかに楓のいうとおりだよ。だけどね――誰も見ていないって証言したのは、校長先生だけじゃないのよ」

美咲は見取り図を指さした。

「この裏通りのところを見てくれるかな。実はうちの学校の風物詩っていうかさ――これっておじいさんにも聞いてるかもしれないけれど――夏となると、十二時のチャイムきっかりに、移動販売のかき氷屋さんが現れるのよ。それでね、このかき氷屋さんも『昼の十二時から店を閉める夕方六時頃まで、校内から出てこられた方はひとりもいませんでした』っていってるんだよね」

「じゃあ逆に、正攻法ってわけじゃないけどさ」

楓は自分でも可能性は低いだろうと思いつつも、選択肢を潰すために尋ねてみる。

「意外と校舎の裏門じゃなくて、正門から堂々と出ていったってことはないかな。うまく校長先生の目を盗むことさえできれば、結構な盲点となる動線だと思うんだけど」

「かなり厳しいな……ていうかあり得ないと思う。プールの東側には運動場が広がっているんだけど、この日はサッカーとソフトボールの授業が行われていたのよ。何十人もの子供たちの目をかいくぐって正門から出ていくなんて――なんだろな。この炭酸水みたく透明にならなきゃ無理かも」

少しの間、言葉が出てこない。

えっと、だったら――と楓は、見取り図の一部を指し示してみせた。

明らかに〝抗弁〟するための材料が少なくなってきてる。

「飛び込んだ音の問題は別としても、やっぱりマドンナ先生はここにある教員用更衣室で、息をひそめていたんじゃないの？　あるいはその奥の用具入れの中で」

「そこなのよ」と美咲。

「放課後になってすぐ、職員室にいた先生のうちのひとりが、『ひょっとしたら更衣室か用具入れで倒れてるんじゃないか』っていいだしてさ——で、教員みんなで、おそるおそる見に行ったのよ。鍵はかかっていなかったから入るのは簡単だった。でも、そこには」

リアルな体験が、蘇《よみがえ》ってきたのだろう。

美咲は怯《おび》えたような表情を隠さず、襟ぐりがあいたチュニックの胸元を両手で押さえた。

「そこには小さなロッカーやビート板、ロープや掃除道具があるだけで、人の姿はどこにもなかった。やっぱりマドンナ先生は、プールに飛び込んだまま、消えてしまったのよ」

「ちょっと待ってよ、美咲」

楓はいくらか、語気を強めた。

「それって、行方不明というか失踪事件というか——少なくともなんらかの事件性があるんじゃないの？　無神経とまではいわないけどさ——〝消えてしまった〟なんていう言葉で片づけちゃっていいものなの？」

「だから」と美咲は、楓よりも大きな声でいった。

「だからこうして楓に相談してるんじゃないの。彼女、綺麗すぎてたしかに浮いていたけど、先輩のいうことをきちんと聞く素直な子だったし、校長先生のことをすっごく尊敬しているのも伝わったし……わたしは結構好きだったんだよね。彼女が新任のときの夏だったかな。遠足で海水浴場に行ったことがあったんだけど、彼女、子供たちとスイカ割りをやり始めたとき、とつぜん泣き出しちゃってさ。こっそりと脇へ連れてって話を聞いたら、彼女、離島出身者なんだって。それで、潮の香りでふるさとを思い出したら泣けてきちゃったんだって。そしたらね、岩場の陰で四、五人の男子がわたしたちの話を盗み聞きしててさぁ。わたしが怒ったらパーッと浜辺に逃げてったの。あの新人先生、田舎を思い出して泣いてたんだぜ、なんて他の子たちにいいふらすんだろうなと思ったら違ったの。その子たち――いちばん大きいスイカのかけらをマドンナ先生に持ってきてさ。『せんせい、なくなよ』だって」

美咲は一瞬だけ泣き笑いのような表情を見せて、ハンカチを目尻に当てた。

「わたしはね、彼女ともっともっと一緒に仕事をしたかったんだよね。だから楓ならあの日なにがあったのか、警察の代わりに教えてくれるんじゃないかなと思って」

（ごめんね、美咲）

楓は胸のうちで謝った。

無神経だったのは、わたしのほうかも。

人ひとりが姿を消してしまったというのに、心のどこかで、ミステリとしての興趣のほうを求めていたかも。

「じゃあ、警察は動いていないのね」

「そうなの。彼女は家族のうち、父親——お父様だけが御存命なんだけど——そのお父様が、なぜか捜索願を出さなかったの。だから結局、この話はこれで終わり。人がいなくなるのって、たとえ家族や親族から捜索願が出たとしても、なかなか事件としては取り扱われないみたい。捜索願が出て、はじめて行方不明者に認定されるらしいんだけど——マドンナ先生は、行方不明者扱いにさえなっていないのよ」

さすが美咲。

よく調べてるな——と楓は思った。

徘徊を繰り返す認知症患者が、行方不明になってしまうことは少なくない。

幸いにして祖父にそうした行動は見受けられないが、ケアマネージャーから説明を受けたことがあったから、行方不明という事象にまつわるひととおりの知識はあった。

かつて捜索願が受理された行方不明者は、自身の意思で失踪を遂げたと思われる「一般家出人」と、事件性を疑われる「特異家出人」とに二別されていたという。

だが近頃では、家出と決めつけないでほしいという家族たちの心情を配慮してのことか、「一般行方不明者」、「特異行方不明者」と呼称されるようになったらしい。

つまり美咲がいう「行方不明者扱い」という言葉は、正鵠《せいこく》を射ているのだ。

「でもさ、美咲。これはあくまで仮に、って話だけど」と楓は尋ねた。

「仮にマドンナ先生が、自発的に失踪したとするわね。そして、これも仮に、なんらかの方法で誰にも見られることなく、学校から脱出したとする」

「うん」

「そのあと彼女は、最寄りの駅から電車に飛び乗ったか――」

祖父が勤めていた小学校からは、徒歩わずか五分ほどのところに駅があったはずだ。

「あるいは、近くに停めてあった車を使って街から消えた、という可能性はないかな。バスを使ったっていう可能性だってあるし」

「ないと思うな」

美咲はきっぱりと答えた。

「あの駅前には商店街さんが取り付けた防犯カメラがいっぱいあるのよ。で、ここだけの話」

美咲は人差し指を唇に当てた。

「マドンナ先生のファンだった先生のひとりが、振興組合の会長さんと仲が良くてね。無理をいって、カメラの映像をチェックさせてもらったんだって。でも、あの日も次の日も、彼女らしき姿は映っていなかったの。バス停に行くには必ず駅前を通らなきゃいけないから、バスも使ったはずはない。あとは自家用車の線だけど、彼女は車を持ってない。ていうか、そもそも自動車免許さえ持ってなかったの」

あとは、ないか。

なにか、ないか。

必死で頭の中の引き出しを開け、考えうる可能性を探る。

だが今の楓には、もはやなにも見つからなかった。

「だから、やっぱり」

美咲は、目を細めながら、炭酸が抜けたグラスの水にぼんやりとした視線を投げた。

「彼女はプールに飛び込んだまま、消えてしまったんだよ」


気付くと、八人いた同級生たちは、楓と美咲のふたりだけになっていた。

美咲はいくぶん俯いて、「でね、楓」と、マドラーで炭酸水をかきまぜる。

気の合う後輩——マドンナ先生がいなくなった寂しさも手伝ってのことか。

久しぶりに〝楓〟と下の名前で呼ぶのが嬉しいのが、楓自身にも伝わってきた。

「事件扱いにならないとなると、人の噂も七十五日でさ」

「うん」

「急遽《きゆうきよ》、マドンナ先生の代わりに臨時の担任が就くことになってね。夏休みが明けて授業が始まると、いつの間にか大人たちの間ではやっとごく普通の日常が戻ってきたって感じになってさ。職員室じゃ、もう、彼女の話をすること自体がNGみたいな空気でね……。そういうのってなんかさ、わりとズシンと来るんだよね」

分かる。

若い教師の場合、精神的な理由、あるいは家庭の事情でとつぜん学校から姿を消してしまうことはけして珍しくない。

楓の同級生にも、肉親の逝去に心をえぐられ、〝人にものを教える〟どころではなくなってしまった教師が少なくとも三人はいた。

そう――〝不登校児童〟だけではない。

教師も人間である以上、不登校となるケースはままあるのだ。

今日のランチ会にも、なんの説明もないまま、とつぜん顔を出さなくなった同級生の教師たちがふたりいる。

きっとそれぞれにそれなりの事情があるに違いない。

「そうだ、楓」

同級生の中でも、明らかに強い――いや、少なくとも「強く見せている」であろう美咲は、やおら、八重歯が可愛い笑みを浮かべた。

「おじいさんに会うんだったら、是非これを見せてあげて」

美咲はスマートフォンのアプリを使い、一枚の写真を楓に送った。

「それ、去年の職員旅行のときの写真。素敵でしょう」

それは、どこかの仏閣をバックに、黄色のワンピースを身にまとった、ひとりの若くて美しい女性のワンショット写真だった。

ひとりきりの写真なのに、頭が小さいせいか、長身でスタイルがいいのがすぐ見てとれる。

日射しが眩しかったのか。

それとも、とつぜんの撮影にとまどったのか。

慌てて作ったような照れたような笑顔が、なんとも可愛い。

まだそこに苦悩の色は、微塵《みじん》たりとも見てとれなかった。

(彼女が抱えていた悩みとは、いったいなんだったのだろう)

(そして、なぜとつぜん、消えてしまったのだろう)

楓はもういちど画面の彼女にそっと触れ、顔をアップにしてから考え込んだ。

4

楓は、午前中の介護を担当してくれているヘルパーに、あらかじめ体調の良し悪しを尋ねてから祖父の自宅を訪れた。

レビー小体型認知症にかかわらず、パーキンソン症状がみられる患者の多くは気温が下がってくるとどうしても血行が悪くなり、調子を崩すことが多い。

だが祖父の場合は各種の薬のバランスがうまく合ってきているのか、幸いにもその体調に顕著な悪化は見られなかった。

玄関を上がると、廊下の奥の書斎から祖父と若い男性との会話が漏れ聞こえてきた。急ごしらえだったせいかスライド式の扉は建付けが悪く、音が丸聞こえなのだ。

「鈴虫の音色は首尾よく録れていたかな。スマートフォンじゃ心もとないと思ったが」

「大丈夫でした。さっそく待ち受けの音に使わせていただいてますよ」

(おじいちゃん、かわいい)

よほど庭の鈴虫の声が自慢なのだろう。

自然と頬が緩む。

ややあって書斎から馴染みの理学療法士が現れ、今日はすごくいいです、と白い歯を見せた。

「でもリハビリが終わったらすぐ本の世界に戻っちゃいましたけどね」

さまざまな事情により損なわれた運動機能の回復訓練をサポートしたり、マッサージや電気療法などの施術を行うのが理学療法士の仕事だ。

リハビリという言葉から一般的にイメージされるのはこの職業かもしれない。

祖父の担当者は三十代前半とおぼしき、短髪でがっちりとした体軀の男性だった。

両の脚のハムストリングス――岩田が〝いちばん必殺技っぽい体の部位〟といっていたので覚えた筋肉――が、ジャージの生地を表面張力のように膨らませている。きりりとした風貌とストイックそうな佇まいは、海の向こうに渡って安打記録を作った野球選手にどこか似ていた。

お先に失礼します、と彼がいったとき、ぷん、と甘い香りが楓の鼻をくすぐった。

「バニラ・エッセンスですね。いい匂い」

「違います。正確にはバニラ・ビーンズですよ」

彼は太めのきりりとした眉を片方だけ上げながら微笑んだ。

「うちの店ではビーンズに拘《こだわ》ってソフトクリームを作っているんです。エッセンスなんかで楽をしようもんなら老舗の名がすたるっていうのが父の口癖でしてね」

「そっか、失礼しました」

「いえいえ。楓先生にも差し入れしたいところなんですけど、それやっちゃうと就業規則違反になっちゃうんでね。今度、店のほうにいらしてください」

「ぜひ伺います」

「ではまた――」

彼は、実家がソフトクリーム店を営んでいるというところから、祖父から〝ソフトクリーム屋さん〟と呼ばれていた。

だが、その店が入っているビルはＪＲのターミナル駅の目前にあり、その建物自体が両親の持ちビルなのだそうで、実のところ実家は相当な資産家らしい。

その気になれば店を継いで悠々自適の生活を送ることもできたはずだ。

それでも彼は亡き祖母の介護を通じ、理学療法士への道を選んだのだという。

今でも暇を見つけては店を手伝っているらしく、バニラの香りをほんのり漂わせているということは、今日も実家で働いてきたばかりなのだろう。

時折ばったりと会って話すだけだが、楓が彼からここまでの情報を聞き出すのには実にひと月の期間を要した。

本来は寡黙な性質《たち》なのだろう——が、こちらから話し掛けると、今日のように快活に言葉を返してくれる。

（うちの学校にはいない感じのひとだな）

楓自身も人見知りで口数が少ないタイプなだけに、ソフトクリーム屋さんにはどこかシンパシーが感じられ、介護チームの中でもとくに実直そうな好人物に思えた。

「よく来たね。でもまた香苗とは入れ違いだ」

書斎の椅子に座っていた祖父は、本を閉じてサイドテーブルに置きながら相好を崩した。

小説かと思ったら、詰将棋の問題集だ。

以前はクロスワードを趣味のひとつとしていたが、手が震えるのがもどかしいのか、近ごろでは代わりに詰将棋の問題を解いていることが多い。

だがそうしたときは決まって体調がいいのだ。

脳内で知能をフル活動できる状態だということだろう。

(ぜんぜんルールなんて分からないけど将棋って大好き)

そんな馬鹿げた思いがよぎる。

まずはアイドリングだ。

楓は、一昨日に観た四季の芝居の様子をはじめ、打ち上げでの出来事までを詳しく話した。

いい芝居だね、と祖父は意外にも手放しで褒めた。

「観客の〝台本〟の面白さだけに頼っていないところが素晴らしいじゃないか。なぜならいちばん肝心なのはそのあとの物語の面白さだからだ。物語が面白くなければなんの意味もない。趣向は所詮、趣向に過ぎないからだ。そのあとに演じられた物語を観て、楓が面白いと感じたのであれば」

祖父は、少しだけ震える手で、将棋の王手をかける仕草をみせた。

「その芝居は百点だ」

百点——

会ったこともない他人の芝居に、祖父が満点をつけるなんて。

今まで祖父から三題噺のお題を振られ、さまざまな物語を自分なりに紡いできたが、百点をつけてもらったことは一度もない。

でも、どこか嬉しいのはなぜだろう。

理由は楓自身にも分からなかった。

(今は、いっか)

答えを探す前に——楓は美咲との再会と〝二代目まどふき先生〟の話を報告したあと、これを聴いてくれない？　と、ボイスメモのアイコンを押した。


腕を組みながら美咲とのやりとりを聴いていた祖父はときおり両手で口をふさぎながら、奇妙に顔を歪めてみせた。

その異様な表情は、見ようによっては笑っているようにさえ見えたし、ある種の恐怖に囚《とら》われているようにも見えた。

マドンナ先生の行方、あるいは生命を案じてのことだろう。

早く、祖父の〝物語〟を聞いてみたい。

再生中、口を挟めないことにいらいらする。

性急に過ぎるのは分かってる、でも——

試しに楓は、ボイスメモが終わるやいなや、どう思う？　と単刀直入に尋ねてみた。

だが、やはり祖父は「それは後回しにするとして」といい、

「まずは彼女のワンショットの写真を見せてくれないか。楓の物語も聞いてみたいしね」と言葉を重ねた。

興味深げにためつすがめつ写真を眺めている祖父を見て、楓はちらっと思った。

（四季くんならきっと、こういうに違いないわ。『昔も今もどうして名探偵という人種は、これほど結論をもったいぶるのだろう』って）

ややあって、祖父はようやく楓に話を振ってきた。

「さて、まずは訊こう。もちろん美咲先生が仰ったことはすべて事実だと踏まえた上でのことだが――楓としては、どんな物語を紡ぐかね」

楓は、ひと呼吸置いてから慎重に口を開いた。

「物語、一。『マドンナ先生は、プールから出なかった。正確には、出られなかった』」

続けるのが、少しばかり辛い。

「『先生は、突発的な事情により溺死《できし》した。では、なぜ遺体が見つからなかったのか？　それは排水口のせいだったのだ。全国のプールでは毎年のごとく、排水口に身体かその一部を吸い込まれるという事故があとを絶たない。先生が浮かび上がってこなかっ

たのも道理だ。その遺体は今も、プールの排水口部分に引っかかっているからだ』」

楓はそういってから、おそるおそる、祖父の顔色を窺った。

すると祖父は幸いにも、矛盾があるね、といいきった。

「流水プールのケースが多いのだが、排水口における事故が今もあとを絶たないのは事実だね。だがそういった事故の被害者は、哀しいことだが、身体の小さな子供であることがほとんどなのだよ。しかもマドンナ先生のように成熟した大人の女性が排水口に巻き込まれるとは、およそ考えにくいじゃないか。だいたい、プールの排水口事故で遺体が発見されなかったなどというケースは、ぼくの知る限り一件もないよ」

楓は、この物語が否定されて、逆にほっとした。

「物語、二。『マドンナ先生は、そもそもプールに飛び込んでいない。なんらかの個人的な理由から、先生は現実から逃げるため、ひそかに失踪計画を立てたのだ。なにか私生活で悩みを抱え、幾度となく学校を休んでいたという事実がこの物語を補完している。では、なぜ生徒たちは口々に〝先生が飛び込んだまま姿を消した〟と証言したのか？』」

楓はいったん言葉をきってから、祖父の目を正面から見た。

この物語には、少しばかり自信があったからだ。

「『クラスの生徒たち全員が、嘘をついていたからだ。生徒たちは大好きな先生のため、一致団結してその失踪計画に加担したのだ』」

祖父が、高い鼻を右手で触った。

考え込むときの癖だ。

どきり。

ではこれは、祖父の物語に近いストーリーなのだろうか。

すると祖父は、「七十点。いや、六十点だ」といった。

え。

祖父は、点数を思案していたのか。

「物語一よりはいいが、やはり看過できない矛盾点がある。まず、三十人もいる子供たち全員が、嘘をつき通せるはずがないじゃないか。人の口に戸は立てられない。まして子供となるとなおさらだ」

その口ぶりは、いつか祖父との会話の中で出てきたハリイ・ケメルマンの小説の「九マイルもの道を歩くのは容易じゃない、まして雨の中となるとなおさらだ」という台詞を思い起こさせた。

「それに、マドンナ先生は、いったいどこへ行ったのかね？　校長先生もかき氷屋さんも、学校の裏門からは誰も出ていないと仰っておられる。更衣室か用具入れに身を潜めていたのではないことは、ほかの教師たちによって証明されている。駅前の防犯カメラにも映っていなかったっていう点をどう説明するんだね。まさか楓も、彼ら全員が結託して嘘をついているとは思うまい。これらの問題がすべて解消されない限り、物語二のストーリーは根本的に破綻する。つまり」

和洋でいえば和である詰将棋に合わせてのことか――

コーヒー好きの祖父が、今日は湯飲みのお茶をひと口だけ啜った。

「これには別の、物語Xが存在するのだ」

（うわぁ、様式美――）

もはやこうなると、次の言葉が待ちきれなくなる。

本人が意識しているのかどうかは、分からない。

だがやはり祖父は、あの台詞を口にした。

「楓。煙草を一本くれないか」

『ゴロワーズを吸ったことがあるかい』――

祖父の話では、昔、そんな奇妙な題名の歌が売れたという。

書斎の空間を、ゴロワーズの紫煙が覆った。

本来この書斎は十二畳だったはずだが、スライド式の書棚で埋め尽くされているせいで六畳ほどの狭さに思える。

だがその一方で、重層的にずらりと重なっている書棚の列を見ると、まるで自分の姿を合わせ鏡で見たときのように果てがないほど広い部屋のようにも思えるのだった。

祖父は、少しだけ開けた窓の隙間に向かって三つ目の煙の輪を吐いてから――

「〝絵〟が見えたよ。幻視の力を借りずともね」といった。

幻視の力を借りずとも――？

どういうことだろう。

この謎解き、祖父にとってはいともたやすいということなのだろうか。

「まず、マドンナ先生が抱えていた私生活上の悩みとはなんだったのか、というところから考えてみようか。だいたい人の悩みなどというものは、『病気』か『金銭上の問題』か『人間関係』の三つに大別されるものだ。ではいったい彼女の悩みとは、なんだったのだろう」

祖父は一瞬、窓の外に出ていき消えていく煙に目線を向けた。

楓にはそのさまが、彼女の悩みも消えていくのを願っているかのように思えた。

「若さと水泳部出身というところから、『病気』の線は除くとしようか。そして、男性教師たちも浮き足立つほどの美女だったということを考慮に入れて、まずはその悩みが人間関係――もっといえば、恋愛関係のもつれだったと仮定してみよう。そして彼女が、男性教師の誰かと交際していたとしてみよう。すると、すべての疑問が一気に氷解していくのだ」

楓は思わず、開きっぱなしにしていたスマートフォンの画面の写真に目を落とした。

たしかに。

これほど綺麗な女性で、なにもない「はず」がない――

「あの日に起こったであろうことを、時系列で再現してみよう。まず、十一時十五分――四時間目のプールの授業が始まった。絶好のプール日和であり、なんといっても一学期最後のプール授業だから、生徒たちは、さぞやはしゃいだことだろう。十一時四十分。予定どおりマドンナ先生は、笛を吹いてこう叫ぶ。『みんな、お待たせ！最後の二十分間は、自由時間としまーす』と。ここまではなんの事件性もないね」と祖父は、少し語尾を上げた。

楓は頷いた。

「だがここから事態は、殺人へと発展する」

「えっ」

「子供たちは自由時間を満喫しはじめ、先生の行動には、ひと目たりともくれない。このときのことだ。おそらく更衣室の陰から、ある人物が彼女を手招きしたのだ。それは、マドンナ先生にとって絶対に逆らえない人物であり、かつ、万一ほかの誰かに姿をみられてもおかしくない人物――たとえば、つねに花壇に水をあげたり、校内の掃除を率先しておこなったりする人物――そしてなおかつ、マドンナ先生と恋愛関係の縺《もつ》れの渦中――もっと分かりやすくいえば、三角関係の渦中にある人物だったのだ」

楓の背筋に悪寒が走った。

「まさか」

「そう、〝二代目まどふき先生〟こと、校長先生が犯人なのだ」と祖父はいった。

「十一時四十五分から五十五分頃のことだったろう。校長は更衣室でマドンナ先生を殺害する。血痕が残っていないことを考えると、用具入れのロープなどを使っての絞殺の可能性が高いといえよう。校長はとりあえず用具入れに遺体を隠し、服を脱ぎ、これも用具入れにいったん隠す。そして最初から着込んであった水着姿で、更衣室から外に出る。もちろん頭には水泳用のキャップをかぶり、目にはゴーグルを装着してのことだがね」

え、ちょ、ちょっと待って。

瞬間、浮かんだ疑問を改めて口にする。

「ちょっと待って、おじいちゃん。まさか校長先生が、マドンナ先生に変装したってこと？　それって、いくらなんでも無理があるんじゃないのかな」

すると祖父は、「まだ気付かないのかね」と口元をゆるめてから、ずばりといった。

「校長先生は若い女性なのだよ」

「そんな……」

楓はまだ納得がいかない。

「だって、校長先生なのに」

我知らず声が大きくなった。

「女性が校長を務めることは珍しくもない。ましてや最近では若い優秀な教師が校長になるケースはままあることだ。三十二歳の史上最年少校長が誕生したというニュースが話題を呼んだのはもう何年も前の話だよ」

たしかにそのニュースは、楓もテレビで観た覚えがあった。

「この時代、アラフォーの女性が校長の任にあったとしてもなんの不思議もない。だいたい、いつも窓を拭いているほど綺麗好きで、いつも花壇の花を愛でているような先生と聞けば、むしろまずは女性を連想すべきじゃないかな。楓はぼくのイメージが強すぎて、勝手に男性だと決めつけてしまったのじゃないのかね」

「でもそれなら」

楓は、少しうわずった声でいった。

「なぜ美咲はそのことをわたしに伝えなかったのかな。だって〝二代目まどふき先生〟が若い女性だったとしたら、まずそれって最初に絶対、いいたくなることじゃないの？」

「そのとおりだ」と祖父は認めた。

「今の校長が〝二代目まどふき先生〟と呼ばれていると仰ったあと、話の流れとして、美咲先生は間違いなく『しかもその先生は若い女性なの』といった類《たぐ》いの言葉を口にしたはずだ。だが、どうだね？　そのとき楓は別のこと――たとえば、ぼくのことを考えていて、ほんのひとときではあるが、彼女の話を聞いていなかったのではないのかね」

　はっとした。

　そうだ。

（あのときわたしは――）と楓は思い返した。

〝二代目まどふき先生〟を祖父のイメージと重ね、「ブロークン・ウィンドウ理論」に思いを馳せていたのではなかったか。

　なんということだろう。

　そのせいで、いちばん肝心なところを聞きそびれていたのだ――

「図星のようだね」と祖父は目を細めた。

「だがぼくからいわせれば、それでも楓は、校長先生が女性だったと気付くべきだった――いや、気付かなければならなかったと思うがね」

「どういうこと？」

「だってそうじゃないか。幸運なことに前夜の芝居では、〝勝手な予断で性別を決めつけてはならない〟というヒントが、ごろごろと転がっていたはずだ」

（あ……！）と楓は、声にならない声をあげた。

「まず、楓が女性だとばかり思っていた赤毛の劇団員は、実は男性だった。そしてなによりも、楓自身が提出した台本は、〈競馬で全財産を使い果たしてマグロ漁船に乗り込む二十代女性の人生模様〉だったんじゃないのかね。まぁぼくは、最近のお笑いのセンスについてはよく分からんのだが」

祖父はゆっくりと、紫煙を吸い込んだ。

「おそらく楓がその台本で狙った面白さというのは、〝男性としか思えない設定の人物が、実は若い女性だった〟というギャップにあったんじゃないのかね」

楓は返す言葉もない。

それに――

〝なぜ面白いのか〟を改めて丁寧に説明されると、こうも恥ずかしいものなのか。

「さらにヒントはまだ転がっていた。芝居が終わったあとの打ち上げで、四季くんが酔いつぶれる直前の台詞だ。たしか彼は、こういったんじゃなかったのかね。『自分の勝手な思い込みで立ち位置を勘違いしちゃいけない』とね――。偶然とはいえ、まさに校長先生のことを暗示していたかのような言葉じゃないか」

指摘の鋭さに驚く以上に、楓はむしろ別の部分に驚いていた。

なぜだろう。

なぜこのひとは、会話の中で出しただけの、ボイスメモにも残していない台詞まで覚えていられるのだろう。

でも、と楓は、疑問を絞り出した。

「なぜ校長先生が、若い女性だと断言できるの？　もちろん可能性はあるけれど、やっぱりそれはレアケースだと思うんだけれど」

「簡単なことだよ。美咲先生の心情を汲み取れば、当然その結論に帰結するからだ」

「分かんないな」

「きのう美咲先生は、楓と別れる直前に、こういっているね。『そうだ、楓――おじいさんに会うんだったら、是非これを見せてあげて』と」

「そうよ」

「考えてもみてほしい。〝初代まどふき先生〟である、ぼくに見せたかった写真なのだよ。普通のメンタリティとしても、さらには礼儀としても、それは〝二代目まどふき先生〟の写真と考えるほうが自然じゃないか。事実上の行方不明となっているマドンナ先生の写真をおいそれと送信するわけがないと思うね。だいたい個人情報にうるさいこのご時世だからこそ、美咲先生は本名を避け、〝マドンナ先生〟と呼んだんじゃないのかな」

じゃあ、と楓は手元のスマートフォンのワンショットに、また目線を落とした。

「この黄色いワンピースの女性は――」

「そう。彼女こそが、殺人犯の〝二代目まどふき先生〟なのだ」


窓の隙間から、金木犀《きんもくせい》の香りが漂ってきた。

確か、その花言葉は「真実」だったように思う。

「話をあの日の出来事に戻そう」と祖父はいった。

「十二時ちょうど――学校の終業チャイムが鳴り響いた。まだ子供たちはプールの中ではしゃぎまわっていたのだが、そのとき更衣室の陰から、マドンナ先生に変装した水着姿の校長先生が現れる。彼女はⒶ地点で笛を吹き、さらに両手を大きく前に振り上げつつ、『上にあがりなさい』というポーズをとった。キャップをかぶり、ゴーグルを装着し、さらに同じようなスタイルの校長をプール越しに見て、いったい誰が入れ替わりに気付くだろうか。かたや、人一倍若く見える四十前後の女性校長。かたや、〝マドンナ先生〟というニックネームにまったく違和感がない〝昭和の美人〟で、ひと際おとなびて見える女性教師。水着姿ならば、子供でなくともまるきり見分けがつかないことだろう」

「たしかに――」

「さて、子供たちはなんの疑いもないままⒷ地点に上がり、シャワーを浴びようと急いだわけだね。校長は誰も自分を見ていないのを確認してから、再び更衣室へと姿を消したのだよ」

「うん、そこまでは分かるわ」

でも、と楓は、最大の謎について尋ねた。

「その直後の〝人が飛び込んだ音〟というのはなんだったの？　子供たち全員が『先生が飛び込んだ』といってるんだよ」

「正確にいうと〝全員〟ではない」と祖父はいたずらっぽく人差し指をかざした。

「楓も担任として、きっと経験があるはずだ。先生が笛を吹いた直後、子供たちの中のひとり――おそらくは目立ちたがり屋で跳ねっ返りの男子が、ウケを狙ってプールに飛び込んだのだ」

あぁ――あり得る。

（というか、わたしの場合もそうだ――）

プール授業の自由時間を、笛ひとつですぐに終わらせるほうが難しいくらいだ。

たいていは数人が、笛が聞こえなかったふりをして飛び込んだりするものだ。

（そして）と楓は思う。

そうしたさまがまた、正直いうと可愛かったりもする――

「分かった。じゃあその男子はプールの底で息止めをして、じっと隠れていたのね」

「そのとおり」

「だけど、小学四年生の男子が水中で一分近くも息を止めていられるものかな」

「では訊こう。水中息止めの世界記録は、いったいどれほどの時間だと思うかね」

「えーと」

フリーダイバーが主役の映画『グラン・ブルー』に出ていたジャン・レノが思い浮かんだが、あいにくと丸メガネのイメージしか浮かんでこない。

「せいぜい五分くらいじゃないかなぁ」

「ばかな」

祖父は声を出して笑った。

「ぼくが覚えている限りの頃の記録でも約二十四分だよ。今ではもっと記録が伸びているかもしれない。子供といえども四年生男子ともなれば、一分なんてわけないいさ」

いわれてみればたしかにそうだ。

祖父の見立てに無理はない。

四年生どころか一年生ほどの年頃の子供が、一分以上も水中息止めをやっている動画が、山ほどアップされているのを思い出したからだ。

「一分ほどが経ち、マドンナ先生の安否を気遣った男子たちが、四人、五人と次々にプールへ飛び込んだ。そのとき、すでに飛び込んでいたいたずらっ子は息が続かなくなり、水面へと顔を出したのだが……あまりの騒ぎにびっくりし、咄嗟にふたたび潜り込んだのだ」

「そっか。で、そのあとは、怖くなっちゃったんだ……。いまさら『先生ではなく飛び込んだのは自分です』なんて、とてもいいだせない空気だったんだろうね」

「そういうことだね。まさか自分のちょっとしたいたずら心が、これほどまでに不可思議な状況を演出することになるなんて、考えもしなかったに違いない」

これは美咲に伝えなきゃ、と楓は思った。

「さて更衣室に戻って水着の上から手早くいつもの服装を身に着け、息を潜めていた校長は、騒ぎが静まり、生徒たちがプールの入り口から出ていくのを見計らってから、プールの裏門を抜け、廊下の裏戸から校長室に戻る。ここで留意しておきたいのは」

祖父は言葉をいったん切った。

「校長室の扉が、廊下に向かって外開きとなっている点だね。すなわち校長は、あらかじめ校長室の扉を半分だけ開けておいたのだ。そうすれば、殺人を犯したあと西側の裏戸から校舎内に入るとき、万一だれかが廊下を歩いていたとしても、完全に死角となるからだ」

楓はもういちど、プリントアウトしてきた見取り図を見た。

（なるほど）

十二時の終業チャイムのあと、すぐに一階の廊下――保健室と児童相談室の前――を通る人間など、ほぼいないとは思える。

だが――〝確実〟ではない。

花壇の端を横切り、裏戸から死角となった廊下を数メートル進めば、すぐに校長室に入ることができる――

「しばらくすると子供たちから職員室に連絡がいき、ついで美咲先生たちが校長室へと報告にやってくる。そのときなどはもう校長先生は」

祖父は、サイドテーブルの湯飲みに目をやった。

「ひと息ついて、お茶でも飲んでいたかもしれないね」

「だけど、用具入れに隠してあった遺体はどこに消えたのかな？　放課後に美咲たちが行ったときには、なんにもなかったのよ」

「その前に手早く処理したのだね。なにしろ、ふだんから花壇をいじっていてもまったく妙に思われないキャラクターだ。リアカーをプールの裏門から乗り入れて、用具入れのマドンナ先生の亡骸を乗せ、ブルーシートを被《かぶ》せる。そしてそのままリアカーは、花壇の横辺りにでも堂々と置いていたかもしれないね」

楓の脳裏に、ある恐ろしいイメージが浮かんだ。

「じゃあ、マドンナ先生の亡骸は――」

首すじがぞくりとする。

「その日の深夜、月明かりの中、校長先生が、花壇の中に埋めたのね」

「そうとしか思えないね。そして校長先生は今も毎日、校長室の窓を拭きつつ、亡骸が埋まった花壇を見張っているのだ――いつどこへ移そうか、と考えながらね」

「怖いことだけど、校長室を二階から一階に移した意味が出てきたわけね」

「うむ。だが、そのことでいうと、校長室の移動というのは、そもそもの殺人動機にも繋がってくると思えてならないのだがね」

「えっ」

「たとえばだが、こういう〝物語〟はどうだろう。美人で才能もある女性校長は、ある男性教師と恋愛関係にあった。ところが――この男性教師はやがて、赴任してきたマドンナ先生と恋に落ちた。さてあの学校の中で、逢瀬に最適な場所はどこだろうか」

楓の中に閃《ひらめ》くものがあった。

「プールの中の、教員用更衣室！」

「そのとおり」と祖父は頷いた。

「ある日、校長先生は、恋仲にある男性教師が、マドンナ先生と一緒に更衣室へと姿を消したのを目にとめた。最初は見間違いだろうと自分にいい聞かせたかもしれない。だが何度も同じ場面を目にするうちにどうしても我慢できなくなり、プールの金網越しに更衣室を常に見張ることができる一階の部屋に、校長室を移動させたのだよ。こういってはなんだが、ぼくの校長時代から、教育委員会とは太いパイプができている。『児童たちが花を愛でる気持ちを育みたい』などと美辞麗句を並べれば、部屋の移動などたやすいことだったに違いない。校長からすれば、こうしてプレッシャーを与えることで元の鞘《さや》に戻ることができれば、彼女を赦《ゆる》したかもしれない。だがそれでも若いふたりの逢瀬は、一向に途絶えることがなかったのだね。そしてそれが、ついには」

楓が言葉を引き取った。

「殺人に発展してしまったというわけね」

すこし冷たい風が、また金木犀の香りを運んできた。

楓は、その花言葉に、「誘惑」と「陶酔」という意味もあったことを思い出した。

警察に通報する前に、まずは帰ってから美咲に相談してみよう、と楓は心に決めた。

だが今日は珍しく、祖父が二本目の煙草をせがみ、それこそ「陶酔」しきった顔で、外の金木犀に向けて紫煙をくゆらせている。

火の始末を確認しないまま帰るわけにはいかない。

楓がお茶を淹れなおしていると、祖父が唐突な言葉を口にした。

「詰将棋の問題というのはね。時折、複数の正着手が導き出されることがあるんだ」

いったい、なんの話だろう。

「出題者としては、できれば正着手はひとつにしたい。そのほうが問題として締まるからね」

祖父は、サイドテーブルの詰将棋の本を手に取った。

「だがごく稀に、出題者さえ気付かなかった〝もうひとつの正着手〟のほうが美しいことがあるのだ。実際ぼくはこの本で、ふたつほどそういう問題を見つけたよ」

なんだろう。

嘘でしょ……ただの自慢?

「そこで今回の事件だよ。そろそろ、もうひとつの〝美しい絵〟の話をするとしようかね」

（えっ）

「なに、おじいちゃん。それってまさか……まだ物語があるってこと?」

「そうさ。そしてこちらのほうが、楓は好きなんじゃないのかな」

（なにそれ）

おでこに汗がにじんできた。

「話して、おじいちゃん」

楓は折りたたみ椅子を開いて座りなおした。

「まずは、マドンナ先生の悩みごとの考察からやり直してみよう。さっきもいったように、人の悩みというものは、『病気』か『金銭上の問題』か『人間関係』の三つに大別される。では、『病気』は外し、さっきの物語における『人間関係』を外すとするならば、消去法で残るのはひとつだけだね」

「金銭上の悩み？」

「そうだ。マドンナ先生は早くに御母堂を亡くし、御尊父だけがご存命といっていたね。ではなぜお父さんは、大切な娘がいなくなったというのに、捜索願を出さなかったのだろう。どうにも引っかからないかね」

「そういえばおかしいわ」

「たとえば、お父さんが負債を抱え、やむなく自己破産をしたとする。それでも、反社会的な色彩を帯びた悪徳債権業者であれば、けして手をこまねいてはいないはずだ。借金の元金はもちろんのこと、莫大《ばくだい》な金利をマドンナ先生に要求したことだろう。なにしろ公務員は連帯保証人としては最適だからね」

納得はできなくもない。

でも、と楓は思った。

(すこし想像の飛躍が過ぎるんじゃないかな)

「さてそうなると、彼女の相談相手はいったい誰になるだろうか。普段から尊敬してやまない校長先生と考えるのが自然じゃないだろうか。ここまではいいかね」

「正直、仮説に仮説を重ねている気がしないでもないな」

楓は率直に答えた。

「ただし一応、筋は通ってると思う。続けてほしい」

そのとき——

楓はなぜか一瞬だけ、祖父が声を出して笑ったような気がした。

「マドンナ先生から相談を受けた校長先生は、考えあぐねたあげく、夜逃げを提案したのだ」

「よ……よにげ?」

楓には意外過ぎて、すぐにはその言葉の意味が把握できなかった。

「さて、校長先生とマドンナ先生は、さっき話したとおりのプランに従って、プールでの『人間消失事件』を引き起こした。違うのは、殺人事件ではなく、単純に水着姿のふたりが入れ替わったということだけだ」

徐々に楓の胸中に「真実」が、かたちを整えつつあった。

いや、それにしても。

「十一時四十分――マドンナ先生は自由時間のスタートを子供たちに告げたあと、更衣室に入った。中にはすでに校長先生がいたことだろう。マドンナ先生は水着の上からワンピースを着て、濡《ぬ》れた髪を麦わら帽子かなにかで隠し、用意してあった旅行鞄《かばん》を抱えてプールの裏門から、学校の裏門に出る。ここまで十分とかからなかったはずだ。なにしろ、校長先生が着替えなんかも手伝っただろうからね」

たしかに――

さっきの物語よりは、だんぜん好きかも。

「かき氷屋さんがやってくる十二時よりも十分ほども前、校舎の裏道に出たマドンナ先生は、かねてから頼んでいたタクシーに飛び乗って最寄りの駅を通り越し、防犯カメラのない辺境の駅まで車を飛ばす。そしてそのあとは、駅から人込みに紛れて新幹線に乗り、地方都市へと逃げたのだよ」

「つまりマドンナ先生は、今でも生きているってことね？　そしてそのことを、彼女のお父さんも知っているってことね？」

「昔から夜逃げというのはそういうものさ」

でも、と楓は疑問を口にした。

「いくら優しくて行動力のある若い校長先生だとしても、そんな大それた夜逃げ計画を考え付くものかなぁ」

「では、これならどうだね」

祖父は続けた。

「マドンナ先生に相談を持ち掛けられた校長先生は、今でも交流のある〝ある人物〟にさらに相談を持ち掛けた。その人物とは、自分も教鞭《きょうべん》をふるっていた学校のことを愛してやまない人物であり、当然、〝二代目まどふき先生〟と呼ばれている後輩の女性校長を常日頃から気にかけている人物であり、だいぶ弱ってはきていて、便箋《びんせん》一枚に文字を書くのが精いっぱいではあるが、それでも彼女とは書簡のやりとりを欠かしていない人物だとしたら。そして、夜逃げ先の職場として、どこかの地方都市の私立の教職を、ひそかに世話してあげられるくらいの人脈は、いまだに持っている人物だったとしたら――」

そういって祖父は、低い書棚の上の手紙差しに目をやった。

「そしてそこには、いずれほとぼりが冷めたとき、美咲先生に渡す手筈《てはず》となっているマドンナ先生の書簡も挟んであるかもしれないね。もちろん私信だから、その人物は中を検《あらた》めてはいないが、たとえ読まずとも、大好きな先輩――美咲先生への想いが溢れていることは分かり切っている。いや、分かり切っているかもしれない」

まさか。

そんな、まさか。

祖父は、紫煙をふう、と窓に向けて吐いた。

そして煙のむこうで、また将棋の駒を指すポーズをとり、芝居っ気たっぷりに、

「これで王手だ」といった。

その手はさっきと違い、なぜか微塵も震えてはいなかった。

「楓。今日の物語は結末が分かっていたから、最初から笑えて仕方がなかったよ。まぁお遊びとして、ほかに考えうる別の〝正着手〟も考えてみたのだけれどもね――死体の移動のくだりに少し無理があったかもしれない。あとはそうだな――楓に分かってほしいのは、〝花を愛でる人に悪い人はいない〟ってことかもしれないね。〝二代目まどふき先生〟は初代以上に花が大好きで、その想いから校長室を移したに過ぎないのだよ」

まさか、すべての計画を立てた人物が――目の前にいただなんて。

だがまだ楓には、分からないことがあった。

「ねぇ、おじいちゃん。ひとつだけ教えてほしいんだけど」

「なんだい」

「どうして〝その人物〟は、わざわざ『プールでの人間消失』なんていう大仰《おおぎょう》な計画をたてたのかな。だっておかしいじゃない。単に夜逃げが目的なんだとしたら、深夜にタクシーを待たせておいて、辺境の駅に逃げればいいだけのことじゃない」

すると祖父は、くすくすと笑い始めた。

「そんな物語、面白くもなんともないじゃないか」

「えっ」

「四季くんの芝居に関してもいったはずだ。物語とは、面白くなければなんの意味もないと」

楓は、言葉を失った。

そんな。

事件の〝動機〟が――

「面白くするため」だなんて。

そんな、馬鹿な。

「夏休みを目前に控えた、最後のプール授業。空は、梅雨が明けたばかりで雲ひとつない。うだるような暑さの中、みんなの憧れだったマドンナ先生が蜃気楼《しんきろう》のように消えてしまう。それは子供たちにとってみれば一生、誰かに語りたくなる物語になるはずだ。昔も今も、世の子供たちにとって、ひと夏のふしぎな物語にまさる経験なんてないよ」

そのとき――煙草の火が、じゅっと音をたてて消えた。

「あぁ」と祖父は呻き、「水が入ってきた」といった。

幻視だ。

レビー小体型認知症の患者にとって、床が水浸しになる光景は典型的な幻視なのだ。

「そこの埠頭《ふとう》に、マドンナ先生が立っている。その顔は、前向きな思いに溢れている。彼女は打ち寄せる波濤《はとう》を眺めながら、早く夏になってほしいと願っている。そして、こうも思っている。この島の海岸でなにも悩むことなく、おもいっきり泳ぎたいと」

(島っていっちゃった。債権業者に聞かれたら大変だったわ)

祖父は離島出身者だったマドンナ先生に合わせ、あえてそのふるさとを想起させるような地方の島の小学校を斡旋《あっせん》したのだろう。

楓は、早くも眠りにつこうとしている祖父の体に、そっとブランケットを掛けた。

第四章／33人いる!

1

カワウソがベッドの下に巣を作っているんだ、と祖父が訴えているらしい。

いくらお止めしてもベッドを動かそうとするんです、というヘルパーからの報告を聞き、楓は暗澹《あんたん》たる思いで碑文谷へ向かった。

祖父は幻視に浮かぶ光景を基本的にはＤＬＢの産物だと自覚してはいるのだが、ごく稀にそれが現実のものだと信じ込んでしまうことがある。

そしてそうした場合にはほぼ確実に体調が思わしくなく、それはなにかのストレスが原因となっていることが多いのだった。

楓は、祖父が抱えているストレスが何なのか確信していた。

(子供たちの声が聞こえてこないからだわ)

幼い頃、楓は碑文谷の街のことを――といっても行動範囲はせいぜい三百メートル四方に限られていたが――〝あかいアメのまち〟と呼んでいた。

下町ならではの古式ゆかしい住宅街には一方通行の細い道が縦横無尽に入り組んでおり、一時停止を促す逆三角形の赤い標識が、そこかしこに見え隠れしている。

幼い楓にはそれらの標識が、駄菓子屋でよく見る三角形の赤い飴《あめ》に見えたのだった。

祖父の家の前を横切る道もやはり幅が狭く、門の横手に〝あかいアメ〟が立っていたのだが、数日前にそれが引き抜かれ、今後一年は続くという下水道工事が始まっていた。

そのせいで近くの幼稚園児たちは、登園、降園時の迂回《うかい》を余儀なくされており、祖父は彼らの可愛い声を聞けなくなっていたのだった。


玄関の扉を開けると、ヘルパーの中でもチーフ格の女性が待ちかねていたかのように楓の手を取り、玄関口へと引き入れた。

年齢は四十代後半だろうか。

真横にぱつんと切り揃えた髪が、ファッションよりも仕事に熱心な印象を抱かせる。

ざっくばらんにいきましょうよ、先は長いんだから、という彼女自身の希望もあり、祖父と楓は彼女のことを親愛の情を込めて〝おかっぱさん〟と呼んでいた。

「いろいろ考えたんだけどさ、これはもうベッドの下をお見せするよりないなって」

「分かります。祖父がご迷惑をかけてすいません」

「いえいえ。でもあんなに頭のいい方がこうなっちゃうんだから、ほんとに不思議な病気」

言葉を選ばないところに逆に信頼できる感じがあった。

「じゃあ早速だけど行こっか」

おかっぱさんは楓を追い立てるように背中を押しながら居間へと向かった。

介護用の油圧式ベッドは、とてもひとりで動かせるしろものではない。

「動かしたら分かるさ。確実にカワウソが二匹、いや三匹いるんだよ」

憮然《ぶぜん》とする祖父を尻目に、おかっぱさんとベッドをずらし、なにもない床を祖父に見せる。

「ほら、安心してよおじいちゃん。カワウソくんたちはどこかへ引っ越したみたい」

「あ、あぁ。そのようだな」

楓に合わせるかのように答えたものの、まだ祖父は信じられないようだった。

「めっきり冷えてきたからかもしれん」

祖父は明らかにしょんぼりと肩を落としていた。

カワウソが幻視だと分かり、それに気付かなかった自分が情けないのだろう。

退治しようとしていたのか、それともカワウソがベッド下に巣食っているのを喜んでいたのかの判断はつかなかった。

だが——なんとなく後者のような気がする。

おかっぱさんが去ると、祖父が少し眠そうな声で話題を変えた。

「ところで学校のほうはどうだね」

やはりそうだ。

祖父は子供たちの声が聞けなくなって寂しいのだ。

だからこそ、楓の学校の話に水を向けてきたのだ。

「えぇと――これは最近じゃなくて、だいぶ前のことなんだけど」

楓はあらかじめ用意してきた話を切り出した。

「怪談《ホラー》のようであり、ファンタジーのようでもあり、でも結局はミステリめいた話なんだ」

ほほう、と祖父はさっきとは打って変わり、嬉しそうに破顔した。

ミステリはいうに及ばず、ホラーだろうがファンタジーだろうがＳＦだろうが〝面白い物語〟であればなんでも大好きだからだろう。

「忘れもしない。快晴だったにもかかわらず、校庭にも学校前の大通りにも人の姿はまるでない――奇妙な静けさが漂う春先のある日」

楓はいちど言葉を切ってから、少しだけ声を潜めた。

「その日教室にいたのは、全部で三十二人。それが突然、三十三人に増えたの」

「――あのね、おじいちゃん。当時わたしは初めて六年生のクラスを受け持っていたんだけど、そのクラスには、すっごくユニークな男女三人組がいたの。なんだろ……ファンタジー小説でいうと、J・K・ローリングの『ハリー・ポッター』シリーズの小さな魔法使い三人組を想像してもらえば分かりやすいかな。ひとりは、正義漢だけどいたずら好きなメガネの男の子。仮にこの子を〝ハリー〟と呼ぶことにするね。もうひとりの男子は、気は弱いけどお人よしでそばかすが可愛い子。この子はさしずめ〝ロン〟ね。そしてもうひとりは勝気だけどそこも含めて男子たちから絶大な人気を誇るアイドル女子。彼女は当然〝ハーマイオニー〟ね。一見するとこの三人、共通点はまるでないんだけど、なぜか仲良しで、いつもクラスの中心にいたんだ。あとで分かったんだけど、実はみんなミステリやファンタジーの本が好きで、それで波長が合ったみたい。でね――肝心の日も、この三人はいつもどおり大騒ぎだったんだけど、その日の最後の授業が『英会話』だったの。そう、今では公立でも五年生あたりから英会話を教えるのが当たり前なんだよね。ちなみにうちのクラスの児童は全部で三十二人。内訳は、男子十六人の女子十六人。見取り図を作ってきたんだけど、こんな感じ。眼鏡はどこだっけ、とってあげるね。

――始業ベルが鳴り、わたしは手を叩いてこういった。『それじゃあいつものように、ふたりひと組になって英語だけで話してくださいʼ』って。『教科書の定型文を見ながらでも構いません。ただし日本語は絶対にNG！　日本語が出ちゃった人は……卒業できませーん！』悲鳴にも似た笑い声がそこかしこで上がった。授業の一環とはいえゲーム感覚のカリキュラムだから、基本的にはみんな前のめりに楽しもうとしてたと思う。でもね……そのとき、ハリーがメガネを中指で押し上げながら、そんなのつまらなくないですか、と手を挙げて立ち上がったの。で、『クラス委員として提案します。〝こわいはなし大会〟をやりませんか』って。わたしは『それじゃあ授業にならないじゃない』って注意したんだけど、クラスのみんなは『賛成！』『こわいはなし聞きたいでーす！』なんて大盛り上がりになっちゃってね。いつもは真面目なハーマイオニーもこのときばかりは『やろうよ先生！』って乗っかったの。男子全員、右に倣え。同じく彼女のことが大好きなロンに異存があるはずもない。で、十五分だけの約束で、こわいはなし大会をやることになったのね。

——ほかの子たちがどこかで聞いたことのあるような、だからこそ微笑ましい〝こわいはなし〟をいくつか披露したあと、ハリーが『次はぼくが行きます』と立ち上がった。『ねぇ。この教室に、僕らくらいの年頃の女の子の幽霊が出るかもって話、知ってますか』。メガネから覗く目線には恐れのような色が滲んでいたけれど、いつものようにその表情からはまるで感情が汲み取れなかった。ついさっきまで賑《にぎ》やかだった教室は、しんと静まり返ったわ。構わずハリーは、こう続けた。『昨日の夜、ひいおじいちゃんがいってたんです。戦争中、おまえの学校の近所は大きな防空壕だったんだ……って。いつも子供たちの泣き声が響いてたんだぞって。暗闇に響く泣き声ほど怖いものはないんだぞって。空襲警報と、あの寂しげな女の子の声は死ぬまで忘れられないって――』『待って』瞬間、あの女の子のことが心配になったけど、わたし、思わず遮っちゃった。『そのお話はすごく貴重な証言だと思うよ。でも、防空壕はあくまで学校の近所だったんでしょ。なら、この教室に幽霊は出てこないと思うんだけど』『そこなんですよ先生。僕、昨日、図書館で調べてみたんです。そしたら分かったんですよ。防空壕があった場所は、学校の近所どころか――』ハリーは教室の後ろのほうを指さした。『僕らが今いる教室の、ちょうどあの辺りだったということが』クラス全員が一斉に教室の後ろのほうを振り返ったわ。そこからはもう、誰が〝こわいはなし〟をしても、みんな静まり返る一方。わたし、正直これはもうお楽しみ時間の枠を越えてるな、と思って。で、『はーい、こわいはなし大会は終了！』って手を叩いたら、みんなもどこかホッとした様子だった。それでようやく本筋の英会話の授業に戻ったの。

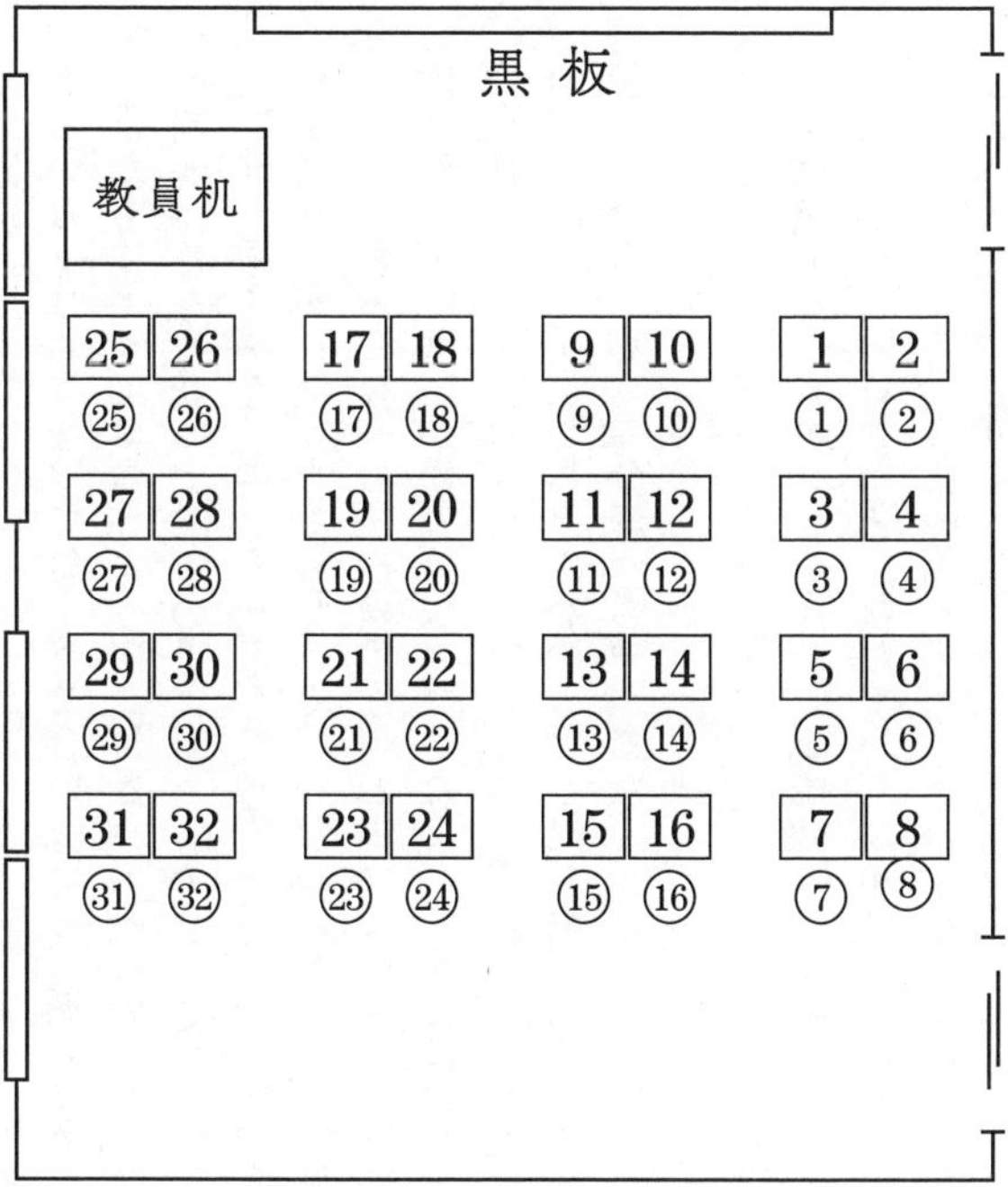
黒板
教員机
25 26 17 18 9 10 1 2
㉕ ㉖ ⑰ ⑱ ⑨ ⑩ ① ②
27 28 19 20 11 12 3 4
㉗ ㉘ ⑲ ⑳ ⑪ ⑫ ③ ④
29 30 21 22 13 14 5 6
㉙ ㉚ ㉑ ㉒ ⑬ ⑭ ⑤ ⑥
31 32 23 24 15 16 7 8
㉛ ㉜ ㉓ ㉔ ⑮ ⑯ ⑦ ⑧

――『時間は二分間だよ、用意はいい？　それでは……スタート！』みんな男女のペアになって、あるいはトリオになって肩を寄せ合いながら、懸命に英語で話し始めた。二分間って子供たちにとっては短いようで意外と長いみたいでね。教科書の例文だけじゃすぐに時間が持たなくなって、机の上にあるものを目で追いながら『Is this a book?』とか、『I have a……pencil!』とか当たり前のことをいい始める男子もいたりして、結構これが盛り上がったりするんだ。で、わたしはというと、机と机の間の通路をゆっくりと通りながら、教室の後ろのほうへと歩いていった。窓から見える桜は、まだ咲きこぼれるとまではいかず五分咲きだったけど、遠目にはほとんど満開に見えたな。で、中央後ろのペア、ロンとハーマイオニーの真横まで来たわたしは黒板のほうに振り返って、改めて子供たちみんなのことを見つめてたの。そうこうしてるうちに教室の時計を見たら、もう二分経っちゃってた。

――で、問題はここからなのよ。『そこまで！』って止めたら……わたしの真横にいたロンとハーマイオニーのペアが、寄せ合ってた体をぱっと離して、とつぜん揉め始めたの。いつもはおとなしいロンが色をなしてハーマイオニーに向かって声を荒らげた。『聞こえたぞ！　さっき日本語を喋っただろ！』ハーマイオニーも負けてないわ。『なにいっちゃってんの？　日本語を喋ったの、そっちじゃん！』なだめながら話を聞いたら……ふたりとも、『日本語の声がはっきり聞こえた』っていうの。しかもその言葉は、『寂しそうな涙声だった』っていうの。そしてね……もっと詳しく尋ねてみたら、その声は『背中のほうから聞こえた』っていうのよ。彼らの真横にいたわたしは、もちろんなにかを話した覚えなんてまるでない。わたしの背中側、つまり教室の後方には誰もいなかったと断言できる。やがてクラス中の児童が騒然とし始めた……。三十二人しかいないはずのクラスに子供がもうひとり現れたんじゃないかって。そしてその三十三人目は、防空壕の中で泣いていた子供の幽霊なんじゃないかって。ちょうどそのとき、それこそ防空壕のように暗くていつもより狭苦しい感があった教室の後ろの片隅に、すっと陽の光が差しこんだ。廊下から吹き込んでくるすきま風で辺りの埃が舞い上がって、きらり、ふわりと揺れた……。何人かの女子が、悲鳴が出るのを我慢するかのように口元を押さえたのを覚えてるわ。

——春先なのにやたらと底冷えがする日だったから、教室の窓はすべて中から鍵が掛かってた。前後の扉はわずかに開いてはいたけれど、誰も入ってきた気配はない。教室の後ろ側は建物の端っこに位置していたから、隣のクラスの声が漏れ聞こえてきたという可能性もないわ。ハリーも、そしてロンもハーマイオニーも嘘をつくような子たちじゃないし、みんなを騙《だま》したわけでもない。以上、三十二人のクラスにとつぜん三十三人目が現れたって話。ね、おじいちゃんなら——どんな物語を紡ぐかな」

楓としては祖父が眠ることがないようにあえて一気に話したのだが、幸いにしてその気遣いはまるで無用のようだった。

祖父はさっきとは打って変わり、はっきりとした口調でいった。

「楓。煙草を一本くれないか」

2

昼食時間なのか、しばらく前から下水道工事の音が止《や》んでいた。

代わりに初冬の澄み切った空気が、ほう、という鳥の声を運んできた。

「キジバトだね。梟の声にそっくりだ」

祖父は、まさにハリーたちの話にぴったりじゃないか、と相好を崩した。

楓は嬉しく思う。

魔法使いの少年、ハリー・ポッターは、シロフクロウを飼っている——

そこへすぐに考えが及ぶということは、祖父の知性がリアルタイムで蘇りつつあるということなのだろう。

その、ハリーを彷彿とさせる丸い眼鏡の縁が光った。

「なるほど――いわばこれは、若き日のエラリー・クイーンが得意とした〝読者への挑戦〟ならぬ、楓からぼくへの〝独居老人への挑戦〟というわけだ」

肩をほぐすためなのか、祖父はゆっくり首を回しながら、また嬉しそうに微笑んだ。

「ここまでの楓の話には、謎を解くすべての手がかりが潜んでいる。そしてもしこの謎にタイトルを付けるとしたら、『33人いる！』しかあるまいよ」

楓にもいわんとしている意味は分かった。

かつて祖父に勧められて読んだ萩尾望都《はぎおもと》の名作コミック『11人いる！』は、乗組員が十人しかいないはずの宇宙船――いわば究極の密室――の中に、謎の〝十一人目〟が忽然と現れる、という短編ミステリだ。

やおら祖父は首の動きを止め、さて、と楓の顔をまっすぐに見た。

＊＊＊＊＊＊＊＊＊＊＊＊＊＊＊＊＊＊＊＊＊

「この話には大きな矛盾点がひとつあるね。そしてその矛盾点にさえ気付けば、〝三十三人目の謎〟は立ちどころに解けるのだ」

どきどきしてきた。

「では、その矛盾点とはなんだろう」

祖父は楓の目の奥を覗き込むかのように、少しだけ目を細めた。

「図にもはっきりと示されている。それはつまり――『やたらと底冷えのする寒い日だったのにもかかわらず、教室の前後の扉はわずかながらも開け放たれていた』という事実だよ」

やはり――やはり祖父にとっては、ミステリがなによりの良薬なのだ――

「窓は内側から鍵がかけられていた。ならば扉も閉めればいいじゃないか。では、なぜ扉はすきま風が入ってくるほどに開け放たれていたのだろうか？　答えはひとつしかない。換気のためだ。そもそも楓は物語の冒頭でこういったね。『快晴だったにもかかわらず、校庭にも学校前の大通りにも人の姿はまるでない』と。『奇妙な静けさが漂う春先のある日』と。つまり〝ある日〟とは、まだ例の感染症が流行していた頃なのだよ。してみると楓は、ぼくの記憶力を試してみたのかな」

祖父は大きな両の目の中の瞳を、いたずらっぽく斜め上に上げてみせた。

「次にハリーについてだが、楓はこういったね。『メガネから覗く目線には恐れのようないろが滲んでいたけれど、いつものようにその表情からは、まるで感情が汲み取れなかった』と。うん、楓は嘘はついていない。実に慎重だよ」

祖父はゆっくりと自分の口を指さした。

「まるで感情が汲み取れなかったのは当然だ。つまり彼は、他の児童たち同様、いつものようにマスクをつけていたというわけなのだね」

「――さすがおじいちゃんね」

「すると今度は、にわかに別の矛盾点が浮上してくることとなる。すなわち、『感染の危険性があるにもかかわらず、男子と女子が〝肩を寄せ合って〟ペアとなり、英語で会話をし始めた』という事実だ。飛沫《ひまつ》のリスクをまったく顧みようともしない――そんな無謀なカリキュラムがあるだろうか。それでもあるとしたならば、方法論はひとつだけだ」

　祖父は、ずばりといった。

「男子と女子は、隣の席同士でペアを組んだのではない。前後の席同士でペアを組んだのだ」

　ごくり、と楓の喉が鳴った。

「さっきの図で説明しよう。まず、一列目、三列目の子供たちは机は動かさない。ちょっとした作業が必要となるのは二列目、四列目の子供たちだ。彼らは机を一斉に後ろにずらし、さらに自分の椅子を持ち運び、前の子の椅子と逆向きにくっつける。そしてお互いの背中を合わせ、逆方向を向きながら英会話を始めたのだね。この方法を取れば、各ペアは机のおかげでディスタンスが保たれるというわけだ。たしかに〝肩を寄せ合って〟という表現は嘘ではない。だが、隣同士ではない。椅子に座ったまま前後で仲良く〝肩を寄せ合って〟いたのだよ。事実、当時はそうした授業が全国各地でやむなく行われていたというニュースを観たこともある。教室の後ろのスペースが〝いつもより狭苦しい感があった〟のも道理だよ。実際にその辺りは、いつもより狭かったのだ。各ペアの後ろ側の子供たちは机の下に膝が入れられない——そのぶん移動後の列は若干だが縦長となり、必然的に教室の後ろのスペースは狭くなるからね。どうだい、伝わるかな。もしぼくの話が伝わりにくいのであれば、楓——君が用意してきたであろう、ふたつめの図の紙を開いたほうがいいのじゃないかな」

(わぁ——完璧に見抜かれてる)

楓は観念して、二枚目の紙を開いて見せた。

またどこかでキジバトが梟に似た声で、ほう、と鳴いた。

楓は、いつか行ったイタリアン・バールの壁時計に棲んでいた梟を思い出した。

梟は、魔法使いの使者。

そして祖父は、ミステリにおける魔法使い。

「さぁここまで来ると、三十三人目の正体は解明できたも同然だ」

祖父はそっけなく、それでいて優しさが溢れる声音でそっと告げた。

「楓——三十三人目は、君だね」

楓はこくりと頷いた。

「楓にとっては初めて受け持つ六年生のクラスだ。春まだ浅い三月の初旬。その英会話の授業は大好きな児童たちと存分に交流できる数少ないチャンス――ことによると最後の授業だったんじゃないのかな。そう考えるとハリーがクラスの想い出づくりのために〝こわいはなし大会〟を提案したのも頷けるじゃないか。そして、楓がそれを許した気持ちも分かろうというものだ。初めて送り出す子供たち。すぐに彼らの卒業式がやってくる。そこで泣くのは彼らではない。ぼくにも経験があるが……泣くのは確実に教師のほうだ」

祖父は、想い出を反芻するかのように少しの間だけ目を閉じた。

「ほんの一年前までまるで子供のようだった彼らが達者に英会話を交わしている。なんと頼もしいことか。ゆっくり教室の後ろに歩いていく楓には、外の五分咲きの桜が早くも満開に見えたことだろう。そして君は、中央後ろのペア、ロンとハーマイオニーの真横に立ち、改めて正面を振り向いて全員の姿を目に焼き付けようとした。そのときのことだ。君はあくまで無意識のうちに涙声でつぶやいたのだ。たとえばそうだな――〝だめだ。寂しいよ〟とね」

そうだ。

今も、はっきりとは覚えていない。

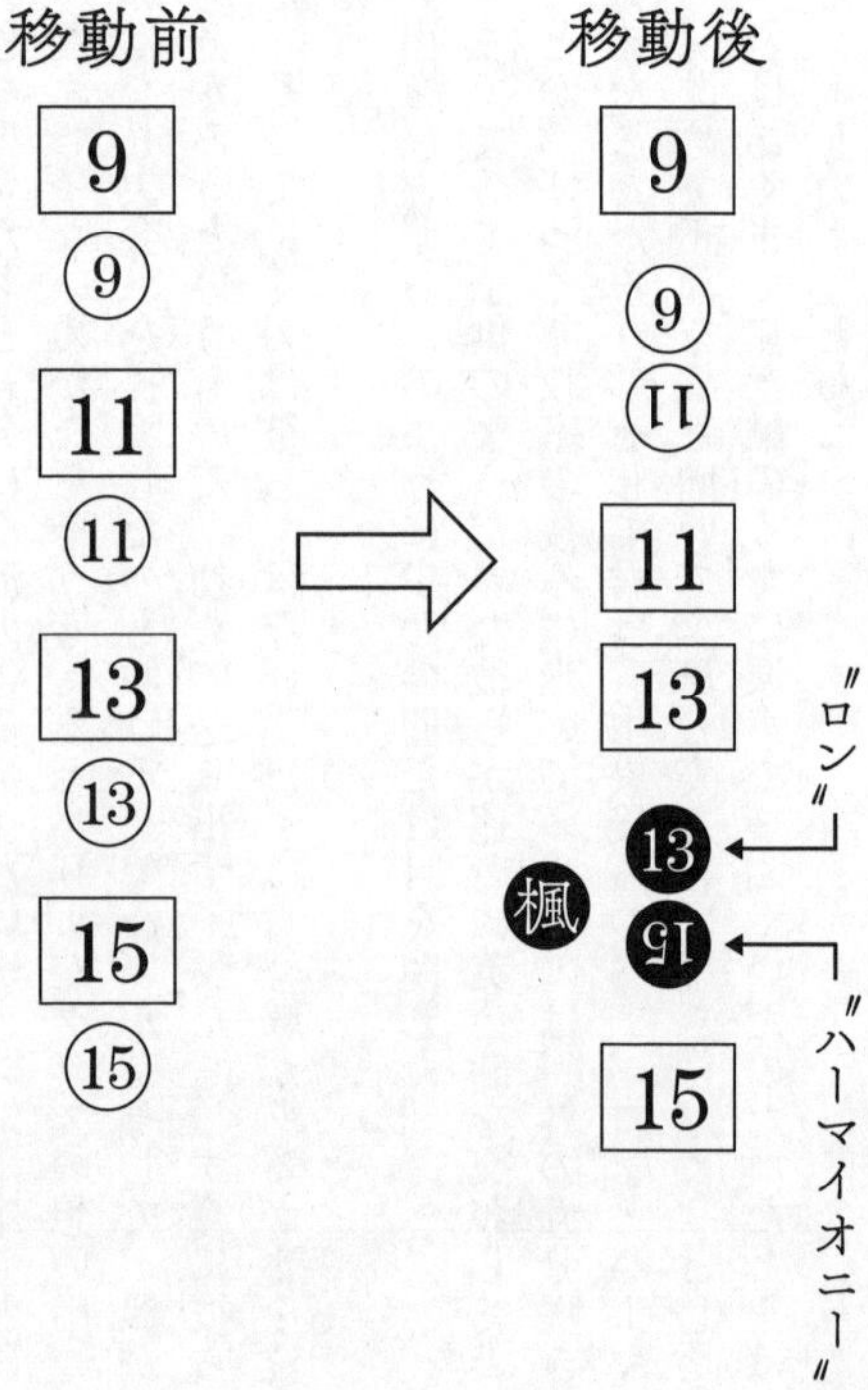

移動前
9
⑨
11
⑪
13
⑬
15
⑮
移動後
9
⑨
⑪
11
13
〝ロン〟
13
楓
15
〝ハーマイオニー〟
15

でも、後になって気付いたのだが、そんな言葉が我知らず漏れてしまったのは間違いない。

自分でも、まったく知らないうちに——祖父のいうとおり、本当に無意識のうちに。騒ぎとなってから初めて、(三十三人目はわたしだ) という事実に思い当たったのだ。

「さて、楓の真横で背中を合わせていたロンとハーマイオニーのペアは、そんな楓の声を背中の上から耳にしたのだ。ロンはハーマイオニーの声だと思った。ハーマイオニーはロンの声だと感じた。二十代の女性の独り言は年齢不詳、性別不詳だよ。ふたりともつい、ペアを組む相手の声と勘違いしてしまったのだね。ところが二分が過ぎ、相手が日本語を話していないとなったとたん、この出来事はにわかに怪談《ホラー》に転じてしまった、というわけなのだ」

楓はうなだれた——ように見せたが、内心でちろりと舌を出した。

そして、「おじいちゃん、それで終わり?」といおうとしたとき——祖父が機先を制して、ところがこれで終わりではないのだね、と微笑んだ。

「読者への挑戦ならぬ〝独居老人への挑戦〟は、二段構えの問題となっている。今の物語は序章に過ぎない。実はそのあとに完結する〝別の物語〟が存在するのだよ」

＊＊＊＊＊＊＊＊＊＊＊＊＊＊＊＊＊＊＊＊＊＊＊＊＊＊

祖父は、はっきりといい切った。

「三十三人目は、もうひとりいたのだ」

まさか。

まさか、そこまで――

「一枚目の図に明確にヒントが記されているじゃないか。まず、教室の東側後方、⑧の児童の椅子だけが、他とは違い、机に密着している――これは、椅子が机の下に入れられっ放しであることを示しているのだね。つまり、この席に児童は座っていなかったのだよ。⑧番は、不登校を続けていた女の子の席なのだ。不登校児童の席は、その子がいつでもクラスに戻りやすいように、教室後方の扉にもっとも近いところに配置されることが多い。必然的に⑧番の席、ということになる」

（で、でも――）

「どうして女子の席だって分かるの？」

「理由はあとで説明しよう。さて、まずはこの授業における〝ハリー〟の言動、行動の理由に触れておきたい。彼は〝正義漢だけどいたずら好き〟なのだという。そんな彼が、卒業前の最後の授業――楓たちとの別れとなる大切な時間を使って、ただみんなを怖がらせるための怪談を語るだろうか？　そこには別の意図があったと考えるほうが自然じゃないか」

　さすがだ——一分の隙もない。

「おそらく彼は、最後の授業を迎えるまでに、不登校を続けていた女の子の家を何度も何度も訪れて、学校に来るよう説得していたのではないだろうか。『きみのこと、みんなが待ってるよ』『クラスの全員で楓先生とお別れしようよ』とね。説得の甲斐あって、楓も他の児童たちも知らないうちに、女の子は実に久しぶりに学校へ来ることとなった。でも、せっかくの仲間たちとの再会だ。いたずら好きの〝ハリー〟は、ちょっとしたサプライズを演出しようとしたのだよ。おそらく、こうした遊び心が乗っかっていたからこそ、彼女も登校を決意したのじゃないかな。まず彼は、〝防空壕の女の子〟の怪談を披露する。そのあと英会話の授業が終わったところで、『みんな！　教室の後ろを見てよ！』などと叫ぶ手筈だったのだ。そこへ不登校の女の子が、東側後方の扉からおずおずと姿を現す——。いつも彼女のことを心配していたクラスの仲間たちは拍手喝采《かっさい》の大歓声——そういうプランだったのだ。一枚目の図の教室後方の扉を見れば、女の子が気兼ねなく入りやすいように、前方の扉よりも大きく開かれていることがはっきりと確認できる。換気以外にも理由があったのだね」

「えっと、おじいちゃん——訊きたいことがふたつあるんだけど」

「遠慮なくどうぞ」

「まず、どうして不登校の児童がいるって分かったの？」

「英会話の授業について、楓はこういっていたね。『みんな男女のペアになって、あるいはトリオになって肩を寄せ合いながら、懸命に英語で話し始めた』と――。児童の数が三十二人であれば、当然ペアで割り切れる。なぜ、わざわざトリオを組む理由があるんだね。ひとり欠けているのは自明の理だよ。そもそも楓はこの話を切り出す際、『その日教室にいたのは、全部で三十二人』といったじゃないか。楓は明白な事実を告げたに過ぎん。そう、その日クラスにいたのはたしかに、児童三十一人と楓を合わせた三十二人だったというわけだ」

「じゃあもうひとつ、さっきの疑問。なぜ不登校児童が女の子だって分かったの？」

「それもまた、楓自身が〝明言〟していたからだよ」

やはり、気付かれていた――

「ハリーが防空壕の女の子の話をした直後、楓は『あの女の子のことが心配になったけど、わたし、思わず遮っちゃった』といった。どうだね、〝こそあど〟がおかしいじゃないか。防空壕の女の子のその後が心配になったのなら、『その女の子』という表現になるはずだ。つまり楓は、防空壕の女の子の話を聞くうちに、不登校の『あの女の子』のことが心配になった、というわけなのだね。横溝正史《よこみぞせいし》御大《おんたい》の『獄門島』では、『てにをはの問題』が名探偵の金田《きんだ》一耕助《いちこうすけ》を悩ませるという余りにも有名なシークエンスがあるけれども、こちらはさしずめ『こそあどの問題』だね。まぁしかし、こちらの物語はあんなに陰惨ではなく、さぞやハッピーなラストを迎えたことだろう
――うむ、〝絵〟が見える」

祖父はゴロワーズの紫煙の中にじっと目を凝らした。

「『みんな、教室の後ろを見てよ！』ハリーの合図を機に、伏し目がちの女の子が、ゆっくりと教室後ろの扉から登場する。楓やクラスのみんなは瞬間びっくりするものの、大拍手だ。大役を務めあげたハリーがメガネを外して嬉し涙をぬぐっている。『どうだい、幽霊なんかじゃないぜ。みんな、せーので〝おかえり〟だ。せーのっ』『おかえりーっ』教室の外では、女の子に付き添って来た母親が、やはり目頭を押さえている。楓と不登校の女の子を合わせ、三十三人のフルメンバーが勢揃い――これが、『33人いる！』という物語の幸せな結末さ」

これで終わりという合図のように、祖父はゆっくり、ぎっ、と音を立てながらリクライニング・チェアーに体を預けた。

そのとき――
玄関のほうから「おじゃましまーす」と複数の声がした。

楓にとっては最高のタイミングではあったが、ちらりと自身のマナー教育を恥じた。

「あの子たち——ちゃんとインターホンを鳴らすようにいっておいたのに」

「いったい誰だね」

「ハリーとロン、そしてハーマイオニー」

「なんだって」

「このあいだ偶然、電車の中で三人と会ったんだ。みんな同じ中学でね、ハーマイオニーの提案で、ミステリ&SF&ホラー&ファンタジー研究会を結成したんだって。だけど三人とも、学校の図書館のそのたぐいの本をあらかた読み終わっちゃったんだって。それで——良ければわたしの祖父の家に来ない？　って誘ってみたの」

入ってもいいですかぁ、と、楓にとっては懐かしい〝ハリー〟の声がした。

（うわー。ちょっと声変わりし始めてる）

なんだか笑えるけど、感動。

「煙はまずいね」

嬉しさを隠せない様子の祖父が慌てて窓を開け、紫煙を外に追いやるのを目の端に留《と》め、「どうぞー！」と楓。

すぐにどやどやと、身長も性格もまるでばらばらな三人組が書斎に入ってきた。

もちろん実際には『ハリー・ポッター』シリーズのトリオとは似ても似つかない風

貌なのだが、キャラクターはほんとにかぶってるな、と我ながら思う。

まずは〝ロン〟と〝ハーマイオニー〟が騒ぎ出した。

「なんだこの部屋……。スゲーな、ほんとに本ばっかだ」

「失礼でしょ！　まず挨拶！」

「ここの庭、鈴虫がたくさんいるそうですね。これ、最新の昆虫図鑑です」

「いや、挨拶ってそういうことじゃないよ」

自己紹介も、そこそこに。

「まどふき先生──だっけ」と〝ハリー〟が眼鏡を中指で押し上げつつ書棚を見上げ、のっけから本題を切り出した。

「ここには僕たちも読んだことがない怖い本があるって聞いたんですけど……ときどき借りに来てもいいですか」

「失礼でしょ！　お借りにお伺いしにいらしても、だよ」と〝ハーマイオニー〟。

「なんだかその言い回しも違うような気がするな」と〝ロン〟。

祖父が声を出して笑った。

「いつでも借りにきたまえ。有名どころのホラー小説なら、ほぼ全部揃えているつもりだよ。たとえば、そうだな──君たちは、不登校だった女の子がクラスにやってくるのがなによりの望みだったわけだろう。ならば、〝なんでも望みがかなうおはなし〟

というのはどうかな」

「そんなの、よくあるおとぎ話でしょう。怖くもなんともないよ」

「そう思うかね」

祖父はいたずらっぽい笑みを浮かべた。

そして、一番手前の書棚の一角を指さしながら――

例の台詞とまったく同じ口調で、〝なんでも望みがかなうおはなし〟――

あの世にも恐ろしい小説のタイトルを口にした。

「楓。ジェイコブズの『猿の手』が入っている短篇集を取ってくれないか」

第五章／まぼろしの女

1

初めてあなたの写真を撮った
あなたは気付いていないでしょう
私とあなたの〝ツーショット〟
あなたは気付いていないでしょう

（土曜の朝がこんなにも動いているなんて）と楓は思った。

都内近郊の下町を、ゆっくりと重く川が流れる。

冬晴れの柔らかな日差しが降り注ぐ土手に、両膝を抱えて座りながら水の動きに目をやると、手前の水だけが流れているように見えた。

はるか彼方《かなた》の対岸側では、護岸工事の浚渫船《しゅんせつせん》が、ほとんど止まっているのではないかと思えるような速度でのんびりと進んでいる。

そういう〝のたり〟とした光景とは対照的に、楓の背後の遊歩道では、散歩やジョギングを楽しむ人々がひっきりなしに行き交っていた。

河川敷からは、野球やクロッケーに興じる人たちの歓声が間断なく響いてくる。

だが楓の耳にはそれらの熱い声が、ここへ来るときのヒーターの効いた電車の、眠気を誘う規則的な振動音のように聞こえてならなかった。

（だめだ――ずっと眠い）

欠伸《あくび》を嚙み殺すと、頭上から「いつまで休憩してるんですか」と怒声が飛んできた。堂に入ったランニング姿の岩田が、腕を組んで仁王のように立っている。

「休めば休むぶん筋肉が硬くなって脚も重くなりますよ。そもそもいつものスニーカーで大丈夫だろうっていうその態度がマラソンをナメてるんです」

「いつものスニーカーって」

同じ地味な色のシューズを選んだせいとはいえ、さすがにむっとしていい返す。

「いわれたとおり、ちゃんとランニングシューズを買いましたっ」

「なら、なおさら頑張らなきゃ。さ、水分補給してから立ってください」

（鬼だ）

命じられるままペットボトルのミネラルウォーターで喉をうるおしてから、遊歩道までよじのぼり、再び岩田のあとをついて走り始める。

ふたりが勤める小学校では三週間後、年に一度のマラソン大会が開かれることになっていた。

例年ならば楓のような運動音痴はまったくの門外漢なのだが、今年は事情が違う。なんの因果か他ならぬ楓が、最後尾の児童を見守りながら走るしんがり役を務めることになってしまったのだ。

おそらくは、毎年のように率先して先導役を担《にな》っている岩田による〝陰謀〟だろう。

楓は、リズムよく肩を揺らして走っている岩田の背中を恨めしそうに睨《にら》んだ。

いくらトレーニングのためとはいえ、電車を乗り継いで駅のコインロッカーに荷物を預けてまでしてこんな遠くにまで来る必要があったのか、といまさらながら思う。

だが——漫然とでも走っているうちに、岩田がこの場所でのこの時間を大切にしている理由がなんとなく分かってきた。

舗装された遊歩道の幅は五メートルほどもあり、人々が行き交うには充分の間隔だ。

大型犬を連れた品の良さそうな老夫婦がすれ違いざまに、おはようございますと岩田へにこやかに声を投げ掛ける。

アイリッシュ・セッターが激しく尻尾を振っていたところを見ると、あの子もどうやら、岩田のことを知っていたようだ。

続いて、トラックジャケットにレギンスという本格的なランニングスタイルに身を包んだ若い男性が、やはりすれ違いざまに、お疲れ様ですと会釈を送りながら、顎まで掛けていたネックウォーマーをずらし、白い歯を見せて去っていく。

（なるほど……ちょっと気持ちいいかも）

土曜朝の遊歩道には、こうした常連たちの爽やかな触れ合いが転がっているのだ。

ふと気付くと今度は、パーカー姿の三十代半ばに見える女性が、直角に曲げた肘を規則正しく振りながら、ぐいぐいと歩いてくる。

そしてやはり岩田の姿に目を止めると、ふぅと息をついて立ち止まり、

「おはよう岩田先生。毎週熱心ね」

キャラものの派手なハンドタオルで包んだ飲み物に口をつけ、楓をちらりと見る。

「あら」

女性は飲み物を脇に挟み、おどけたように両手で口元を押さえながら岩田にささやいた。

「素敵なひとじゃないの。ね……ひょっとして彼女？」

ちょっと、おねえさま。

口元を隠す意味、ゼロ。

おもいっきり聞こえてるし。

「いやそんなんじゃないですよぉ、まだ」

まだ、が余計だ。

パーカーの女性は「止めちゃってごめんなさい。仲良くねぇ」と楓に意味ありげな

笑顔を振りまきながら、また肘を直角に曲げ、リズミカルな足取りで去っていく。

うわー、完全に誤解されてる。

でもまぁ——楓は両手で太腿《ふともも》を叩いた。

(いい場所を教えてもらったし、目をつぶろうかな)

文句をつけずに流して、また岩田の後ろを走り始める。

が、走り慣れていないせいか、すぐに息があがってしまう。

ちょっと……岩田先生、ペースが上がってない？

だめ。

もう無理だってば。

だがそんな楓とは裏腹に、振り向いた岩田の声には乱れひとつない。

「しかし四季のやつ、やっぱり来なかったですね。土朝は活動を停止してるんだな、あいつ」

「え……な、なに……」

「あれっ」

青息吐息の楓に気付いた岩田は足を止め、「活動停止したのは楓先生も一緒か」と、元の顔が分からなくなる〝くしゃり〟とした笑みを見せた。

「じゃあ今回は、あそこをゴールとしましょう」

クールダウンという美名のもと、岩田が指さした鉄橋をよろよろと目指す。

すると——橋のたもとから、よく通るバリトン声が聞こえてきた。

「ふたりともお疲れさま」

声の主は、コンビニ袋から缶ビールを取り出しながら長い髪をかきあげた。

「汗をかいたあとは、やっぱこれでしょ」と四季はいった。


遊歩道の折り返し地点にかかった橋が、河川敷一帯に大きな影を落としている。

三人は、賽《さい》の目状のコンクリート製の土手の陽が当たっている部分を探し、並んで腰を下ろして缶ビールを開けた。

外気でとびきり冷えたままのビールが、火照《ほて》った身体に染み通っていく。

「——おいしし」

自然な気持ちが楓の口をついた。

つい最近までただただ苦いだけだったのに、ようやくビールの美味しさが分かってきたような気がする。

「あーあ。せっかく消費したカロリーが台無しだよ」

岩田も文句をいいながらも、喉を鳴らして一気呑みだ。

「ま、これはこれでありがたく頂戴《ちょうだい》しとくけどさ」と四季を睨んだ。

「おまえ、なんで時間どおり来なかったんだ」

「いやいや、待ってくださいよ」と四季が頬を緩めながらツッコむ。

瞬間、楓は、彼らの共通点に気が付いた。

そうだ。

種類はまるで違うが、ふたりとも笑顔がとびきり魅力的なのだ――

「先輩だって、最初から俺が来るなんて思ってなかったでしょ。土朝に走るなんて正気の沙汰じゃないですよ」

「あのな、土朝ったって十時集合だぜ。そんな無理な時間じゃないだろ」

「俺は無理なんです。それに先輩だって実はふたりきりで走れて嬉しかったくせに」

「うるさいよ。ビール、もう一本寄こせ」

「はーい」と四季は抜群のコントロールで缶ビールを岩田に投げながら、ところで、と楓に水を向けた。

「最近は、どんなつまんないミステリを読んでるんですか」

出た。

今日はいうに事欠いて〝つまんない前提〟だ。

「つまんないミステリの話を聞いてもつまんないんじゃないかな」

「だからこそ、その欠陥をあげつらう愉しみというものが生まれてくるんじゃないですか。これぞ、ミステリという独特の文学形式にだけ許された醍醐味《だいごみ》です」

そこへ意外なことに、岩田が待て待て、と割り込んできた。

「いつもおまえたちばかり仲良くミステリ談義しやがって。たまには俺にも話させろ」

「えっ」と四季。

「先輩がミステリの話なんてできるんですか」

「馬鹿にするなよ。かつてない新説を考えてきたんだ」

岩田は口を湿らせたいのかビールをぐいと呷ってから、得意気にいった。

「度胆を抜かれるぞ。題して〝プロレス=ミステリ説〟」

へぇ、と四季は目を丸くした。

意外にも興味津々のようだ。

「ぜひ聞かせてください」

岩田は四季の言葉に力を得たのか鼻息を荒くして、

「ほら、楓先生。僕ってプロレスが好きじゃないですか」

「初耳ですけど」

「でしたっけ」

慌てた様子で岩田は鼻の横をかきながら、四季のほうを向いた。

「いいか。プロレスとミステリというのはな、すっごく似ているんだ。たとえばだなぁ、ミステリには決まって出てくる〝ある言葉〟があるんだよ。ところが実はこの言葉――プロレスの世界においても実にお馴染みなんだ」

岩田は「そうだ、せっかくだからクイズといこう」と声のボリュームを上げた。

「問題！　ミステリとプロレスに頻繁に出てくる、漢字でふた文字の〝ある言葉〟とはなんでしょうか？　はい、早い者勝ち！」

ふたりはほぼ同時に、

「流血」

「流血ね」

「せ、正解……」

岩田は悔しそうに呻いた。

「なんで分かるんだ、ふたりとも」

「先輩、浅いです」

「浅いと思うわ」

「そこも同時にいうんじゃないよ」

むくれる岩田に、四季がむしろ心配そうな顔で尋ねる。

「まさかとは思いますけど……それだけじゃないでしょうね」

「馬鹿なこというな。プロレス＝ミステリ説の根拠は山ほどある」

岩田はウエストポーチの中からメモ帳を取り出し、指を舐めてページをめくった。

「ちゃんと調べてきたんだよ。昔、キラー・カール・コックスっていう名レスラーがいたんだけど、その異名がすごいんだ。人呼んで〝殺人鬼〟。どうだ、そのまま過ぎるだろう」

「浅いです」

「浅いと思うわ」

「だから同時はやめろ！　えぇと、他にもだな……ミステリっぽい異名を持つレスラーはいっぱいいるんだ。まずは〝殺人医師〟スティーブ・ウイリアムス。医者が殺人者だなんて、とりあえず怖いじゃないか。あと、見逃しちゃいけないのは〝戦う銃刀法違反男〟カール・アンダーソンだよ。警察はなにをやってるんだ。まだあるぞ。極めつけはやっぱり〝囚人男〟ザ・コンビクトだろうな。なんせこの男、囚人服の死刑囚なんだけど、試合のときだけは特別に釈放されているというキャラクターなんだ」

岩田はどうだといわんばかりに、メモ帳をぱん、と音を立てて閉じた。

「あれっ……終わりですか」と四季。

「終わりだよ。これだけ材料があれば十分だろ」

「やんなっちゃうなぁ」

四季はため息を漏らし、髪をかきあげた。

「プロレス＝ミステリ説を唱えるんだったら、もっと本質的なところに目を向けてほしいものですね。たしかに両者には似ている点が多々あります。ただ、レスラーの猟奇じみたキャラクターとミステリにおける殺人者のイメージは皮相的な共通項に過ぎません。ここはひとつもっと俯瞰《ふかん》的に、プロレス興行の全体像にスポットを当ててみましょうか」

「なんだか難しそうだな」

「簡単な話ですよ。プロレスのよくできた興行では、必ずまず開幕戦で観客を驚かせるような、なんらかの〝事件〟が勃発します。たとえば初上陸を果たした噂の強豪レスラーが圧倒的な力を見せつけて団体の絶対的エースを倒したり、あるいは思わぬ乱入や裏切りにより団体内の勢力図が一気に塗り替えられたりする――これらの開幕戦でのハプニングは、まさにミステリでいうところの〝意外な発端〟と相似形をなすといえるでしょう」

こうなったらもう止まらない。

「全国巡業が始まると、開幕戦での意外な出来事が、さまざまなテーマを孕んだ複数の物語へと発展していきます。遺恨、友情、正義、復讐《ふくしゅう》――ときには〝老い〟さえもがテーマになることも少なくありません。これらはミステリにおける中盤の急展開に当たります」

呆気《あっけ》に取られているふたりをよそに、四季は構わず続ける。

「そしてこれらの物語は、そのすべてが最終戦の大会場へと持ち込まれ、まったくお釣りのないかたちで収斂《しゅうれん》していきます。完全無欠のエースは、いわば神の如《ごと》き叡智《えいち》を誇る名探偵であり、意外な技で最強の難敵を倒す――。観客が会場を後にするときのカタルシスは、よくできたミステリの読後感と似ています。そしてこの親和性は、両者がいい意味での〝つくりもの〟であるからこそ生まれ得るものだといえるでしょう。さらにいえば――」

「長いな！」

岩田が我慢できずに文句をつける。

「人の説を勝手に盗《と》るんじゃないよ。しかもなんだか俺より深い感じじゃないか」

「先輩が浅すぎるんですよ」

「やかましいわ。だいたいおまえスポーツが大嫌いなくせに、なんでプロレスに限ってそんなに熱く語るんだ」

「プロレスはスポーツじゃありませんよ。ロマンです」

「ロ、ロマン？」

「六メートル四方のリングはレスラーが己の人生を描くキャンバスであり――」

「もう帰れ、この酔っ払いが！　おまえ、自分でいってる意味分かってんのか」

プロレスのような口喧嘩が際限なく続く中、楓は二本目の缶ビールを開け、次第に温かくなりつつある冬の空気を吸い込んだ。

すると――

ビールと同じく、この三人でいる雰囲気がたまらなく美味しいことに気が付いた。


――その、刹那。

楓はとつぜん、頭上からの奇妙な視線を感じ取った。

おそるおそるゆっくりと見上げると、やはり橋の上の歩道から、何者かが手摺りに両手を掛けたまま、じっ――とこちらを見下ろしている。

いや、見下ろしているように「見えた」――というべきか。

逆光のせいで、こちらからは黒い影にしか見えないからだ。

だが楓には、その〝影〟が、逆光であることを計算した上で、あえてしっかと目を見開き、その顔をわざとこちらに晒《さら》しているように思えた。

「ね――盛り上がってるとこ、本当にごめん」

橋の上から目線を逸らし、小声でふたりにささやく。

「橋の上に人がいるでしょ」

「あぁ」と岩田。

「いますね」と四季。

「実はここひと月ほど、なんとなく誰かに尾《つ》けられているような気がするんだよね。いや、自意識過剰っていわれればそれまでなんだけど」

楓は、歯切れの悪い物言いで続けた。

「でもね、やっぱりちょうどひと月くらい前から、毎日のように無言電話が掛かってくるようになってさ。あはは、いやごめん。ただの考えすぎだよね」

――と、そこまで聞くやいなや岩田は、無言のまま、橋脚の脇の階段を目指し、まっしぐらに走っていった。

「ちょっと、岩田先生！」

「いや、確かめてもらいましょう」

四季は、尖った顎を五本の細い指で覆う。

「楓先生。電話の発信者は、もちろん『非通知』なんですよね」

「そうね。でも、どっちかっていうと『公衆電話』のほうが多いかな」

「先生のご自宅の近くに電話ボックスはありますか」

「うん、マンションのすぐ前にある。今どき電話ボックスなんて珍しいけど」

四季はきらめく水面を見つめたまま、黙り込んでしまった。

沈黙に耐えられなくなった楓は、無理に作り笑いを向ける。

「あは、ただのいたずら電話だよ。なんか個人的なことでお騒がせしてごめんなさい」

「いや」

四季は、これまでに見たこともないような真顔でいった。

「これはほっとかないほうがいいですよ」

そこへ岩田が、「あいつ……」と息を切らせながら帰ってきた。

「あっという間に逃げていきやがった。結構走り込んでるな、あれは」

そして――

「これはほっとかないほうがいいですよ」と、四季とまったく同じ言葉を口にした。

気付いてくれたかな
きょう あなたに何度も何度も話しかけたことを
あなたが思っているよりも
ずっとずっと近い場所から

2

ちょうど一週間後の土曜朝――

岩田はひとりきりで、同じ河川敷の遊歩道を走っていた。

体感的には先週よりもさらに寒くなったような気がする。

だが予想気温は、たしか先週よりも三度ばかり高かったはずだ。

(それなのに寒く感じるのは、まさか)

岩田の胸を、認めたくもない恥ずかしい思いが駆け抜けた。

(楓先生が一緒じゃないからか)

――いや、やめやめ。

ダサいぞ、岩田。

毎週土朝のルーティンとして、ひとりで一時間近くもかけてここまで来ているのに、侘《わび》しい寂しいなどと思ったことなんて一度もないじゃないか。

だいたい、万一ストーカーだったらマズい、もう河川敷には来ないほうがいいですよ、と来たがっていた彼女を押しとどめたのは、自分自身ではなかったか。

そもそも先週だって、ダサかったじゃないか。

堂々と彼女だけを誘えばいいのに。

(でも断られるのが怖くて、四季も誘ったんだよな)

で、最初、四季が来てなかったことを――

(喜んでたよな、俺)

岩田は首を振って、もう一段階、走りのギアを上げた。

幸いにも、一時雨との予報に備えて着込んできたウィンドブレーカーがサウナ服のような作用をもたらし、瞬く間に身体を温めてくれる。

アイリッシュ・セッターを連れた老夫婦と会釈を交わし、トラックジャケットとレギンスの若者とにこやかに挨拶を交わすうち、心の寒さが吹き飛んでいく。

よし、気持ちがいいぞ。

やっぱりここは最高だ。

そして――

(親父とおふくろにも、ここを教えてあげたかったな)といまさらながらに思う。

やがて岩田は、先週ビールを呑んだ橋のたもとにさしかかった。

(ひと休みするか)

遊歩道の五十メートルほど先から、先週も会ったパーカーの女性が歩いてくる。

会釈代わりに手を上げて遊歩道を外れ、土手へと足を踏み出す。

曇天の彼方から、遠雷が響いてきた。
予報どおり、通り雨が降るのかもしれなかった。
そのせいで今日は、河川敷にまるきり人が見当たらないのだろう。
いや――誰かいる。
岩田は、巨大な橋脚の陰でふたりの男が、なにやら揉めているのに気が付いた。
冷たい風に乗り、「おらぁ」という怒声が響いてくる。
只事《ただごと》ではなさそうだ。
「どうかしましたかっ」
コンクリート製の土手を駆け下り、男たちのもとへと急ぐ。
だが、岩田の声が届いていないのか、それともあえて無視しているのか――
男たちは互いの両腕を組み合うかたちで、いっそう激しく揉み合い始めた。
背広姿のひとりは、五十歳前後の中年男。
そして、オレンジ色のTシャツを着たもうひとりは、二十代の若者に見えた。
若者がなにやら甲高《かんだか》い声でわめいた。
すると中年男がこれで終わりだ、という風に、どんと若者の身体を突いた。
「ナメんじゃねぇぞ」
瞬間、中年男の手が、振り子のように動いた。

「マジか」
若者が、びっくりしたようにつぶやく。
中年男は岩田のほうを見向きもせずに、そのまま橋脚の向こう側へと走っていった。
ゆっくりと膝から崩れ落ちていく若者——
その身体をすんでのところで、岩田がなんとか受け止める。
どうやら頭を打つ事態は避けられたようだ。
「大丈夫ですかっ」
だが、返事はない。
目を閉じたままの若者の顔からは、見る間に血の気が引いていく。
その、あまりの幼さにどきりとした。
(まるで俺のクラスの子のような——ひょっとしたら十代かもしれない)
カッとしたとき、岩田の手の甲に、突起物のような硬いものが当たった。
ごりっとした、独特の感触。
(まさか——)
だがやはりそれは想像どおり、若者の腹に刺さったままのナイフだった。
左腕で抱いた若者の首回りは、汗でぐっしょりと濡れている。
だが——彼の身体を濡らす〝液体〟はそれだけではなかった。

濃い色の液体が、オレンジ色のTシャツを、さらに赤く鮮紅色に染めていく。
流血。
殺人。
凶器。
なぜか先週のミステリ談義で飛び出した単語がフラッシュバックする。
なに考えてんだ、そんな場合か。
「しっかりっ！　今、救急車を呼ぶからなっ」
岩田は若者を抱えたまま、ウエストポーチの中のスマートフォンを出そうとした。
だが、ポーチのファスナーがどうしても開かない。
なぜだ、畜生。
（あぁ――そうか）
ようやく岩田は、ファスナーが開かない理由に気が付いた。
べっとりとついた血糊《ちのり》のせいで、手が滑っているのだ。
慌てるな、落ち着け。
一分一秒の勝負だぞ。
そのとき――とつぜん、大粒の雨が降り始めた。
見上げると――

土手の上で、あのパーカーの女性が、口元を押さえたまま立っている。

あぁ、助かった。

「見てましたかっ」

女性は、二度三度と頷いた。

「逃げた男も見ましたかっ」

女性は、さらに激しく頷いた。

「あのっ、すいませんっ！　救急車を呼んでくださぁいっ」

岩田は、声を限りに叫んだ。

自分のスマートフォンを取り出せたとしても、血糊のせいで、数字を正確にタッチできるかどうか自信がなかったからだ。

だが――

女性は、岩田が思いもかけなかった行動に出た。

岩田の声がまるで聞こえないかのように、ぐいぐいと歩き去っていく――

「ちょ、ちょっと！　おおおぉい！」

瞬間、岩田は、自分が泣き顔になっているのではと思った。

「なんでだよぉ！　おぉい……！　おおぉぉい！」

なぜだ。

いつも挨拶している間柄じゃないか。

なんで逃げるんだ。

岩田はぽかんと口が開いているのを自覚したまま、女性が消えていった遊歩道の彼方を茫然と見つめた。

強くなってきた雨がしたたかに頬を打ち、はっとする。

（そうだ！　救急車を呼ばなきゃ――）

我に返った、その瞬間。

「きみ、落ち着いて」

背後から、優しいような、厳しいような声がした。

顔を向けると――

制服姿の年配の警官が警棒を持ったまま立っていた。

「そのままで、そのまま。動かないでください」

「おまわりさん！　すぐに救急車を――」

「今呼んだところです。まずゆっくりと、それから手を放して」

（〝それ〟ってなんだ？）

目を落とすと、右手でナイフの柄をしっかりと握っているのに気が付いた。

（――なに握っちゃってんだよ、俺！）

慌てて、若者に刺さったままのナイフから手を放す。

ひょっとしたら無意識のうちに、応急処置としてナイフを抜いたほうがいいのかどうか迷い、つい握ってしまったのかもしれなかった。

「右手をゆっくりとあげていただけますか」

岩田はいわれるがまま、タクシーを止めるときのようなポーズを取る。

目の隅にちらっと、血まみれの自分の手が見えた。

ぐふっ。

膝と左腕で支えた若者の口から、血の混じった泡が漏れる。

(頼む。死ぬな)

「顔だけ向こうに向けて——そうです。そのまま、こちらを見ないままの姿勢でお願いします」

警官の冷静すぎる声が、妙な違和感を伴って岩田の耳朶《じだ》に響いた。

その丁寧な言葉遣いも、なんだか癇《かん》にさわる。

肝心の救急車がまだ来ていないというのに。

「緊急連絡、緊急連絡。本部及び当該地域の近辺PCに告ぐ」

どうやら無線を使っているようだ。

〝ＰＣ〟とはパトロールカーの略か。

「――の橋脚付近で傷害事件発生。マルヒは至近距離で視認中。当方……切れました。本部聞こえますか、どうぞ。繰り返す、マルヒは現在視認中。当方での確保が可能とは思うも、抵抗に遭う可能性なきにしもあらず。至急、近辺ＰＣの応援を乞う。繰り返す――大至急」

「待ってよおまわりさん、俺じゃないですよ！　逃げていく男が――」

「喋らないで」

ゆっくりと近付いてくる警官の気配の中に、じゃらりという金属音が混じっていた。

（手錠か）

雨はいつの間にか、土砂降りとなっていた。

3

朝から読書に没頭していたせいで、雨に気が付かなかった。

楓は慌ててベランダの洗濯物を取り込んでから再びソファに腰を下ろし、近年、再評価の機運が高まっているミステリ作家、ヒラリー・ウォーの作品を手に取った。

タイトルは――『事件当夜は雨』。

なんてスタイリッシュですっきりとしたタイトルなんだろう、と改めて思う。

そして、栞代わりに挟み込んでいた瀬戸川猛資氏の訃報記事――パウチ加工を施した宝物――をそっと外してテーブルの上に置いたとき、スマートフォンの着信履歴のアイコンに「⑮」という異様な数字が浮かんでいることに気が付いた。

最近、いっそう無言電話が増えていたので、普段はマナーモードにしていた。そのせいで着信に気付かなかったのだが――それにしても「⑮」とは。

相手は『非通知』か。

それとも『公衆電話』か。

楓はおそるおそる、着信履歴をチェックした。

〈岩田先生〉

〈岩田先生〉

〈岩田先生〉

(え、え、嘘でしょ)

同じ名前ばかりが、禍々《まがまが》しくずらりと画面に並ぶ。

十五回の着信すべてが岩田からの連絡ではないか。

しかもそれらは、つい三十分ほど前に、集中的にかけられていた。

(只事じゃないわ)

ぞわり。

高まる動悸《どうき》を抑えようと努めながらホーム画面に戻すと、やはり岩田から、ショートメールが三つ届いていた。

『おんな』

『きえた』

『さがして』

メールの発信時刻は、十五回の電話の直後だ。

(いったいどういうこと……？　なにがあったの？)

いや、この際、意味を考えるのは後回しだ。

すぐさま楓は、電話を折り返した。

だが何度掛けても、〈お掛けになった電話は電波の届かない場所にいるか電源が入っていないため……〉という無機質な女性の声が響いてくるだけだ。

(ごめん、岩田先生)

(出られなくて、ほんとにごめん)

でもまたすぐに、掛かってくるかもしれない——

楓はマナーモードをオフにしてから、四季に相談するため『連絡先』を開いた。

その瞬間——けたたましくスマートフォンの着信音が鳴り響いた。

「わっ」

叫びにも似た声が出たことに自分でびっくりして、スマートフォンを取り落とす。

慌てて拾い上げ画面を見ると、見慣れない番号が浮かんでいた。

（ひょっとしたら岩田先生の自宅かも——）

慌てて通話のアイコンを押すと、

〈もしもし。お休み中のところすいません〉と男性のしわがれた声が、

〈——さんの御連絡先で合っておりますでしょうか〉と、楓の苗字を確かめた。

「はい、そうですけど」

〈私、A警察の——〉電話の主は丁寧に役職と名前を告げてから、

〈実はですねぇ〉と、無機質な口調で本題を切り出した。

〈貴女《あなた》の同僚でいらっしゃる岩田さんが、さきほど傷害容疑の現行犯で逮捕されまして。それで、留置する手続きを進めているところなんですが〉

「えっ」

また叫びに似た声が思わず漏れた。

（しょうがいようぎ？）

（たいほ？）

（りゅうち？）

思いもしなかった言葉の羅列——その意味を理解するのに数秒を要した。

〈もしもし。そちら、聞こえてますでしょうか〉

「あ、は、はい。聞こえてます」

〈それで、岩田さんに緊急連絡先を尋ねたところ、自分には、親もきょうだいもいないと。親戚もいないと。で、あえていうならばということで、あなたの名前を仰られたんですよ。あのう、ここまで大丈夫でしょうかね。もしもし〉

楓は、また絶句した。

胸を押さえ、なんとか呼吸を整える。

「はい、大丈夫です」

〈通常の場合、我々が事件関係者の職場の方にすぐに連絡をとることはないのですがね。まぁ事情が事情でもございますし、万にひとつでも留置場で不測の事態が起こるとなにかと差し障りもございますので、本部長の方針として連絡さしあげた次第で〉

「ちょっと待ってください。その不測の事態というのは——」

気持ちを奮い起こし、いやな言葉を口にする。

「自殺、ということでしょうか」

〈そのあたりについては本部長の方針としてお答えいたしかねます。では面会の手続きについて説明申し上げますので、メモの準備を願えますか〉

落ち着け。

だいたい誰よ、「本部長」って。

「あの、まずそれよりも、どんな事件だったのか詳しく教えていただけませんか」

〈捜査中の案件ですのでお答えいたしかねます。ちなみに面会中にも、事件についてのお話はお控えください。途中でも面会を打ち切ることとなりますので〉

「そんな――」

楓は、それも本部長さんのご方針ですか、という言葉をかろうじて飲み込んだ。

〈では繰り返しとなりますが、メモをご準備いただけますでしょうか〉


メモを取る手が、震えた。

岩田が傷害事件で逮捕されたということ以上に、ショックなことがあった。

それは――

あんな陽気な彼に、親もきょうだいもいない、という事実だった。

ペンを走らせるほどに。

自然と楓の目の奥が、熱く、痛くなった。

「もしもし、四季くん？　起きてる？」

〈……いえ。あ、はい〉

ほぼ死んでいる。

二度と土曜の午前中には電話しないでおこうと決心したものの、今は緊急事態だ。

「悪いけどしゃんとして！」

構わず楓は、事の顚末《てんまつ》を四季に報告した。

〈やばいですね。これは想像ですけど——〉

さすがの四季も一気に目が覚めたようだ。

〈先輩が楓先生に電話してきたのは、逮捕される直前か直後のことでしょう。で、メールは、たとえばパトカーの中でなんとか隙を見て必死で打った——〉

「うん。そう思う」

改めて後悔の念に駆られる。

なんで気付かなかったんだろう。

ちらっとでも画面を見てさえいれば出られたのに——

「じゃあきっと今は、スマホを没収されちゃってるのね」

〈でしょうね。ここは一刻も早く面会に行って、先輩本人から詳しい事情を訊きたいところです。ただ、前に法廷ものの芝居を打ったときに調べてて知ったことなんですけど……面会中って事件の話はご法度《はっと》なんですよね〉

「警察の人もそういってた」

〈あと、逮捕されてからの三日間、いわゆる〝最初の七十二時間〟は徹底的に取り調べに重点が置かれるんで、面会はまず許されないと思います。ま、申請だけはしてみますけど〉

「わたしからも頼んでみるね」

〈とにかく〉

四季はスマートフォンの向こうで〝おそらく〟髪をかきあげながら、

〈面会までに作戦を練りましょう。策は考えておきます〉と、冷静な声でいった。

4

やはり——幾度となく申請したにもかかわらず、ようやくふたりが岩田との面会を許されたのは、逮捕から四日後、翌週水曜のことだった。

平日とあって学校は病欠を取らざるを得なかったが、背に腹はかえられない。

岩田に関しては、四季に頼んで〝岩田の弟〟を演じてもらい、やむを得ぬ家庭の事情で一週間ほどの休みを取らせてもらうことにして、なんとか体裁を整えた。

だが楓にも、情勢は極めて厳しく思える。

七十二時間が経過しても釈放されないということは、拘留の延長請求がなされたということであり、それはとりもなおさず、岩田への容疑がますます深まっているということを意味していたからだ。

四季とともに留置管理課で入室手続きを済ませる間にも、楓は懸命に、ここまで掴《つか》み得た情報を反芻していた。

今日になって事件にまつわる報道が初めて出たが、それは一部夕刊紙によるわずか数行のベタ記事に留まっていた。

記事から読み取れる情報は余りに少ない。

先週土曜日午前十一時頃、A川の河川敷で、鋭利な刃物による傷害事件が発生した――ということ。

十九歳の男性被害者はいまだ意識不明の重体で、予断を許さない状態にあること。

そして、傷害容疑で現行犯逮捕された二十七歳の男――記事では言及されていないがもちろん岩田のことだ――は、一貫して犯行を否認し続けているということ。

報道上の情報はこれだけに過ぎない。

残された鍵は、岩田からのメールにあった『おんな』『きえた』『さがして』という三つの短い言葉だけだ。

(考えたくもないけど)

楓の脳裏に、嫌な未来図がよぎる。

もしもこの先、少年が死亡してしまったとしたら、容疑はただちに傷害から傷害致死、あるいは殺人へと切り替わることだろう。

そして、岩田の本名が「容疑者」という禍々しい三文字の上に位置付けられ、大々的に報じられることだろう。

今日の面会を通じ、どこまで真実に近付くことができるだろうか。

このまま手をこまねいていたならば、まず起訴は免れない。

そして起訴されたら最後、九十九%以上の確率で有罪となるのが、この国の司法の現実だ。

一本気な岩田のことだから、今の段階で私選弁護人を付けるとはとても思えない。

〝無実〟を証明するには、どうしても岩田本人から情報を訊きだす必要があった。

だが、一般的な会話は許されても、事件の話はいっさい許されない。

スマートフォンやボイスレコーダーなど、電子機器の持ち込みも絶対NGだ。

加えて、面会時間はわずか十五分——

（時間との勝負になるわ）

楓は、四季と無言で目を合わせてから、面会室へと入っていった。

制服姿の若い男性警官が扉を開けた。

四季が教えてくれたとおりだ。

面会室に入るとすぐに、楓はドラマでよく見る透明な仕切り板が部屋の真ん中を横切っていることに気が付いた。

仕切り板の中央には、丸く縁どられたパーツが取り付けられており、そこには無数の穴——通声穴《つうせいけつ》と呼ぶらしい——が開いている。

仕切り板の向こう側を在監者側、こちら側を面会者側と呼ぶことも、今日のための予習で初めて知ったことだ。

まだ誰も出てこない——が、ふたりはパイプ椅子に腰を下ろすやいなや、それぞれのバッグの中身を確かめ、膝の上にメモ帳を置いた。

一秒たりとも無駄にしたくなかったからだ。

やがて在監者側に、靴音を響かせつつ、やたら姿勢のいいスーツ姿の年配の女性が現れた。

女性は眼鏡のずれを指で整えながら、「留置管理係の——と申します」と名乗った。

「ハズレですね」

四季が楓にだけ聞こえる音量でささやいた。

たしかに楓の目にも、何事にもお堅く、ルールにうるさそうな人物に映った。

（うちのＰＴＡの会長にそっくり）

不謹慎にもそう思う。

「あなた方がそうだというわけではありません。ただ、共謀して証拠隠滅を図ったという事例が過去にございましたので、ご面会中、当該事件についての話は一切ご遠慮いただきます」

同じ注意を受けたのは電話を含めてこれで三度目だ。

「なお事件の話と私が判断した場合、その時点で面会は打ち切らせていただきます」

管理係は壁の時計にちらりと目をやった。

「時間はこれより十五分間となります。では――〝五の二〟さん、どうぞ」

〝五の二〟とは、第五留置場に二番目に入った人物を意味するらしい。

四季が、またつぶやいた。

「先輩が五年二組の担任だったら面白いのに」

残念、四年三組だ。

てか、いってる場合か。

根っからの変人なのか、少しでも緊張を和らげようとしてくれているのか——

結論を出しかねているうちに、管理係はまた靴音を響かせ隅の机に向かっていく。

すぐに、見るからにやつれて無精ひげを生やした岩田が姿を見せた。

（かわいそうに。毎日相当、絞られてるのね）

と思った次の瞬間。

「楓先生！　四季！」

岩田は仕切り板に走り寄ってきて叫んだ。

「信じてくれよ、俺、やってないんだよ！　スーツの五十男が刺したの、俺、見たんだって！　で、助けようとしたら丁度おまわりさんが——」

「そこまで！」

管理係が椅子を蹴るようにして立ち上がった。

（え、え。嘘でしょ——中止？）

「はやっ」

四季が、今度は大声でいった。

まだ開始から十秒も経っていない。

「五の二さん。どういうおつもりですか！」

管理係は突き刺すような目つきで岩田を上から下まで睨《ね》め付けた。

目で殺す、とはこのことか。

「す、すいません。ついうっかり」

「次は本当に〝即座に〟面会を中止しますよ」

管理係は仕切り板越しに楓と四季も目で殺しながら、席に戻っていった。

楓はふう、と息をつく。

（もう岩田先生――勘弁してよ）

まぁ、彼が真犯人を目撃していて、それが五十絡みのスーツの男性であるという新情報が得られたからよしとしよう。

だが、もうミスは許されない。

ここからは、ことさら慎重に事を運ばなくては――

「岩田先輩、差し入れです」

打ち合わせどおり、まずは四季がボストンバッグに手を伸ばし、あらかじめ『差し入れ用品』の項目に記入して了解を得た、差し入れ品の数々を見せる。

「まずは現金です。もっと貸してあげたいんですけど、三万円までしか許されないらしくて」

現金さえあれば、署内の売店で大抵のものは購入できるらしい。

「ありがとう、四季。助かる」

「あとは下着に、スウェットの上下。裏起毛だから温かいですよ」

「あぁ……重宝するわ。寒いんだよ、ほんとに」

岩田は心の底から嬉しそうに、伸びたひげを撫でた。

「最後に俺からは、もうひとつ」

四季は、またバッグに手を突っ込んだ。

（なに——聞いてないわ）

訝《いぶか》しむ楓をよそに四季は、これです、と汚れた野球のボールを取り出して握りなおした。

「ストレートです。受け止めてください」

「おまえさぁ」

「どうせ暇でしょ。せいぜい想い出に耽《ふけ》っちゃってくださいよ」

おまえさぁ、と岩田はもう一度いってから、仕切り板に片手を付いた。

「クサ過ぎんだよ」

顔がくしゃりと、いつもの笑顔ではなく、妙なかたちに歪んだ。

その目が、見る間にうるんでいく。

先輩と後輩が——かつてのバッテリーが、サインを確かめるように頷きあった。

ややあって四季が、次はお願いしますというように、肘で軽く楓をつつく。

（わたしの番だ）

急いで——それでいて、焦らずに。

楓はいちど唇を湿らせてから、四季と一緒に練った台詞を口にした。

「ところでさ、岩田先生。先生って——ミステリが好きでしたよね」

岩田はぽかんと口を開けた。

「いやいや、ミステリどころか小説自体が嫌いだけど。なんだろうなぁ、好きで読むのは『クッキングパパ』くらいで」

そこへ四季が「好きでした、よねー？」とカットインして岩田の声を遮った。

「なんだよおまえ、怖い顔して——あ」

あ、じゃない。

「そうか、あー、はいはい！　そうか、そういうことね」

岩田は一瞬だけ〝くしゃり〟と顔全体の笑顔を見せた。

「好きだよ、ミステリ。もう暇で暇で仕方なくてさ」

（いいわ、その調子——）

厳しい制約の中で闘うには、婉曲表現で情報を掴むしかない。

岩田からのメールには、『おんな』『きえた』『さがして』とあった。

『おんな』とは、どこの誰のことだろう。

『きえた』とは、どこから消えたことを意味するのだろう。

そして、もしもその『おんな』が事件になんらかのかたちで関わっていたとしたなら、その時の服装はどのようなものだったのだろう。

うまく岩田から情報が引き出せれば、『おんな』を捜すヒントとなるのだが——

「——でね。今日は岩田先生が大好きだった作家のミステリを、二冊持ってきたの」

バッグから、まず一冊目を取り出し、仕切り板越しに見せる。

「ご存じ、ヒラリー・ウォーの作品よ」

「あ、あぁ。あのヒラリーね」

岩田も不器用ながら、芝居に乗っかってきた。

「たしかに好きだよ。もう一度読みたいと思ってたとこさ」

「こちらは名作のひとつ——『事件当夜は雨』」

ちらっと管理係の様子を窺う。

机に向かってなにかを書きつけているようだが、とくにこちらを怪しむ様子はない。

岩田は本に目をぐっと近付けたあと、ふたりに真顔で頷いて見せた。

雨が降っていた事件当日の話に持っていこうとしている意図は伝わったようだ。

「岩田先生にお勧めされたから読んでみたんだけど、これは紛れもなく警察小説の傑作ね。で、もう一冊、ウォーを読みたいなと思って」

楓は、わざとゆっくりと、バッグの中からヒラリー・ウォーの代表作を取り出した。

一九五三年刊行。

クラシカルなミステリ好きなら知らぬ者のない、本格味が横溢する警察小説の金字塔だ。

滑舌に気をつけながら、楓はあえてはっきりと、そのタイトルを口にした。

「『失踪当時の服装は』――」

目の端で、管理係が席を立ったような気がした。

だが、ここは勝負だ。

楓は、お勧め上手の岩田先生、と思いきって続けた。

「この本の〝あらすじ〟を、少しだけ教えてほしいの」

5

幸い、まだ充分と陽が残っているうちに川沿いの遊歩道まで来ることができた。

河川敷を見下ろすと、二週間前よりもさらに冬枯れの草の色が薄くなったように思える。

岩田との面会では、それなりの収穫があったといえよう。

四季と一緒に歩きながら、楓はメモ帳を開き、『失踪当時の服装は』の〝あらすじ〟に落とし込んで訊き出せた情報を改めて確認した。

岩田からのメールにあった『おんな』とは、楓自身もこの場所ですれ違った、あの「ウォーキングの女性」を意味していたこと。

岩田のほうは彼女の素性をまるで知らず、毎週土曜の午前中、ここで軽く挨拶を交わすだけの間柄であるということ。

服装はいつも、地味なモノトーンのパーカーであったこと。

そして彼女は、事件の一部始終――すなわち、真犯人が被害者を刺して逃げるところから、そのあと岩田が駆けつけて被害者を介抱しようとしていたところまで――そのすべてを見ていたにもかかわらず、なぜかその場から『きえた』ということ。

岩田が『さがして』と願うのも無理はない。

彼女が証言さえしてくれれば、たちまち岩田の無実が証明されるからだ。

当然岩田は、警察にも「ウォーキングの女性」を捜すよう訴えたらしい。

ところが――

聞き込みの結果、そんな女性は存在しないといわれた、というのだ――

今どき信じたくないことですけど、と横を歩く四季が低い声でいった。

「警察は先輩を犯人だと決めつけてて、聞き込みなんかやってないんじゃないかな」

「ブラフっていうこと？」

「昔はそんなこと日常茶飯事だったそうですよ」

だとするならなおさら、と楓は拳を握った。

（わたしたちが「ウォーキングの女性」を見つけるしかないわ）

そのとき、遊歩道の向こうから、見覚えのある老夫婦らしきふたりが犬を連れて歩いてくるのが見えた。

「あ、あのっ、すいません」

楓は四季を促して走り寄る。

「先々週の土曜、ここを走ってた者ですけど……覚えてらっしゃいますか」

白髪を綺麗にまとめている女性が、もちろん覚えてますよ、と上品な笑顔で答えた。

「初めて拝見するお顔でしたし、なんといっても可愛いお方だし。あのあと主人なんて、あなたの話ばかりしてましたのよ。ねぇ？」

「そういうことをいうものじゃないよ」

いかにも紳士然とした男性のほうが照れた様子でたしなめて、

「たしかあなた、岩田先生とご一緒だったでしょう」

「そうです、そうです。それで、お訊きしたいのは、常連さんのことなんですけど
――あのあとすぐにここを歩いていた、ウォーキングの女性ってご存知でしょうか」

「ウォーキングの女性」

老夫婦は、首を傾げて互いの顔を見合わせた。

「もっと詳しく教えてくださいますかしら」と女性。

「服装は黒っぽい地味なパーカー姿で、あのときはたしかグレーだったように思います。年齢は三十代でしょうか。それと」

なによりもいちばん印象的だったのは、と楓は記憶を呼び起こしながらいった。

「肘をこうして直角に曲げながら、きびきびとしっかり歩く感じの方なんですけど」

老夫婦はまた顔を見合わせた。

「わたくしは覚えがないわ。あなたは？」

「いや、わたしもさっぱり分からんね」

「そんな――」

アイリッシュ・セッターが楓の脚にじゃれついた。

「これ、やめなさい」

「お役に立てなくてごめんなさいね。ではわたくしたちはこれで」

（え、ちょっと待ってよ）

四季くんのほうから質問はないの、と振ろうと思ったら――

はるか後ろで臨戦態勢をとって身構えている。

（まさか）

そのまま老夫婦は、歩き去ってしまった。

「ね、四季くん。まさかとは思うけど……犬が怖いの？」

バカにしないでください、と四季は蒼《あお》ざめた顔のまま言い訳めいた口調でいった。

「僕は人語を解さない生物を信用していないんですよ。だいたいミステリの世界でも、犬ってまるで信用できない存在じゃないですか。ホームズものの『バスカヴィル家の犬』に出てくる〝魔の犬〟なんて、ほとんど怪獣で――」

いやいや、可愛い犬が活躍するミステリは山ほどあるでしょ。

いい返したいところだが長くなりそうなので、分かったわ、とあしらったとき――

今度はトラックジャケットとレギンス姿の、やはり見覚えのあるあの若者が走って来た。

なんという僥倖《ぎょうこう》だろう。

「すいませんっ」

今度こそ、という思いで呼び止めて話を訊く。

ところが――彼もまた「ウォーキングの女性」にはまったく見覚えがなく、きびきびと歩く姿が特徴の女性も見たことがないというのだった。

たっぷりと重ね着をしているにもかかわらず、背筋がぞくりとする。

（いったいどういうことなの）


陽が落ちると同時に、河川敷にも遊歩道にもまったく人影が見えなくなった。

最寄り駅への道すがら――そして駅近くの商店街でも、手あたり次第に「ウォーキングの女性」について尋ねてみる。

ところが、やはり収穫はゼロだった。

岩田は毎週のように会っていた。

楓自身も、確実にその姿を見た。

会話も耳にしたはずだ。

だが――なぜか彼女は「存在しなかった」ことになっていたのだった。

目撃者たる彼女が見つからなければ、岩田はごく近いうち、二度目の拘留請求を受けることになるだろう。

そうなれば起訴は免れず、有罪もまた免れ得ないように思える。

状況証拠は明らかに岩田が犯人であることを示していたからだ。

もはや、一刻の猶予も許されなかった。

6

帰りの電車では、しばらく沈黙が続いた。

楓のみならず、四季も混乱して考えがまとまらないのだろう。

車窓から都心の高層ビル群が見え始めた頃、楓から口を開いた。

「こういうパターンのミステリってあるよね。周りの人たちが『そんなひと見ていないし会ってもいませんよ』って証言するの。〝幻の女もの〟とでもいうのかな」

ウィリアム・アイリッシュの代表作『幻の女』は、こうしたジャンルの嚆矢《こうし》とされている。

「僕も今ちょうど同じことを考えていたところです。パターンを洗えば、真相への端緒を見出《みいだ》せるかもしれません」

「他にはどんな例があったっけ」

「有名なところだとやっぱりディクスン・カーの短編、『B13号船室』かな」

「知らないわ。ていうか、なんで四季くんが嫌いなはずのカーのミステリを語るのよ」

「いや、そ、それは」

珍しく四季が口ごもった。

「これは小説じゃなくて、ラジオドラマの脚本なんですよ。だからいわば僕の側のテリトリーにある作品というか」

「分かったわよ。で、どんな話なの？」

「主人公の女性は、結婚したばかりの夫と一緒に豪華客船に乗り込みます。ところが、船の中で、とつぜん夫がいなくなる――。船員たちに『私の夫はどこに行ったの？』と尋ねても、誰も行方を知らない。それどころか、一緒に乗り込んだことさえ否定されるんです。『あなたはおひとりで乗ってこられました。そもそもお連れの方なんていませんでしたよ』と――」

「読んだわ、思い出した！」

カーに関しては――ましてや誰よりも敬愛する名探偵、フェル博士の登場作とあっては負けていられない。

「あれって本編そのものの真相よりも、むしろその中で語られる真偽不明の都市伝説のほうが有名よね。いろんな小説で紹介されているエピソードだけど」

どういうのでしたっけ、と四季が少し悔しさを滲ませた声で訊いてくる。

「万博で沸くパリの街を、仲のいい母と娘が訪れるの。ところが母親が体調を崩して、ホテルの部屋で寝込んでしまう。娘は医者を呼ぶためホテルを飛び出すんだけど……数時間後に部屋に戻ると、お母さんの姿がない。ホテルの従業員に行方を訊くと、思わぬ答えが返ってくるの――『お客様は、最初からおひとりで宿泊されておりますが』って。ホテル中の人たちに訊いても、みんな答えは同じ。傷心の娘は、ひとり寂しく帰国する――という話よ」

思い出しましたよ、と四季も負けじとかぶせるようにいった。

「真相はこうですよね。母親はパリに来る前に立ち寄ったインドで、ペストに罹患《りかん》していた――。そして、娘が医者を呼びに行っている間に息を引き取った。でも、万博の最中にこんな事実が知れ渡ったら、パリの街は大混乱、ホテルも大打撃をこうむることになる。そこでホテルはパリ当局と緊急協議をおこない、母親の亡骸を別の場所に隔離した上で、関係者全員に箝口令《かんこうれい》を敷いてすべてを〝なかったこと〟にした――」

「いかにもありそうなよくできた話よね」

「幻の女もの、というジャンルでいえば」

四季は、忘れちゃいけません、と熱を込めた口調でいった。

「テレビシリーズですが、『古畑任三郎《ふるはたにんざぶろう》』の一編、『古畑、風邪をひく』は外せませんね。探偵役、古畑の部下が、とある寒村で美女と知り合い、ひと晩中さまざまな場所でデートを繰り広げます。ところが翌朝になると、この美女が忽然と姿を消す――。そして、村民たちはおろか現地の警官までもが、『そんな女性は見たこともない』『あなたは最初からひとりだったじゃないか』と証言する――というストーリーです。『古畑任三郎』のシーズン3は、ほぼそのすべてが既存のミステリのパターンに正面から挑戦する雄編ばかりですが、これはその中でも屈指の名作のひとつといえるでしょう」

　まったく同感だ。

　そしてそのパターンが今、岩田先生に〝大災難〟として降りかかっている——

　これまではそうした〝大災難〟の謎を、天才たちが解決してきたわけだ。

『B13号船室』のギデオン・フェル博士。

『古畑任三郎』の古畑警部補。

　でも、と楓は心のうちで思った。

（わたしは、ふたりに負けない人物を知っている）と。

7

　この日だけと決めて二日目となる病欠を取ってから、碑文谷の祖父の家へ向かう。

　庭の寒椿に触れないように注意しつつコンクリート製の狭い小径を通るとき、書斎の窓から理学療法士——実家がソフトクリーム屋を営んでいる〝ソフトクリーム屋さん〟の声が漏れ聞こえてきた。

「息をできるだけ吐いて……はい、ここが勝負です」

勝負――？

どうやら相当ハードなリハビリが行われているようだ。

ソフトクリーム屋さんによると、体調をうまく見定めて適正なトレーニングを行なえば、歳がいくつになろうとも筋力は発達するものなのだそうだ。

家に上がって廊下の突き当りにある書斎の扉をノックすると、

「ふう。香苗か？　楓か？」

扉越しに祖父が尋ねてきた。

「楓だよ」

「少し待っていてくれ。じゃあソフトクリーム屋さん、もう一度だ」

おー、前向きー。

「邪魔してごめん。がんばってね」

代わりに廊下左手の居間に入ると、何人かいる訪問介護ヘルパーの中のチーフ格〝おかっぱさん〟が、介護ノートに「これでよしっ」と印鑑を押していた。

「いつも祖父がお世話になってます」

「いえいえ、最近はすこぶる調子が宜《よろ》しくて。あのカワウソ騒動が嘘みたい」

おかっぱさんは、そういえば今日もね、と笑顔を向け、

「長谷川《はせがわ》式スケールを受けたいって仰ったの。で、それがまた満点だったのよ」と、

笑顔のままで目尻の涙を小指で拭いた。

通称「長谷川式スケール」――正確には「改訂長谷川式簡易知能評価スケール」――とは、認知症の簡易チェックのために開発された認知機能テストのことだ。

生年月日や今いる場所を尋ねる設問から始まり、さっき口にしたばかりのことをすぐに再生想起させる記憶力や、暗算での計算力なども試される。

三十点が満点であり、二十点以下だと認知症の疑いありと診断されるのだが、祖父のようなDLB患者の場合、周囲も驚く高得点をマークすることは珍しくない。

だが、それにしてもまた「満点」とは――

寒くなると顕著になるパーキンソン症状に加え、空間認識能力の衰えは否めない。それでも認知機能のテストでは満点を叩き出してしまうということは、やはり尋常ならざる知性の持ち主であるということなのだろう。

おかっぱさんが介護ノートを鞄に入れながら、お先に失礼させていただきますね、と軽く会釈して玄関へと向かう。

続いて、短髪を隙なくカットしたソフトクリーム屋さんが書斎から出てきた。

そして、ではまた今度――とちらりと書斎の中に目線を送ったのだが――

そこに一瞬だけ浮かんだ色に、楓は妙な違和感を覚えた。

いつもの優しい目線ではない。

(なんていうんだろ。あれはまるで)

そう。

感情で表現するとしたなら――まるで〝敵意〟のような。

「楓先生こんにちは」

(あ――)

「ありがとうございました」

「今日も調子は抜群でしたよ。それじゃあ失礼します」

その貼り付いたような笑顔からは、もうどんな感情も読み取れなかった。

きっと思い過ごしなのだろう。

もともと真顔になると目つきが鋭くなるひとなのかもしれない。

「おじいちゃん、もう大丈夫？」

「まだ運動中だがどうぞ」

書斎に入ると、祖父はリクライニング式の椅子に座ったまま、ゴム製のチューブを頭上で伸ばしたり縮めたりしているところだった。

「待たせて悪いね」

「ううん、気にしないで。でも無理しちゃだめだよ」

これが祖父流のクールダウンなのだろうか。

チューブ運動を終えると、祖父はタオルで顔の汗を拭い、髪の毛をブラッシングし始めた。

少しでも昔のような洒落《しゃれ》っ気が戻って来たことが嬉しい。

髪をきちんと整えただけで、五歳は若返ったように見える。

最後に少しだけ震える手で髪をかきあげ、頭を二度、三度と振る。

前髪がぱらりと、高い鼻をかすめる――そのさまが、誰かに似ている気がした。

「おじいちゃん、早速で悪いんだけど」

楓は、びっしりとメモを書き込んだノートを取り出した。

「今日はボイスメモなしで、わたしの話を聞いてほしいんだ。抜け落ちてる部分もあるかもしれないけれど、そこは我慢して知恵を貸してくれたら助かる。なにしろ、わたしの大切な」

そこまでいってから、一瞬躊躇《ちゅうちょ》する。

大切な――えっと。

今は適当な言葉が見つからなかった。

「大切なともだちの人生がかかってるんだ」

そして――

川べりでの出来事から、岩田からのメールと警察からの電話、面会室での様子に遊歩道での〝聞き込み〟まで、記憶の限り、事の子細を語り尽くした。

「『失踪当時の服装は』とは、なんとも懐かしいね。さて――」

聞き終わった祖父は、興味深げな表情で両手の指を組み合わせながらいった。

「まず、この事件の最大の鍵は〝ウォーキングの女性〟が持っていたものにある」

「ハンドタオルね」

楓は、待ってましたとばかりに答えた。

祖父は謎めいた笑みを浮かべ、先をどうぞ、というように手のひらを上に向けた。

「彼女が着ていた無地のパーカーは暗色系のモノトーンで、なんの特徴もなかったわ。身に付けていたものの中で唯一特徴的だったものといえば、飲み物を包んでいた派手なハンドタオルだけ――。それで、懸命に記憶をさぐってみたの。キャラものだったのは間違いない。次に頭に浮かんできたのは、そのキャラが緑色だったことだった。で――とつぜんはっきりと思い出せたの。あれは恐竜の赤ちゃん、『てぃらのんのん』だったって」

「てぃら……なんだね？」

祖父が苦笑する。

「『てぃらのんのん』。幼児向けの教育番組の主人公よ。卵の殻をヤドカリのように家代わりにしているところが可愛いんだけどね。で、気付いたの――あの〝ウォーキング女性〟には」

祖父の顔色を窺うように、自分なりに達した結論を口にしてみる。

「――幼稚園、あるいは保育園に通う子供がいるんじゃないかって」

祖父はほう、とつぶやいたあと「素晴らしい」と手を叩いた。

「そのとおりだね。大人も知っている世界的なキャラクターならいざ知らず、幼児向けの教育番組のキャラクターグッズを愛用しているということは、その番組を観ている子供がいると思ってまず間違いなかろうよ。では便宜上、今後はその女性のことを〝ウォーキングママ〟と呼ぶこととしよう」

「いいネーミングね、ウォーキングママか」

(岩田先生が好きな『クッキングパパ』みたい)と、一瞬思う。

「となるとこの事件の謎は、三つに絞られる。ひとつめ――なぜウォーキングママは、事件の一部始終を目撃したにもかかわらず、救急車も呼ばないままその場から立ち去ってしまったのか？　ふたつめ――なぜウォーキングママは、事件のあと一向に名乗り出ようとしないのだろうか？　そして、三つめは」

楓にも次に飛び出してくる疑問は分かっていた。

「なぜ楓以外、ウォーキングママのことを誰ひとりとして覚えていないのだろうか？」

「そう、そこがいちばん不思議なのよ」

「ではまず、聞こうじゃないか」

出た。

「楓は以上の材料から、どんな物語を紡ぐかね」

(うーんと)

楓は慌ててノートのページをめくった。

「わたしが思いついた物語はふたつ――まずは物語、一。『ウォーキングママは、刺して逃げていった男の妻か恋人だった。彼女は犯人を庇うためその場から逃げ出し、今なお名乗り出てこようとしないのだ』」

「なるほど」と祖父。

「一見、筋が通っているように思えるね。だがそれでは、三つめの謎の解明がおざなりになっている。他の人たちはなぜウォーキングママなんて知らないと答えたのかね」

返す言葉が見つからない。

じゃあ、これはどうだろう。

「物語、二」

楓は少しばかり自信のあるふたつめの物語を紡ぎ始めた。

「『岩田先生は毎週土曜の朝だけトレーニングに行っていた。つまり彼が遊歩道でウォーキングママと会っていたのは土曜の朝〝だけ〟ということだ。逆にいえばウォーキングママのほうもウォーキングをしていたのは土曜の朝〝だけ〟であり、けして毎日のように現れる本物の常連ではなかったのだ。すなわちウォーキングママは正確にいえばウォーキングママではなく、いわば〝仮免《かりめん》ウォーキングママ〟に過ぎなかったのだ』」

一瞬、祖父の眼光が鋭くなったような気がした。

「それで」

「『わたしたちが最初に会ったのも、事件が起こった日も、等しく土曜日だったという事実がこの仮説を裏付けているといえる。犬を連れた老夫婦やトラックジャケットの若者が彼女のことを思い出せなかったのも無理はない。彼らにとって彼女はせいぜい週に一度しか会わない、実に印象の薄い存在だったからだ』」

「悪くないね。続けなさい」

思わぬ言葉に勇気付けられ、楓はいった。

「『ではなぜウォーキングママは事件現場から立ち去ってしまったのか？　真相とはときとして意外とつまらないものだ。すなわち彼女は、単純に揉め事に巻き込まれたくなかっただけなのだ』」

「七十五点」と祖父はいった。

「ウォーキングママが正確にいえばウォーキングママではなかった、という発想は素晴らしい。だがやはりその物語は説得力に欠ける。なぜならば――」

祖父は言葉を切ってサイドテーブルのコーヒーに口をつけた。

「週に一度しか老夫婦らに会わないという意味では、岩田先生も同じ存在だからだ。それなのに彼らは岩田先生のことをはっきりと認識していたじゃないか。毎日のように散歩したり走ったりしている人たちにとっては、たとえ週に一度しか会わない人であろうとも、それなりの親近感を共有したくなるものだよ。加えて、ウォーキングママが事件現場から立ち去った理由というのが少しばかり厳しい。目撃した事件が重大なものであろうがそうでなかろうが、なにしろ揉め事には巻き込まれたくないと考える人々が一定数存在することは認めよう。だが、どうだね？　なにしろ、ことは人命に関わっているのだ。せめて救急車を呼んで、救急隊員に事の顛末を話すくらいのことはしても罰は当たらんのじゃないかな」

いわれてみればたしかに、と思える。

ウォーキングママとは少し言葉を交わしただけだが、けして人見知りするようなタイプではなく、人懐こく快活な女性に見えた。

そして――だからこそ、現場からそのまま去って行ってしまったという事実に違和感を覚えたのではなかったか。

「要するに物語一も二も、結局はストーリーに無理があると断じざるを得ない。つまりは」

　祖父は長い人差し指を目の前で立てた。

「これら以外の真実のストーリー――物語Xが存在するのだ」

　数日前まで吹き付けていたからっ風が鳴りを潜め、窓から差し込んできた冬晴れの日射しが祖父の端正な横顔を照らし出す。

　まるで芝居の緞帳《どんちょう》が上がったかのようだった。

　同時に――

　祖父が、あの言葉を口にした。

「楓。煙草を一本くれないか」

　煙草の先の火玉でじじっと音を立てながら紫煙を吸い込んだ祖父は、いったんウォーキングママの話はおいといて、といった。

「〝絵〟が見えたよ」

「まずは河川敷での刺傷事件についての考察から始めたい。これはあくまで想像だが――刺した中年男と刺された若者は、麻薬の取引で揉めていたのではないかと思うのだ。若者の所持品から麻薬が出ていないことを考えれば、おそらく中年男が売人で若者が客だろうね」

（麻薬――）

思いがけないふた文字に楓は言葉を失った。

「若い子は麻薬中毒者だったっていうの？」

「岩田くんが若者を介抱していたときの様子を思い出してみたまえ。彼の首まわりが汗でぐっしょり濡れていたというじゃないか。真冬にもかかわらず、異常なほどに汗をかく――これは覚せい剤中毒に特有の症状のひとつだよ」

「うん、その症状は聞いたことがあるわ。でもあんな広々とした場所で堂々と麻薬や覚せい剤の取引をするなんて不自然じゃないかなぁ」

「そこが狙い目さ。大きな川の橋脚の陰というのは、そうした取引の場所として最適だという。待ち合わせしやすく見晴らしがよく、見とがめそうな人物が現れた場合にも逃げやすい――まさに灯台下暗しというやつだね。そういえばごく最近、T川の河川敷で堂々と大麻草が栽培されていたなんていうニュースが報じられたじゃないか。今回、あの事件が起こった直後に実にタイミングよく警官が現れたのは、けして偶然ではないと思うね。橋脚付近での麻薬取引の噂を嗅ぎつけていたからこそパトロールに来たんじゃないだろうか。警察だって馬鹿じゃない。岩田くんを容疑者と目しながらも、麻薬取引のいざこざという線も必ず残しているはずだ」

なるほど、と納得せざるを得ない。

誰も呼んでいないのに警官が現れた、という疑問がたちまち氷解するからだ。

「さてそう仮定した上で、ウォーキングママの正体を考えてみよう」

（いよいよ本題ね）

楓はひと言も聞き漏らさないよう、上半身をいくぶん前に傾けた。

「さっきぼくは楓にこういったはずだ。『この事件の最大の鍵は〝ウォーキングの女性〟が持っていたものにある』と」

「派手なハンドタオルでしょ」

「それは半分正解でもあり、半分間違いでもある。肝心なのは、そのハンドタオルに隠されていた中身のほうだよ」

「えっ」

祖父は、ずばりといった。

「中身はミネラルウォーターでもスポーツドリンクでもない。缶ビールか缶チューハイだ。彼女は酒をかたときも手放せないアルコール依存症患者だったのだ。つまりこの事件には、麻薬中毒とアルコール中毒――ふたつの中毒が交錯していたのだよ」

「そんな……だって彼女はとても――」

「そんな風には見えなかったというのかね。では、楓が最初に彼女に出会ったときのことを思い返してみてほしい。彼女は岩田先生に話しかけたあと〝両手で口元を押さえた〞のではなかったのかね」

（あぁ――）

声にならない声が心の内側に響く。

「ではなぜ、片手ではなくわざわざ両手で口元を押さえる必要があったのか？　理由はひとつしかない。酒の匂いがばれないようにするためだったのだ。こういっちゃなんだが、そもそも楓ならこれくらいの推測には辿《たど》り着いて欲しかったものだね」

祖父は少しばかり意地悪そうな笑顔を覗かせた。

「だって楓はトレーニングに音を上げてビールを美味しく飲んだんだろう？　ならば当然、〝酒の可能性〞に想像が及ぶべきじゃないか」

う、うわー。

これは真面目に恥ずかしい。

だしか缶ビールを二本も空けたはずだ。

でも、と抗弁する。

「あんなにきびきびとウォーキングしていたのはなぜ？　肘を直角に曲げて両手を振って、ぐいぐいと歩いていたのはなぜなの？」

「岩田先生の前でだけ、ことさら無理していたのだろうね。あるいは多少、彼に好意を持っていたのかもしれない」

「じゃあ……犬を散歩させていたご夫婦やトラック・ジャケットの男性は――」

「当然、彼女のことは知っていただろうね。だがそれは健康的なウォーキングママとしての認識ではない。しばしば遊歩道をふらつき歩くアルコール依存症の女性としての認識だったのだよ。駅回りの商店街の人たちにとっても同様だね。彼らは近所でお馴染みのアル中女性のことは知っていても、ウォーキングママのことなどまるで知らなかったのだ」

「でも、だとしたら」

楓は残る疑問を口にした。

「どうして彼女は事件の一部始終を目撃していながら救急車も呼ばず、その場から立ち去ってしまったの？」

「もちろんそうせざるを得ない、やむにやまれぬ理由があったのさ」

祖父はまたゴロワーズの先を赤く灯《とも》した。

「女性は離婚調停中かあるいは離婚したばかりであり、子供の父親と親権を巡って争っている。争点は当然、彼女のアルコール依存だ。酒をやめない限り、親権が取られてしまう。そこで彼女は毎週土曜朝から、断酒外来をおこなっている病院に通院しているのだよ」

「そっか。なら彼女が土曜の午前中から動いているのも納得できるわ」

「事件の日も彼女は病院の帰りだった。一度帰宅したあと、園に子供を迎えに行くところだったのだろう。ところが駅前のコンビニかどこかで我知らず酒を買い、この日も呑みながら歩いてしまっていたのだ。アルコール依存というのは恐ろしい病気だよ。自宅までのほんの十分の道のりが我慢できないものなのだ。そこで彼女は事件を目撃してしまった――」

「でも、変に事件に関わったりしたら、お酒を呑んでいることがばれてしまう」

「さらに、そのあとも名乗り出られなかった理由があると思うね。事件直後、激しい雨が降ってきた、というところがポイントだ。これは想像の域を出ないが――急ぎ家に帰った彼女は、呑んでいるにもかかわらず、車で子供を迎えに行ってしまったのではないだろうか。となると飲酒運転だ。なおさら警察に行って証言することができなくなってしまったのだ」

たしかに〝想像の域〟には違いない。

だが、やはり――飲酒運転が発覚するくらいのリスクがない限り、普通は名乗り出るのではないだろうか。

「じゃあ、おじいちゃん」

楓は焦点となる肝心なことを尋ねた。

「彼女を見つけるにはどうしたらいいのかな」

簡単だよ、と祖父はいった。

「河川敷の最寄り駅から三つか四つ以内の駅にほど近く、断酒外来か減酒外来をおこなっている病院を探してみるといい。電車で通っているということは、駐車場がないところだろうね。つまりは小さなクリニックの可能性が高い」

祖父はふっと名残惜しそうに最後の煙を吐き出した。

「今週土曜の午前中――間違いなく彼女はそこにいるはずだ」

そのとき、ゴロワーズの火が消えた。

「ぼくには見える。待合室の彼女の姿が」

祖父はいった。

「優しそうな顔だ――少しだけ香苗に似ているね。彼女にとって子供は生き甲斐だ。人生そのものだ。そして岩田くんのことを想い、良心の呵責《かしゃく》で胸が張り裂けそうになっている」

せっかくのいい天気だ。

楓は祖父の手を取り、いつかの日のように並んで縁側に腰かけた。

「楓、見てごらん」

祖父は、晴れ渡った冬の空を見上げながら西の辺りを指さしていった。

「あそこに三つ雲があるね。あの雲を使ってお話を作ってみなさい」

昔と違い、そこには雲ひとつなかった。

だが楓は、構わず話し始めた。

「いちばん左は若い頃のおじいちゃん。真ん中は若い頃のおとうさん。そして一番右側は、若い頃のおかあさん」

話を紡ぐうち、吸う息が冷たい悲しみとなり、吐く息が白い悲しみとなった。

そして。

両親を登場人物に選んだことを激しく後悔した。

8

週末の夜——

祝杯をあげましょう、と四季に誘われ、楓はファミリー・レストランに赴いた。

「とつぜんすいません、バイトが急に休みになったんで。じゃあ乾杯」

すでに四季は何杯かビールを空けているようだった。

少しだけ赤みの差した顔が、二歳下という実際の年齢差以上に子供っぽく映る。

（『夜は若く、彼も若かった』）

楓の脳裏にミステリ史上いちばん有名な冒頭、『幻の女』の一節がよぎった。

「しかし先輩、良かったですね。女性はクリニックで見つかって証言してくれることになったし、重体だった子も意識を取り戻して取り調べに応じることになったそうですし」

祖父のいったとおり、やはり麻薬絡みのいざこざが事件の原因だったらしい。

岩田は月曜朝にも釈放される見込みだということだ。

「それでね、楓先生」

四季はどこかぎこちない口調で「今日は貰ってほしいものがあって」と告げた。

「楓って名前ですから秋の終わり頃が誕生日でしょ。だいぶ遅くなっちゃったんですけど——一応プレゼントです」

四季は包装もしていない本をそっけなくテーブルの上に置いた。

それは、ロバート・F・ヤングの『たんぽぽ娘』を表題作としたSF短編集だった。

小学校の卒業式で祖父からこの本を貰った話はしていない。

だから、本当の偶然だ。

「僕が翻訳もので唯一好きな小説です。たんぽぽ色の髪の少女が、天涯孤独になることも恐れず時空を超えて好きな男性に逢《あ》いに行く——。まぁ当然知ってるとは思うんですけど、新訳版が出たんで良ければと思って。装丁と表紙がいいでしょ」

懐かしい本のタイトルを見て——喜べると思ったら、なぜか目の奥がつんとした。

ありがとう、と伝えたあと、少しだけ震える声で楓はいった。

「四季くん。世の中で一番悲しい四文字熟語ってなんだと思う？」

「えっ」

思いがけない質問だったのだろう。

四季は髪をかきあげる動作の途中で固まった。

「わたしはね——〝天涯孤独〟だと思うの」

もう止まらなかった。

「あのね、わたしね」

堰《せき》を切ったかのように、言葉と想いが溢れ出た。

「おじいちゃんがいなくなったら、天涯孤独になっちゃうんだ」

「またぁ」

四季は少しひきつったような笑みを見せた。

「おかあさんと交替でおじいさんの面倒を見てるんでしょう」

「違うの。祖父がそう思い込んでるだけなの」

泣くな、我慢しろ。

「母は結婚したとき、すでにわたしを身ごもっていたの。で、大きなおなかのまま、小さな森の中の教会で結婚式を挙げる予定だったの」

「予定――」

「うん。でも、祖父と母が腕を組んで教会の扉を開けてヴァージンロードを歩もうとしたとたん、木蔭《こかげ》から刃物を持った男が襲ってきて――なんで俺を捨てるんだと叫んで、母の胸を刺して逃げて行ったの」

　いつの間にか、冷たそうな雨が窓を濡らし始めていた。

「ウェディング・ドレスが、瞬く間に真っ赤に染まっていったというわ。祖父は母を抱いたまま、呆《ほう》けたようにいつまでも座り込んでいた――で、母は一週間後に亡くなったんだけど――おなかの中にいたわたしは、奇跡的に助かったの」

　四季はじっと動かず黙り込んだままだ。

「わたしが中学生のとき、父はがんで逝ったんだけどね――この話は、亡くなる直前の父から聞いたの。それからは男の人が怖くなって、白い服も着られなくなって」

　テーブルの隅に、白いドレスを着たたんぽぽ娘の表紙のイラストが見えた。

「祖父は認知症になってから、母の幻視はもちろん、何度も血まみれのわたしの幻視を見るようになったんだけど、あの幻視はわたしじゃないの――若い頃の母なの。でもそんなこと、とてもいえなくて」

もうだめだ。

ぶわり、と視界が歪んだ。

「ごめんね。四季くんにはこんな話、関係ないもんね」

「いえ。もっといろいろと聞かせてください」

四季は真顔のまま、両手の長い指を組み合わせて肘をテーブルに乗せた。

「どこから話せばいいのかな。そうね……わたし、大好きな祖父に、二回だけ逆らったことがあるの。一度目は、父のがんが再発して、亡くなる直前のことだった」

楓は初めて他人に、今まで胸のうちに隠していた秘密を打ち明けた。


あの日も冷たい雨が降っていた。

制服姿の楓は、さまざまな薬の匂いが立ち込める父親の病室にいた。

「そうか、うっかりしてたよ。もうすぐ十五歳になるのか。ほとんど大人じゃないか」

たったそれだけのことで父親は涙ぐんでいた。

一度はステージⅣから生還していただけに、再発はある種の覚悟を必要とした。

まだ、そういう時代だった。

「誕生日プレゼントはなにがいいかい」

ベッド上の父の痩せこけた体には、あちこちにチューブが繋がっていたが、痛み止めが効いているせいか、いつもと違ってその声には張りがあった。

なんにもいらない、お父さんが元気になってくれればいいよ――といおうとしたが、せめて誕生日までは父の寿命を延ばしたいという思いがよぎり、あえてブランドもののチェック柄のマフラーをせがんだ。

お安い御用だよ、と答えたあと、父は意を決したように枕元の楓に顔を向けた。

「それはそれとして、今のうちに楓に伝えておかなければいけないことがある」

父はひとつ咳《せ》き込んでから続けた。

「病気で亡くなったことになっているお母さんのことだ。楓には重荷を背負わせることになるけれど、いつまでも隠しておくわけにはいかない。いずれはなんらかのかたちで必ず楓の耳に入ることだからね」

そして――父は、母との馴《な》れ初《そ》めからの出来事を話し始めた。

父が患者として、がん病棟に勤め始めたばかりの看護師の母と、瞬く間に恋に落ちたこと。

祖父は当初、ふたりの将来を悲観して結婚に猛反対していたらしいこと。

さらに――

結婚式の当日、母がストーカーに刺されたこと。

犯人は、逃げたままで捕まっていないこと。

緊急病棟で母が一瞬だけ意識を取り戻したとき、声にはならなかったものの、口の動きが「あかちゃん」だったこと。

そして。

母が亡くなるまで、祖父が毎日、御鎮守様でお百度参りをしていたこと——

楓は、涙が止まるのを待ってから、ようやく尋ねた。

「おひゃくどまいりって？」

「神様に百回お願いすることだよ。お義父《とう》さん——いやおじいちゃんは秘密にしていたんだけれど、近所の人に見られてしまったらしくてね」

中学生の楓にも、あの論理的な祖父が〝神頼み〟をしていたことは意外に思えた。

だがそれだけに、祖父のそうした行為が痛々しくも切なく感じた。

（でも、だったら）

楓は少し腹立たしくなってきた。

それで、訊かなくてもいい疑問を、思わず口にしてしまったのだった。

今思えば、父の病状から目を逸らし、祖父に八つ当たりしたかったのかもしれない。

「どうしておじいちゃんは、お母さんのことだけを大切にするの？　どうしてお父さんのお見舞いにぜんぜん来ないの？」

言葉にすると余計に怒りが増してきて、制服の肩が震えた。

「血が繋がっていないから？　結婚に反対してたから？　それとも」

　止まらなかった。

「それとも……もう諦めてるから？　痩せたお父さんを見るのが怖いから？」

「やめなさい、楓」

　父はその日いちばんの大きな声で楓を叱《しか》った。

「おじいちゃんの悪口は絶対に許さない。話はこれで終わりだ」

「そんな」

「お父さん少しだけ疲れたから、ひと眠りしていいかな。マフラーはおじいちゃんに頼んでおく。もちろんお金はお父さんが――」

「マフラーなんていらないっ」

　楓は病室を飛び出した。

　その夜遅く雨がやんだ頃、祖父はようやく家に帰ってきた。

　楓は、待ち構えていたように玄関口で怒りをぶつけた。

「おじいちゃん、ひどいよ」

「なんだ。どうしたんだ、急に」

「なんでお見舞いに来ないの？　校長先生だから忙しいのは分かるよ。でもさ、ひどいよ。おじいちゃんにとっては、ひょっとしたら他人かもしれない。でもわたしにとっては、ひとりきりのお父さんなんだよ。時間がないのに……時間がないのに！」

祖父はそのまま玄関口で、茫然と立ち尽くしていた。

構わず楓は二階に駆け上がり、机に突っ伏した。

大好きな祖父に対して声を荒らげたのは、初めてのことだった。


数日後――

この二、三日が峠です、と医師に告げられた日の夕刻。

もう涙はとうに涸《か》れ果てていた。

なんとなく祖父と顔を合わせるのが嫌だった楓は、学校からの帰路、あえて遠回りをして、いつもとは違う道を歩いていた。

地元の消防団の建物を左手に、ゆるやかな坂を上がる。

右手には古くからある住宅群が、左手には鬱蒼《うっそう》と茂る八幡宮の木々が見えてくる。

その景色も空気も、まるでずっと昔から時の流れが止まっているかのようだった。

幼い頃、父に手を引かれ何度かこの坂を上った覚えがあったが、その過去の風景と今現在の風景は、脳裏の中でトレースされたように、ほぼ同じかたちを成していた。

変わったことといえば、少しばかりの目線の高さと――

（ここにお父さんがいないこと）

坂を上りきったところで、木々が開いた門のようにぱっと開き、「氏子中《うじこじゅう》」と彫られた石柱が立っていた。

そこは、御鎮守様の裏手にあたるのだった。

ふと、境内の中を覗き込んだとき――

そこに、汚れたワイシャツを着た祖父の姿があった。

祖父は、境内の鳥居と拝殿の前を、幾度となく往復していた。

石畳をぐきりぐきりと踏み込むように、猛然と歩き続けていた。

そのやけになったような足取りからは、世の不条理や無力な自身への怒りが見て取れた。

木の蔭に身を隠した楓は、祖父に声を荒らげたことを心から恥じた。

祖父はお見舞いに行く時間も惜しんで、またもずっとお百度を踏んでいたのだった。

父から聞いたあと調べてみて知ったことだが、お百度参りには「隠徳《いんとく》」を積むことに意味があり、なにより人知れずおこなうことが大切なのだという。

楓は木蔭からそっと顔を出し、また祖父の様子を窺った。

遠目にも、その形相は憤怒《ふんぬ》の色に満ちていた。

「ちくしょう」

祖父は、らしくない言葉を振り絞るように何度も声に出していた。

父が亡くなったのは、その日の深夜のことだった。

医者の見立てより、少しだけ早かった。

祖父は、怒りながら泣いていた。

「ちくしょう」


――びくり。

店の外で響いた派手なクラクションの音が、瞬時に楓を現在《いま》へと引き戻した。

だが、四季は目線を下に落としたまま、微塵たりとも動かなかった。

「母のことを聞いてから、あれほど好きだったミステリが、まるで読めなくなった
――また読めるようになるまで三年はかかったかな」

いや――丸四年だったか。

「あるとき、ふと気付いたの。そもそも作りごとの世界だからこそ、ミステリは美しいはずじゃなかったのかなって。それに……また読みはじめるうちに、ひょっとしたら母のことも作りごとの世界での出来事かもしれない、と思いこめるようになったの。現実逃避かもしれない。屈折してるかもしれないわ。でもね」

紡げば、すべてが物語。

世の中で起こるすべての出来事は、物語。

〝作りごと〟だから美しい。

現実の世界も、ミステリも、ＳＦも――そして、お芝居も。

「でも四季くんならきっと分かってくれるかなって……ちょっとだけ、思ったんだ」

聞いているのか、どうか。

四季は無言でずっと俯いたままだ。

だが楓は、構わず話し続けた。


楓が祖父に対して逆らった、二度目の出来事――

それは、つい先日のことだ。

楓は思い切って、前から考えていたことを口にした。

「ねぇおじいちゃん……。ちょっと相談したいことがあるんだけど」

「なんだい」

「そろそろわたしんちで一緒に住む話、考えてくれないかな。近所にいい物件が出たから、もう少し広いマンションに移ってもいいんだけど」

祖父は、気持ちだけは受け取っておくよ、と優しい声音でいったが、そこには明確な拒絶の色があった。

「だいたいそれじゃあ、ぼくが〝碑文谷〟じゃなくなってしまうじゃないか」

「そんなことで——」

「いいかい。八代目桂文楽《かつらぶんらく》は〝黒門町《くろもんちょう》〟。林家彦六《はやしやひころく》なら〝稲荷町《いなりちょう》〟で——」

「小《こ》さんは〝目白《めじろ》〟で、志《し》ん朝《ちょう》は〝矢来町《やらいちょう》〟なんでしょっ」

祖父の顔に瞬間、驚きの色が走った。

束の間、気まずい沈黙が書斎を支配する。

昔からの祖父の口癖だから、見たこともない昭和の噺家たちの名前と異名は自然と頭に刻み込まれていた。

だがそのことよりも、楓が強くいい返したことに対して祖父は驚き、少しばかり傷ついたように見えた。

楓は心を鬼にして、構わず続けた。

「でもおじいちゃん……誰からなんと呼ばれようと、そんなの関係なくない？」

だって一日じゅう家にいるだけじゃない、という言葉はあやうく飲み込んで、

「心配なんだよ。わたし、目の届くところで、おじいちゃんと一緒にいたいんだよ」

「——ごめんよ、楓」

祖父は、せっかくの孫娘の提案を正面から断るのが心苦しいのか、それともほんの少しばかりは嬉しさが込み上げたのか、陰影のある複雑な表情を浮かべた。

「悪いがぼくは、この碑文谷という街が好きなんだ。幼稚園児たちの声が好きなんだ。

公園の竹林から飛んでくる雀《すずめ》が好きで、御鎮守様から飛んでくる桜の花びらが好きなんだ。そこのちっぽけな、それでいて虫だけはわんさか湧いてくる庭が好きなんだ。年々薄まってはきているが、この家の妻の残り香が好きなんだ。どうにもうまくいかないのだが……ぼくのほうは逢いたくとも、なぜか妻の幻視はたまにしか出てきてくれない。たったひとりのぼくの〝息子〟――最高の飲み友達だった楓のお父さんも現れてくれない。だがこの家には、息子が植えた小さな桜がある。妻が使っていた箪笥がある。ミシンがある。妻の鏡台があり、それを楓が使ってくれている。その後ろ姿を見ているだけで、ぼくは充分に幸せなんだよ」

胸を衝かれる想いがした。

祖母と父の幻視が現れるのを待ちかねているという話は、初めて聞いたからだ。

でも――だったらおじいちゃん、と楓は食い下がった。

「わたしがこの家で一緒に住んじゃだめなのかな」

「楓は、自分のマンションで過ごしなさい」

祖父はいつかの父のように、真面目な顔でぴしゃりといった。

「年寄りは若者の大切な時間を奪うべきじゃない。幸い、香苗も毎日のように顔を出してくれている。本当に体が動かなくなったら――あるいは完全に〝こころ〟が壊れたら、ぼくはそれなりの施設に入る。手続きは済ませてあるから安心しなさい」

そして祖父は、昔〝人たらし〟といわれたはずの優しい笑みを浮かべたのだった。

「長くてごめんね。これで終わり」

楓は、つとめて明るく話を締めた。

すると――

ずっと黙って話を聞いていた四季が、低い声で口を開いた。

「なんか、つまんない翻訳ものみたいな話だな」

「えっ」

俯いている四季の顔は、長い髪に隠れてまったく見えない。

だが、テーブルクロスに、ひと粒、ふた粒と、なにかがぽたりぽたりと落ちていた。

四季は一瞬だけ、雨が叩きつける窓に目を向けた。

そして――俯いたまま、両手で荒っぽく目の周りをこすった。

「すいません。俺、なんにも知らなくて」

「ううん」

「簡単に天涯孤独だなんて言葉を使っちゃって」

「いいよ」

「岩田先輩に親きょうだいがいないってこともついこの間まで知らなくて」

四季の声も震え始めていた。

「俺なんか親の脛《すね》をかじってばっかで」

洟《はな》を啜る音ががらんとした店内に響いた。

「バイトは休みまくって芝居ばっかやってて」

「いいじゃない。お芝居やってるときの四季くん、素敵だよ」

「ねぇ、楓先生」

とつぜん四季が、顔を上げて楓を見た。

「『たんぽぽ娘』の名台詞、覚えてますか」

「うん、もちろん」

「『一昨日はうさぎを見たわ』」

「『昨日は鹿』」

「そして」

楓は四季と顔を見合わせ、次の台詞を同時にいった。

「『きょうはあなた』」

しばらくの沈黙のあと、楓は四季とまた目線を絡ませ笑い合った――

いや、ことによるとふたりとも、いっぱい泣いていたのかもしれなかった。

四季は、今日はやめとこうと思ったのにな、と小さな声でつぶやいてからいった。

「楓先生。一昨日と昨日と今日だけじゃありません。僕は初めて逢ったときから、ずっと、あなたのことが好きです」

終章／ストーカーの謎《リドル》

1

ひとりじゃない
ふたりでひとりなんだ
でもまだひとりなんだ
はやくふたりになりたい
そんなことを考えているだけで
一日が過ぎていく

無罪放免祝い――そしてマラソン大会での岩田のクラスの優勝祝いを兼ね、三人で家呑みをしようじゃないかといいだしたのは、ほかならぬ岩田自身だった。

「こういうのは普通、まわりがセッティングするものなんですけどね」

四季のツッコミを岩田はうるせぇな、とひと言だけで片付けつつ、一品めの手料理が盛られた皿を狭い居間のちゃぶ台に運んできた。

(三人でいるほうがいいな)

楓は少しほっとしていた。

あのとつぜんの告白の夜――

付き合ってほしいというわけじゃない、気持ちを伝えたかっただけです、と四季はいった。

だがそれでもやはり、ふたりだけの空気はどうにも気恥ずかしく落ち着かなかった。

ひとつのちゃぶ台を囲んでいるのに、まだ一度も四季の目を直視できていない。

四季もやはり意識しているのか、楓とは目線を合わせないまま酒に逃げている。

だが岩田はというと、そんなことにはまるで気付いていない様子だ。

角煮を旨《うま》く作るには、と得意気にいう。

「下茹《したゆ》でするときに米のとぎ汁を使うのがポイントなんだよ。肉の臭みが取れるんだ」

料理が不得手な楓としては感心する他はない。

ふんわりと湯気をたてている豚の角煮に、四季が目を見張る。

「これ……食べないうちから絶対に旨いって分かるやつじゃないですか」

「だろ？　あともうひとつの秘訣《ひけつ》はな――」

レシピの自慢話が延々と続く中、楓は岩田の部屋の様子を改めてそっと見回した。

興味がないといったら嘘になる。

なにしろ、独身の男性の部屋に入ったのは初めてのことだったからだ。

京急線の井土ヶ谷《いどがや》駅から二十分は歩いただろうか。

築五十年は経っていそうな木造アパートの鉄階段は、三人の体重に悲鳴を上げた。

もっと広くて綺麗なところに越したいんですけど大家のおばちゃんが俺を手放してくれないんですよ、と岩田はなぜか嬉しそうにいっていた。

ところどころ漆喰《しっくい》が剝がれている壁に目を移すと、数枚の寄せ書きの色紙が、寸分の角度の歪みもなく綺麗に並べて貼られてある。

『ガンちゃん先生ありがとう　2年1組いちどう』

岩田の「岩」を音読みしての〝ガンちゃん〟というニックネームを岩田自身が気に入っていることは知っていた。

『彼女ができるまでガンばれガンちゃん！　五年四組一同』

小学生らしいダジャレがなんとも微笑ましい。

『がんちゃんせんせいだいすきだよ　一ねん三くみ』

黒ペンで書かれた文章を中心に、つたないからこそ可愛い文字が、同心円状に広がっている。

楓も自分が担任したクラスの児童たちの色紙――〝ハリー〟たちから貰った一生の宝物――を持っていたが、まだ一枚だけだ。

こうして何枚も貰っているということが、岩田の学校での人気ぶりを物語っていた。

ところが、端っこの寄せ書きを見やったとき、妙なことに気が付いた。

この一枚だけ黄ばんでいて明らかに古びている。

そして、中心に書かれている文字が小学生とは思えないほどに達筆なのだ。

その理由に気付いたとき、楓は無神経に色紙を眺めたことを少しばかり後悔した。

『ガンちゃんお兄ちゃん　大学合格おめでとう　夢に向かって走れ！』

その文字の下に、岩田が出たとおぼしき児童養護施設の名前があったからだ。

「餃子の餡《あん》に使うキャベツやニラは、こうやってあえて粗めにみじん切りにしておくほうが歯ごたえがいいんだよ。あとは味噌《みそ》を入れるのがミソで――」

「先輩、ぜんぜん面白くないです。てか早く食わせてくださいよ」

岩田のレシピ自慢はまだ続いていた。

角煮と餃子となると〝肉プラス肉〟でいかにも男性の手料理だが、それもまた楽しみだ。

本棚を見れば人が分かる、というのが祖父の持論だった。

悪いと思いながらも本棚代わりらしきカラーボックスに目を移すと、『クッキングパパ』の全巻に加え、付箋がぎっしりと挟まった教職免許の教則本が並んでいた。

捨てられない気持ちは楓にもよく分かる。

　でも、と思う。

（きっとわたしなんかには想像もつかないほどの苦労があったはずだわ）

　その横のカラーボックスには、映画の『アベンジャーズ』シリーズや『ワイルド・スピード』シリーズ、『ターミネーター』シリーズのＤＶＤがこれ見よがしに揃えられていた。

　楓の目線に気付いたのだろう。

　ようやく食べ物にありついた四季がうわぁ、と箸を止めた。

「〝岩田映画劇場〟……なかなかの品揃えですね」

「どういう意味だよ」

「いや、あれだけ分かりやすいアクションものが並んでると、ある意味壮観だなぁと」

「馬鹿にしてんのか」

　岩田はいかにも心外だというような面持ちで四季を睨んだ。

「いいか？　映画っていうのはなぁ、バーンと始まってズガガガーンと闘って、スカーッと終わるのが一番なんだよ」

「擬音が多すぎますって。あと幅が狭すぎますって」

　いやいやいや、と岩田も引き下がらない。

「ミステリもそうだろうが。結末でスカーッと解決するからこそ面白いんだろ」

「いえ――そうでもありませんよ。ミステリの世界には、結末がないまま終わってしまう、〝リドル・ストーリー〟っていうジャンルもあるんです」

楓は一瞬だけ、四季が自分のほうを見たような気がした。

謎物語《リドル・ストーリー》もの――

結末を読者の想像に委《ゆだ》ねるという特殊なスタイルだけに、着地がうまく決まらないと尻切れとんぼのような印象を与えてしまう、書き手にとっては難しいジャンルとされている。

そういや、〝尻切れとんぼ〟ってどんなとんぼなんだろ。

（想像に委ねたままにしないで、あとでスマホで調べよう）

そんなどうでもいいことを考えていたら、四季が長広舌をふるい始めていた。

「翻訳ものは嫌いですが、リドル・ストーリーを語るには、やはりF・R・ストックトンの『女か虎か？』は絶対に外せません。これはミステリじゃないし十八世紀の古典文学なんで、まぁネタを割っても差し支えないとは思いますが――もし先輩がイヤっていうんならやめときます。追加の餃子を焼きに行ってください」

「そんな邪険にすんなよ、どんな話か聞かせろよ」

岩田は、まぁ餃子は焼くけどな、といって台所に立った。

「じゃあ終わりのネタバレまで一気にいきますね」

岩田にも聞こえるようにとの配慮からか、四季は大きめのバリトン声でむかしむかし、と切り出した。

「ある国に、王様のひとり娘の王女と禁断の恋に落ちた若者がいました。でもこれが王様の知るところとなり、若者は恐ろしい裁判にかけられることとなります。超満員に膨れ上がった円形闘技場——そこにはふたつの扉があり、若者はそのどちらかの扉を開かねばなりません。一方の扉の向こうにはその国いちばんの美女がいて、こちらを選べば罪を赦《ゆる》され、彼女を花嫁に迎えることができます。ところがもう片方の扉の奥には、その国でいちばん獰猛《どうもう》な飢えた虎が待ち構えているんです。若者はすがるような想いで観客席の王女をそっと見ます。そう……王女は答えを知っていたんです」

「面白いじゃないか……それでぇ？」

餃子にお湯を差したのだろう——じゅっという食欲をそそる音がした。

「王女は耐え難い葛藤に苦しんでいました。当然、恋人を虎に食べられたくはありません。かといって、彼が自分よりも美しい女と結婚するのも許せない。王女は迷いに迷ったあげく、ついに決断を下します。そして、ひそかな手の動きでそっと片方の扉を指し示したんです。さて——」

四季はいったん言葉を切ってからいった。

「扉から出てきたのは女だったのでしょうか？　それとも虎だったのでしょうか？　この作品は、読者にこう問いかけたまま終わるんです」

「――はあぁ？　それでネタバレ終わりか？」

首を傾げながら、岩田は追加の餃子を少々乱暴にフライパン返しで皿に乗せた。

「なんだそれ、気持ち悪いな……投げっぱなしで終わるのかよ。ていうか、そもそもネタバレじゃねぇわ、それ。バレるネタがないじゃないか」

「だから面白いんじゃないですか。この趣向の面白さ、分かんないかなぁ」

四季は相変わらず目は合わさないまま、楓に水を向けてきた。

「楓先生ならこれに触発された後発のミステリ作品がいっぱい出てくると思うけど」

「ううん、そんなに知らないわ。ジャック・モフェットの『女と虎と』くらいかな」

日本人作家に詳しい四季があとを引き継ぐ。

「あとはそうですね……加田伶太郎《かだれいたろう》の『女か西瓜《すいか》か』」

「どういう選択肢なんだよ。スイカ？　怖くもなんともないじゃないか」

「生島治郎《いくしまじろう》の『男か？　熊か？』」

「どっちが出てきてもハズレだな」

「文句を付けるのは読んでからにしませんか」

四季にしてはまともな言葉が飛び出した。

「これらの後発作品はどれも世評の定まった名作です。まぁそれほど元祖の『女か虎か？』の謎が魅力的だっていう話なんですけどね。王女の愛情が勝るのか、嫉妬心がその上をいくのか――女か、それとも虎か？　考えれば考えるほど分からなくなってくると思いませんか」

「いや、普通に考えりゃ秒で分かんだろ」

「えっ」

「断言できる。若者が選んだ扉から出てきたのは女だよ」

「はぁ？　どうしてそう断言できるんですか。根拠はなんですか」

そういう四季の顔には、どうせくだらない理由でしょ、と書いてあった。

「おまえ、最初から俺が論理的に話せない男だと決めつけてるだろ」

岩田は缶チューハイのプルタブを勢いよく開け、じゃあ説明しようか、といった。

「まず少しだけ確認しときたいんだけどさ。円形闘技場には超満員の大観衆が詰めかけていたんだよな」

「そうですね。確か作品の中にも、入り切れなかった群衆が闘技場の外でたむろする、といったような記述があったはずです」

「で、彼らはなぜ若者が裁判にかけられることになったのか、その理由を知ってるんだよな」

「そりゃそうです。王女との悲恋の結末を見たいがために物見遊山でやってきたんですよ」

「だとしたら……やはり扉から出てきたのは女だな」

「だからどうしてそうなるんですか」

「焦んなって。いいか？　まず、王女の精神状態をもっとよく考えてみろよ。どだい、愛情か嫉妬心か、という二択に限定するのが間違いなんだ。人間の心理ってのはそんなに単純なもんじゃないよ。俺はもう一択あると確信するね」

「なんですか」

岩田はなぜか少しだけ暗い目つきで答えた。

「〝保身〟だよ」

チューハイをぐい、と呷ってから、

「──決断のとき。当然観衆たちは若者だけじゃなく、当事者のひとりである王女の一挙手一投足を好奇の目で注視しているはずだ。若者がそっと王女を見る。観客席の王女は悩んだあげく、ひそかに手の動きで片方の扉を指し示す。──だがな。この動き、普通に観客の誰かは必ず気付くぜ。なにしろ王女自身が観客席の中にいるわけだからな」

「なるほどね。そういうことですか」

早くも得心がいったのだろうか。

四季がやるな、というようにニヤリとしながら親指の爪を噛んだ。

「キャッチャーはバッターの仕草を見て配球を考える——先輩ならではの視点ですね」

だが楓には、まだ岩田のいわんとしている意味が分からない上に、疑問があった。

「ちょっと待って、岩田先生。たしかネットに完訳版が上がっていたはずなんだけど」

楓は手早くスマートフォンを操作し、やっぱり、とつぶやいた。

「『女か虎か？』には、はっきりとこう書かれてあるわ。『若者以外にそれを見た者はない。彼を除けば、あらゆる人々の目は、闘技場の中の若者に注がれていたのである』——。作者のストックトン自身がこう書いてある以上、やっぱり観客たちはみんな若者だけを見ていて、王女の仕草にはまるで気付かなかったってことになるんじゃないの？」

「いや——なりませんね」

口を開いたのは、意外にも四季だった。

四季は、氷ひとつだけが残った空のハイボールグラスを振って音を立てた。

小さくなった氷は、闘技場の中で進退窮《きわ》まった若者のようだ。

「仮にストックトンのいうとおり、あらゆる者の目が闘技場の若者に注がれていたとしましょう。とするとなおさら観客たちは、若者が王女をそっと見たとき、彼の目線を追って、王女の様子を窺うはずじゃないですか」

四季はアイスペールにゆっくりと目を移し、氷をがしゃりと摑んでグラスに入れてから——ほら、と女性のようにも子供のようにも見える笑みを浮かべた。

「先輩も楓先生も今、僕の目線を追ってアイスペールを見たでしょ。人間ってとつぜんあらぬ方向に目を向けられると、つい釣られるものなんですよね。僕だってさっき楓先生がカラーボックスを見ているのに釣られて、思わずあそこを見ちゃったもん」

四季は、ＤＶＤが並べられたカラーボックスを指さした。

楓は、なるべく四季と目線が合わないように額の辺りをぼやっと見ながら、

「うん、人間心理としては納得できるかも。でも……だとしたらなぜストックトンは、矛盾が生まれるのを承知で『若者以外にそれを見た者はない。彼を除けば、あらゆる人々の目は、闘技場の中の若者に注がれていたのである』と書いたのかな。厳密にいえば、嘘を書いてることになっちゃうじゃない」

いやひょっとすると、と四季は女性のような綺麗な指を尖った顎に添えた。

その声には珍しく、昂奮の色があった。

「それは〝地の文〟じゃなくて、王女の心象風景なんじゃないでしょうか。実際、王女自身は（誰にも私の仕草は見られていないはずだわ）（だってみんな彼を見ている

はずだもの）――そう思っていた、あるいは思いたかったはずですから。つまりその文章は、読者を煙に巻くためのストックトンの悪魔的な罠《わな》だったんです。彼は、そのの直前に本来ならば添えておくべき『このとき王女は確信していた』とか、『このとき王女は心の底から願っていた』というような文章を〝あえて〟省いたんです」

（まさか）

楓は息を飲んだ。

「叙述トリック――」

「そうです。もしもストックトンが、意識的に心象風景部分を〝地の文〟と読み間違えるように企《たくら》んでいたのだとしたら――『女か虎か？』は単なるリドル・ストーリーではなく、まぎれもなく世界初の叙述ミステリです。この部分を心象風景と捉えて精読すれば、ただひとつしかない答えに辿り着くことができるからです」

こんな説は、ちょっと聞いたことがない。

リドル・ストーリーの元祖であり、代表格。

十八世紀の古典『女か虎か？』が、叙述トリックを仕込まれたミステリだなんて。

「――四季！」

岩田が焦《じ》れたように声を荒らげる。

「俺がほったらかしになってるじゃないか。まだ説明の途中だぞ」

「外野から失礼しました。先輩、続きをどうぞ」

「じゃあとりあえず、観客の誰かは王女の動きに気付くはずだ、ということでいいんだな」

楓と四季は、先を促すように頷いた。

「この王女の〝ひそかな動き〟に気付く観客はひとりやふたりどころじゃないと思うね。ことによると数十人、数百人の客に悟られるかもしれない。なのに——もしも王女が虎のいる扉を指さして、その結果、若者が虎に食い殺されてしまったとしたらどうなるだろう。観客たちは期待どおりの残酷ショーが見られて、そのひとときだけは満足するかもしれない。でもさ……やがて民衆たちからはこんな陰口が激しく飛び交うようになると思うんだよ。『あの王女さまは嫉妬に狂って恋人を虎に食わせたんだ！』『俺は合図を送るのを見た！』『わたしも見たわ！』『なんてひどい女なんだろう！』ってな」

そりゃ革命必至の流れですね、と四季が相槌を打つ。

岩田は我が意を得たように続けた。

「王女はひとり娘っていってたよな。つまり、やがてはどこかの国の貴族か王子様を婿に迎えて一国の女王様となるわけだ。そんな立場の女性が恋人を虎に食わせるような真似をするはずがない。人心が完全に離れてしまうからな。偉い人というのは、必ず保身が先に立つものさ。結局、王女が指し示すのは女のいる扉しかあり得ないというわけだよ。これが……えーと誰だっけ。ストッキングだっけ」

「絶対に一回はいうと思ってました。ストックトンです」

「そう、そのストックトンとやらが用意していた結末だよ」

(うわぁ……岩田先生、ちょっとだけおじいちゃんみたい)

これは一定の——いや、かなりの説得力があると思わざるを得ない。

『女か虎か?』は、あらかじめ〝真相〟が用意されたミステリだったのだ。

だが楓は感心する気持ちよりも、岩田の口をついて出たひと言が引っ掛かっていた。

偉い人というのは保身が先に立つ——

その言葉は、岩田らしくない妙な暗さをたたえていた。

過去、彼自身が、大人たちのさまざまな保身に翻弄されてきたのかもしれない。

「いや先輩、見直しました」

四季がわざわざ箸を置いて拍手し、あと補足するならば、と続けた。

「王女がこの場で性急に若者を虎に食わせる必然性はまるでない。彼が美女と結婚したあと、それこそ〝ひそかな動き〟で配下に命じ、秘密裡に暗殺すればいいだけのことですよね」

「おまえさぁ」

岩田がうんざりしたような顔でいう。

「どうしてそう怖いほう、怖いほうに持っていくんだよ。だいたい若者が虎に食われる結末なんて誰が読みたいんだ？　まるでスカーッとしないじゃないか」

「だからそもそもそういう話じゃ――」

「ミステリファンってのはこれだから面倒くさいんだよ。もうおまえら、今日はミステリの話、ＮＧ！　もっといっぱい食え！　あと、『クッキングパパ』を読め！」

楓は思わず四季と目を合わせて吹き出した。

ふたりの目線が絡み合ったのは、きょう初めてだった。


電車に乗って帰る楓のことを気遣ってのことだろう。

にんにく抜きの餃子も用意されていたことが嬉しい。

絶妙な塩加減の枝豆があっという間になくなった頃、楓が呑めるたぐいの軽めのアルコール飲料もなくなった。

「そろそろ失礼しようかな」

楓が腰を上げようとすると、岩田が慌てた様子で先に腰を上げた。

「もう少しだけ付き合ってくださいよ。ほら四季、買い出し行くぞ」

「えー。俺もですかぁ」

渋々といった調子の言葉とは裏腹に、四季はすぐさま立ち上がって上着に腕を通す。

あるいは楓とふたりきりにならずにすんで、ほっとしているのかもしれなかった。

「じゃあもう少しだけね。お金はあとで払います」

俺が奢りまーす、と岩田と四季がハモる。

ふたりが睨み合いながら出て行くと、すぐに鉄製の外階段を下りていく音が響いてきた。

かんかん、という複数のリズミカルな音――それが妙に波長が合っている。

(やっぱり元バッテリーなんだな)

自然と頬がゆるむのを感じつつ、楓は洗い物をするために腰を上げた。

すると――本が並んだカラーボックスの最下段のすべてのスペースを使って、たったひとつの品が仰々《ぎょうぎょう》しく飾られているのに気が付いた。

まわりに埃ひとつないところを見ると、最近置かれたばかりのものなのだろう。

組み合わされた三本のミニチュアバットの上に、ボールが乗っかっている。

(そっか――あのとき、四季くんが留置場に差し入れたボールだ)

きっと岩田にとっては宝物なのだろう。

いけないとは思いつつ、また、壁の隅に貼られている古びた色紙に目を移す。

瞬間、かねてからの疑問がぱっと解けた。

それは——（毎週土曜日の朝、なぜ岩田先生は電車で一時間ほどもかけ、あの川の土手で走るのをルーティンとしているのだろうか）——という疑問だ。

たしかにランニングにはもってこいの場所ではあった。

だが、気持ちよく走るのだけが目的ならば、もっと近場にいくらでも恰好の場所がありそうなものではないか。

なぜか。

その理由が、今、分かった。

いや、〝分かってしまった〟のだ。

色紙に書かれた児童養護施設——

その名前の頭に付いている平仮名の地名が、あの川辺り付近の住所だったからだ。

岩田先生は毎週、幼い頃から慣れ親しんでいたあの道を走ったあと、駅前のロッカーから荷物を取り出して施設に立ち寄り、後輩の子供たちに会いに行っているのだ。

そして、おそらくは。

いや、間違いなく——

（子供たちが大好きな、甘い手作りのお菓子を手土産にしているはずだわ。いつもの差し入れはその余りなんだ）

楓は、台所のシンクに掛けられたままの岩田のエプロンに目をやった。

ボロボロといってもいいほどに縫い目がほつれている、手縫いの古いエプロン。
そこにはやはり、「ガンちゃんお兄ちゃん」という文字が縫い込まれてあった。
ニックネームというのは年齢を重ねても変わらないものだ。
今でも職員や子供たちからは「ガンちゃんお兄ちゃん」と呼ばれているのだろう。
けして天涯孤独じゃない。
岩田先生には、たくさんの〝おとうと〟や〝いもうと〟たちがいるのだ。
そして――
わたしにも、と思う。
(わたしにも、おじいちゃんがいる)
そして……。
そして……。
酔いも手伝っているのか、自分でも顔が火照ってきたのが分かった。
氷しか入っていないグラスに口をつけ、溶け出している冷水を喉に流し込む。
そのとき、ちゃぶ台の上のスマートフォンが激しく震えた。
(確認かー。正直このさい、お酒だったらなんだっていいのに)
ホーム画面を見ると、『公衆電話』とある。
ふたりのうちのどちらかだろう。

（スマホを忘れていったのね）と思いながら、スワイプした。

「銘柄なら任せる。ゴメン、あんまり詳しくないんだ」

岩田か、四季か。

四季か、岩田か。

だが――相手はなにも答えず、無言のままだ。

（まさか）

酔いが一気に醒め、冷たい汗が背中を流れた。

窓に走り寄り、カーテンをそっと五センチほどだけ引いて外の様子を窺う。

〈もしもし〉

初めて聞いた。

〝相手〟の声を。

だが、ボイスチェンジャーで肉声を加工してあるのだろう――動画サイトでよく耳にするような機械的な声であり、性別も年齢も分からない。

〈楓先生〉

楓は答えないまま、アパート前の一方通行の夜の道路にじっと目を凝らす。

なぜか、相手が近くにいるという直感めいた確信があった。

〈待たせたね〉

どこだ。

幅五メートルほどの道路は街灯もまばらで月明かりもなく、ほとんど漆黒といっていいほどの闇に包まれている。

いや——光っているところがひとつ。

〈楓先生も待ちかねていたでしょう〉

百メートルほど先の、小さな公園の前。

そこに電話ボックスが、蜃気楼のようにぼんやりと浮かび上がっていた。

スマートフォンの普及で電話ボックスは絶滅寸前、と聞いたことがある。

今の楓の目には、電話ボックスそのものが、異世界の禍々しい異形の建物か、あるいは有史以前の硬質な皮膚を持つ大型生物のように映った。

あそこだ。

あそこに、ここ数か月、毎日のように無言電話を繰り返してきた人物がいる。

〈おい、聞いてんのか〉

口調ががらりと変わった。

〈無視してんじゃねぇぞ〉

無機質な音声が怒気を孕むと、こんなに怖いものなのか。

「あ、あの」

返事してしまった。

岩田先生と四季くんからは、絶対に話しちゃだめですと釘を刺されていたのに。

ごめん、無視できない。

怖い。

「無視とかじゃありません。あの、あなたがどなたなのか分からなくて、それで」

〈誰だか分からない、だって？〉

相手の口調には信じられない、という響きがあった。

「はい。ですからその、こちらに掛けるのは、もうやめていただきたいんですが」

〈殺すよ〉

なぜか、コロスヨという言葉の意味が分からない。

「すいません、あの。今、なんて――」

〈殺すよ。そんな心にもないことというと〉

心臓が激しく脈打つのが自分でも分かった。

〈聞いてますか、楓先生〉

「――はい」

恐怖に声がかすれた。

お願い。

岩田先生。

四季くん。

早く帰ってきて。

〈準備はすべて整ったんで、もう安心してください。今日はその報告です〉

電話はそこで切れた。

闇の向こうの電話ボックスから、ぼんやりとした〝誰か〟の影が、わざとかのようにゆっくりと出てきて、楓に向かって大きく手を振ってから、またゆっくりと漆黒の闇に溶け込んでいった。

そのさまは、この距離と暗さであれば、背格好はおろか性別や年齢さえもまるで確認できないという事実を知り尽くしているかのようだった。

2

人は私を見てどう思うのだろう
私の行動を見てなにを思うのだろう
やはり〝重い〟ように見えるのだろうか
でもそれは周囲の思い過ごしに過ぎない

あなたは分かってくれるはず
私はぜんぜん重くない

翌日の昼過ぎ――楓の足は、自然と祖父の家へと向かっていた。

御鎮守様の正面を通り過ぎたとき、一陣のつむじ風が木々を揺らす音が響いた。

楓は思わず、黒いコートの両襟を合わせる。

ずっと心が薄ら寒いのは、もちろん寒の戻りのせいばかりではない。

駅からの道すがらも尾《つ》けられているような気配を感じ、何度も振り返ってしまう。

結局、〝電話ボックスの人物〟の一件は、岩田と四季に話すことができなかった。

電話の相手をしてしまったことで叱られると思ったこともあるが――なによりも、せっかくの和やかな雰囲気を壊したくなかったからだ。

執拗《しつよう》な無言電話に加え、何者かに尾けられているという感覚の頻度は日ごとに増していくばかりだった。

これまでにも楓なりに、対処法は考えてきたつもりだ。

今日もそうだが、いつでも全速で逃げられるよう、マラソン練習のときに買ったランニングシューズを履くようにしている。

コートにはまるで合わないが、背に腹は代えられない。

電話に関しても一定の策は講じてみた。

相手が公衆電話か発信者非通知で電話を掛けてきている以上、鳴らないようにするためには、それらを拒否設定にすればいいだけのことだ。

実際、数日間だけではあるが、それでひと息つけたこともある。

だが現実問題として三十人以上もの児童を抱える担任教師としては、ずっとそうしておくわけにもいかない。

担任教師への連絡は必ず学校を介すること、というルールは建前に過ぎない。保護者たちからの急な相談はいうに及ばず――掛けてくるほうは自分が発信者非通知設定にしていることにまるで気付いていないものだ――もしも児童が事故に遭ったり、あるいはいじめ問題に巻き込まれたりした場合、やはり楓としても、電話がまるで繋がらないという事態は避けておきたかった。

岩田に引っ立てられるように、近所の交番へ出向いたこともある。

だが結局は楓の想像どおり、具体的な被害がない上、相手にまるで心当たりがなく特定もできないという現状ではどうにも対応しかねる、というのが結論だった。

無用の心配を掛けるのは嫌だったが、祖父にも何度か話してはみた。

家からほとんど出ない祖父にできることはなにもないのは承知の上だ。

だがやはり、取り越し苦労だよ、と優しくいわれると、妙に落ち着くのだった。

「おじいちゃん、あがるね」

玄関の上がり框《かまち》に足を引っかけそうになりながらシューズを脱ぎ、突きあたりの書斎へ急ぐと、居間に続く左側のドアの向こうからしゃかしゃかという音がした。

楓の胸に、ざらついた不吉な想像が広がる。

(きっと調子が悪いんだわ)

居間に入ると、ベテランの女性ヘルパー〝おかっぱさん〟が湯飲みのお茶にとろみを加え、スプーンで懸命に混ぜているところだった。

「すいません……もうお時間、だいぶオーバーしているはずなのに」

平気です、と笑みを見せながらも、おかっぱさんの額には玉のような汗が噴き出していた。

「後ろのシフトが入ってませんから。それよりも今日は随分とお加減が宜しくなくて」

やはりそうなのか。

最近はずっと体調が良かったのに、と落胆する。

DLBの患者は、日によって——というよりも午前中と午後によって——あるいはほんの一時間ごとに、別人のごとく体調が極端に入れ替わることがある。

パーキンソン症状が強く出た場合には全身の筋肉が強張《こわば》ってしまい、飲み込みさえもがまともにできなくなってしまう。

そしてときには食べ物や飲み物が食道ではなく気管に入ってしまい、死にも直結しかねない誤嚥性《ごえんせい》肺炎を引き起こす。

リハビリの一環として言語聴覚士による発声練習や喉の筋肉のマッサージが行われるのは、こうした事態を未然に防ぐという意味合いもあるのだ。

そして、いつもならばどんな飲食物でも口にできる祖父が、とろみをつけたお茶でなければ飲めないということはすなわち、病状の悪化を意味しているのだった。

ありがとうございます、またお願いしますねとおかっぱさんに頭を下げてから、湯飲みを持って、書斎の扉をできるだけ優しくノックする。

「おじいちゃん……入ってもいい？」

うぅ、という、肯定とも否定ともつかない小さな声が漏れ聞こえてきた。

構わずできるだけ笑顔を作りながら、扉を開く。

祖父は、いつものようにリクライニング・チェアーに座っていた。

だが、その上半身は大きく右手側のほうに傾いている。

（ピサ兆候だわ）

楓の心は暗く沈んだ。

「ピサ兆候」とは、その名のとおり、ピサの斜塔のように身体が傾く状態を指す。

空間認識能力が極端に下がっているためであり、祖父本人は、これが真っすぐの状態だと思い込んでいるのだ。

「あったかいお茶が入ったよ。とろみ付きだけど」

祖父は無表情のまま、いらない、というふうに、首をわずかに横に振った。

表情の変化が時に極端に乏しくなる「仮面様顔貌《がんぼう》」も、ＤＬＢの特徴のひとつだ。

楓のことを楓だと認識しているのかどうかもさだかではない。

だが、心配を掛けるのを承知の上で、楓はあえて昨日の出来事をすべて話した。

いろいろと思索を巡らせることが、祖父の場合はプラスに働くように思えたからだ。

『女か虎か？』が実は答えの決まっている叙述ミステリだ、という新説について話したときには祖父が微《かす》かに微笑んだようにも感じられたが、あるいは気のせいかもしれなかった。

(虎といえば)

かつて祖父が激しい幻視に襲われていたとき、書斎に青い虎が入って来たという話を真顔で語っていたことが思い出された。

やはり祖父は、紛れもなく認知症の患者なのだ——

厳然たる事実に目の前が暗くなる。

そして、そうした現実を振り払うかのように、自然と口調も早くなっていく。

無言電話だけではなく、準備はすべて整った、という不気味な言葉を投げかけてきた電話ボックスの人物の件を打ち明けたときには、祖父の目に怒りの色が浮かんだようにも見えたが、これもまた、単なる思い過ごしなのかもしれなかった。

祖父は、話の途中で頷いているようにも、うつらうつらと舟を漕いでいるようにも見えた。

（もしも）

（もしもおじいちゃんがこのままだったらどうしよう）

通常、ＤＬＢ患者の病状が急激に増悪《ぞうあく》することはない。

月ごとに、週ごとに、そして日ごとに一進一退を繰り返すものなのだが、どうしても後ろ向きな思いに囚われてしまう。

体調が悪いときのＤＬＢ患者と向き合う周囲の人間は、手のひらから砂がこぼれ落ちて行くような焦燥感に駆られるものだ。

このまま不可逆的に急激に病状が悪化し、二度と意思の疎通が図れなくなる可能性もなくはないからである。

インターホンの音と共に言語聴覚リハビリ担当、〝親バカさん〟の声が聞こえてきた。

気付くと窓から差し込む黄昏《たそがれ》の陽の光が、祖父の固まったままの顔に差している。

（いけない。これは負担を掛けちゃったかも――）

慌てて箪笥の上の置き時計を見ると、一時間ほどもひとりで話し続けていたようだ。

「おじいちゃん。少し冬物を整理したら帰るね」

瞬間、祖父が、ありがとう、というように手元を動かしたかのように見えた。

だがそれもまた、パーキンソン症状による手の震えに過ぎないのかもしれなかった。

何着かの冬物の上着やセーターを丁寧に畳んでまとめ、箪笥の引き出しを開ける。

中がぎっしりと詰まっていたような気もしていたが、幸いにもちょうどぴったりと冬物をしまい込めるだけのスペースが空いていた。

そうだ。

こんな小さなことでも喜ぶことにしよう。

悪いことばかりじゃないはず。

今起きていることが、すべて正解なんだ。

春物を出すにはまだいくぶん早かったが、祖父お気に入りのカーディガンを一枚だけ取り出した。

この辺りの桜は最高に綺麗だ。

もうすぐ昔のように、御鎮守様の境内の桜をふたりで眺めることができるはずだ。

楓は、書斎の片隅の鏡台からヘアブラシを出してさっと髪を整えながら、鏡の中の自分に向かい、なんとか笑顔を作ってみせた。

ノックの音とともに、親バカさんの遠慮がちな声がした。

「えーと。失礼してもよろしいでしょうかね」

「あ、もちろんです」

丸みを帯びた優しい声が胸に沁みる。

「玄関で見ましたけど、いいランニングシューズをお履きなんですね」

「いえっそんな」

「きっとうちの娘が履いても似合うだろうなぁ。ね、碑文谷さん。どう思いますか」

祖父を笑わせるための軽口だ。

もちろん、きょうの祖父からはなにも返事がない。

だが、患者が調子が悪いときにはそれなりの対応の仕方があるのだろう。

親バカさんはきれいに剃り上げた頭を自らぺちぺちと叩きながら、さてさて今日はまずいかがいたしましょうかね、と、まったくいつもと変わらぬ笑顔でいった。

さすがプロだと思わずにはいられない。

気を奮い立たせ、楓も今いちど、笑顔を作る。

そして親バカさんに会釈してから——後ろ髪を引かれる思いで祖父の家を後にした。

出てきた楓に気付き、男は目立たないようわざとゆっくり塀の陰に姿を隠した。

彼は自分に聞こえるか聞こえないかほどの小さな声でつぶやいた。

「楓先生」

そして、いつもどおり細心の注意を払いつつ、慣れた様子で後ろを尾けていった。

3

楓が弘明寺の自宅マンションに帰ってきたときには、とっぷりと日が暮れていた。

エントランスの鍵を開け、重い足取りでエレベーターの壁に身体を預ける。

祖父の体調と自分の体調がシンクロしているような気がしてならない。

今夜は思いきりゆっくりとお風呂に浸かろう、そう思いながらエレベーターを降りると、自分の部屋のノブに、円錐《えんすい》形のなにかがぶら下がっているのに気が付いた。

喉まで飛び出しかけた悲鳴を、あやうく手で押さえる。

え、ちょっと待って。

あれは——

あれは、いったいなに?

背後のエレベーターの灯りを頼りに、おそるおそる近付いてよく見ると——

黒いバラで彩られたブーケが、レバー式のノブにリボンで逆さまに吊るされている。

ブーケは、花の色とコントラストを成す真っ白なレース生地の布で包まれていた。

その持ち手部分が上で、広がった花束の部分が下になっている。

そのさまは、持ち手を頭部とするならば、ウェディング・ドレス姿の花嫁を模したように見えたし、嫌な想像を働かせれば、縄で吊るされた縊死体《いしたい》のようにも見えた。

黒バラの〝人形〟。

かたや楓は、今日も黒のコート姿だ。

果たして偶然だろうか。

そして、電話ボックスの人物の「準備はすべて整った」という、あの言葉の意味するところはなんだったのだろうか。

そっと周りを見回してみたが、共用の廊下に人の気配はない。

警備員が常在している高級マンションならともかく、こうしたごく普通のマンションのオートロックとは名ばかりであり、その気になれば誰でも建物内に侵入することは可能だ。

だから楓は、オーナーの了解を得た上で、部屋には二重ロックを施していた。

（ということは）

ブーケの主は、ここまで来て帰っていったか、あるいはまだ――

（そうだ）

あるいはまだ――すぐ近くにいるということになる。

もう一度後ろを振り返るのには、思いきった覚悟が必要だった。

コートのポケットに手を入れ、中のスマートフォンを武器代わりにしっかりと握る。

勇気を出して息を吸い込み、いきなり背後を見た。

――誰もいない。

いつの間にか、全身に汗が噴き出している。

そのときふと、黒バラに関して思い出したことがあった。

急ぎスマートフォンを取り出し、その花言葉を確かめてみる。

すると――

画面にはやはり記憶していたとおり、相反するふたつの言葉が並んでいた。

『あなたはあくまでわたしのもの』

そして――

『憎しみ』

廊下に吹き込んできた風にブーケがゆらりと揺れた。

エレベーターの灯りとスマートフォンの灯りが、その〝頭部〟を多角的に照らし出した。

4

あなたの笑顔を見てみたい
あなたの泣き顔も見てみたい
あなたが怒る顔も見てみたい
吐息を感じるほどの近さで

自宅で寝る気分にはとてもなれなかった。

幸いにも連休中だ。

美咲に連絡をとって泊めてほしい旨を告げると、「ちょうど高いワインを開けたとこだよ。おぬし勘が良いのう……理由はいらん、すぐに来ーい」と命令された。

楓が気兼ねをしないように、酔ったふりをしていることはすぐに分かった。

心配をかけるのが忍びなく、美咲にはあえてストーカーの話はしなかったが、なにかで悩んでいることには気付いていながらそのことにはいっさい触れずに、ただ「ほい飲めー」「カマンベールが売るほどあるぞよ」とおどける彼女の心遣いが心に染みた。

楓にとっては、大人になって初めての親友という存在になるのかもしれなかった。

朝になると、楓はすぐに祖父の家へと向かった。

ブーケの件を話しておきたかったのはもちろんだが、なによりも祖父の体調が多少なりとも戻っているかどうかが気になったからだ。

かつては石畳だったコンクリートの小径を進み、玄関の扉に手を掛ける。

「おじいちゃ――」

そのとき。

楓の口元を、柔らかい布の感触が襲った。

ほぼ同時に、背後からいきなり万力のような力でがちりと抱きすくめられる。

〝雄〟ならではの威圧的なまでの熱量が、瞬時に楓の背中に伝播《でんぱ》していく。

どこかで嗅いだことのある匂いがした。

「お待たせ、楓先生」

楓の耳たぶに誰かのじめっとした唇が触り、生暖かい声が内耳にまで届いてきた。

胸が押しつぶされるような圧倒的な力に嗚咽《おえつ》が漏れる。

「はい、声出さない、動かない」

旗揚げゲームの『赤あげない』『青あげない』にも似た、どことなくふざけたような節回し。
「分かったらゆっくりと頷いてください。いうこと聞かないと——殺すよ」
前と違い、今度は「コロスヨ」という言葉の意味が即座に分かった。
恐怖に固まったまま、楓はなんとかわずかに頷いた。
胸にまわされたかんぬきのような硬さを伴った片腕が、一瞬、身体から離れる。
すぐに、楓の首筋にちくりと軽い痛みが走った。
「クロロホルムなんか使うのは映画の見過ぎでね。結局はこっちが確実なんです」
やがて口元から、布らしきものが外された。
(今だ)
楓は全力で助けて、と叫ぼうとしたが、言葉が出てこない。
(あれっ——)
「たすけて」の「た」をいうための舌の動きって、どういうものだっただろう。
やがて、舌が痺《しび》れていて、微動だにしないことに気が付いた。
いや、舌だけではなく、上顎も下顎も痺れている。
違う——
痺れているのは全身だ。
からん、という音が庭に響いた。

徐々に狭くなる視界の中で最後に楓が見たものは、コンクリート上に転がる注射器だった。

5

夢なのか、現実なのか。

「あーえーいーうー、えーおーあーおー」

遠くで祖父の声がした。

発声練習に励んでいる声だ。

「あーえーいーうー、えーおーあーおー」

(良かった、いい声出してる。おじいちゃん、今日は元気だ)

楓は安堵《あんど》の溜息《ためいき》をついた——が、つこうとしても、息が満足に吐けない。

なんだろう、この異様な息苦しさは。

「かーけーきーくー、けーこーかーこー」

眠っていたのだろうか。

瞼が重い。

いや、重すぎる。

目を見開こうとしても、なにかで塞がれていて、瞼が動かない。

「かーけーきーくー、けーこーかーこー」

手が動かない。

足も動かない。

「さーせーしーすー、せーそーさーそー」

右の頬が、冷たくて少し柔らかい床の表面に触れている。

二種類の香りが、一度に鼻をついた。

ひとつめの匂いは、祖父の家のウッドカーペットに使っている抗菌剤、疑似石鹸の香りだ。

そのとき、断崖から転落する夢からはっと目覚めたときのように、楓は自分が置かれている状況を瞬時に理解した。

目隠しをされ、猿ぐつわをかまされ、さらに口にはガムテープを貼られている。

両手首は後ろ手に縛られ、両膝に加え、両の足首も縛られている。

そして――祖父の家の居間に、ごろりと転がされているのだった。

（もうひとつの匂いは――）

どこかでいつか嗅いだことのある、なにかの、かすかなあの香り。

けっしていやではない、あの香り――

でもその正体が、抗菌剤の強い匂いに隠れてしまって感じとれない。
「昨日とは見違えるほど滑舌がいいですね。どなたかとお喋りでもされましたか」
隣の書斎から、〝親バカさん〟の驚いたような声が聞こえてきた。
「いや、そういうわけでもないのだがね。今日はラ行までいけそうだよ」
ご無理は禁物です、と親バカさんが祖父を優しくたしなめる。
「発音はこれくらいにしましょう。お喉のほう、マッサージさせていただきますね」
ゴム手袋をはめる、ぱちんぱちんという音が響いてきた。
（わたしを襲った男は、どこに行ったのだろう）
あるいは、男の計算よりも早く覚醒できたのかもしれない。
だが、彼がいつ戻ってくるかは分からない。
そして——ことによると、戻って来るやいなや、すぐさま殺されるかもしれない。
（なんとか）
（なんとかあのふたりに、わたしの存在を知らせることができれば——）
冷静になれと自分に言い聞かせながら、現在の状況をチェックする。
目隠しのせいで視界は完全に閉ざされている。
どうやらコートは脱がされているようだ。
黒のニットセーターと細身のパンツが床に当たっている右半身部分に、いくつか、ごりっ、ごりっとした固い感触がある。

その理由に思い当たったとき、楓は絶望した。

手足を拘束されているだけではない。

紐《ひも》で全身を簀《す》巻《ま》きにされているのだ――

となると、寝がえりを打つのさえ至難の業だろう。

あと使える手段は――〝声〟しかない。

猿ぐつわや口を覆うガムテープは、時間さえかければ必ず取り外すことができるものだ、という話をなにかのミステリで読んだ記憶がある。

(急いで、焦らず――)

楓は、多少は動くようになった舌を使い、口に堅く食い込んだ猿ぐつわを湿らせ始めた。


お喉の具合はいかがですか、との声が聞こえてくる。

「あぁ、気持ちが良かった……生き返ったような気分だよ。そろそろ時間かな」

「いえ、まだ十分ほど残っていますね」

楓としては、できるだけこの家に残っていてほしいと切に願うばかりだ。

ふたりが会話を交わしている書斎には、ドアがふたつあった。

ひとつはこの居間に繋がっているが、もうひとつは玄関へと続く廊下へと繋がっている。

もし親バカさんに後者のルートを使われると、楓に気付かぬまま帰られてしまう。

「お茶でもお淹れしましょうか。今日はとろみなしでも大丈夫だと聞いてますが」

「いや、お茶はいい。それよりも少しだけ年寄りの話に付き合ってくれないかね」

「もちろんですよ。いつもいってるように、お喋りは最高のリハビリですから」

ややあって――書斎から、祖父の思いもかけない言葉が漏れてきた。

「実は、孫娘がストーカー被害に遭っていてね」

「えっ」

親バカさんの声には、虚をつかれたような驚きの色が滲んでいた。

「孫娘さんというと……楓先生ですか」

「そうなのだ。無言電話だけならいざしらず、最近では尾行までされているというのだよ」

「あの、私なんぞがいうようなことじゃないかもしれないんですけれども……そういう行為って段々とエスカレートしていくもののようですよ。早いうち警察に知らせたほうが宜しいいんじゃないですかね」

「いや、すでに相談したらしいんだがね。相手にまるで心当たりがない上に具体的な被害もない以上、警察としては動きようがない、といわれてしまったらしい」

「うーん。分からなくはないですが……お役所仕事って感じで腹が立ちますね」

「そこで思ったのだよ。裏を返せば、論理的にストーカーの正体を暴き、なおかつ具体的な被害状況を明らかにできれば、警察も動いてくれるのではないかとね」

「なるほど……。しかしそんなこと、可能なんでしょうか」

「さて、うまくいくかどうか。まぁ、思考上のゲームとして聞いてもらえんかね」

「興味深いです」

「まず仮に、このストーカーをXと呼ぶこととしよう。性別は、ほぼ間違いなく男だろう。なにしろ楓の友人である岩田先生がXを追いかけたとき、逃げ足が速くて捕まえられなかったというからね。君はどう思うかね」

「そりゃまぁ男でしょうよ。あれほど綺麗な女性のストーカーなんですから」

「さらに楓は、Xの正体について、まるで心当たりがないといっている。友人や職場の人間の中にXらしき人物はいそうもないというわけだ。まぁもちろん可能性はゼロではないが、ゲームの進行上、一応それ以外の人物がXだと仮定してみよう。ここまではいいかね」

「いいと思いますよ。もし友人や仕事仲間がストーカーだったら、普通は気付きますからね」

「ところがそうなると、にわかに別の疑問が浮上してくるのだよ」

「別の疑問、ですか。うーん」

「分からないかね」

「ごめんなさい。私なんかには見当もつきませんね」

「『なぜXは楓のスマートフォンの連絡先を知っているのか?』という疑問だよ」

「ははぁ……いわれてみればたしかに」

「このご時世、若い女性の連絡先は究極の個人情報だ。ところがXは、いとも簡単に楓の連絡先を知ることができたのだよ。では――どうやって?」

「やだなぁ、碑文谷さん。焦らさないで教えてくださいよ」

「この世には、楓の連絡先が黒々と大きく書かれてある場所がひとつだけある。Xは、それを誰はばかることなく堂々と見て覚えたのだよ。すなわちその〝場所〟とは――そら。そこの壁に貼ってある、緊急連絡先の紙だ。ぼくのように自宅で要介護状態にある人間の周りには、必ず緊急連絡先を記したメモなりボードなりが貼られてあるものだよ。つまりXは、この家に出入りしている人物の中のひとりなのだ」

書斎の中の会話を聞いていると、呼吸の苦しさが増すばかりだった。

まさか、この家に出入りしている人がストーカーだったなんて——

懸命に口を動かすうち、少しずつだが、猿ぐつわが緩み始めていた。

祖父がまた、話し始めている。

楓は懸命に耳をそば立てた。


「驚いたようだね」

「そりゃそうですよ。私、心臓が悪いんです。あまりびっくりさせないでください」

「では、落ち着いてから考えてみてくれたまえ。以上の材料から——親バカさんは、どんな物語を紡ぐかね」

「はて……〝物語〟ってなんですか」

「端的にいえば、Xの正体だよ」

「うーん。こんなことといってもいいのかな」

「遠慮はいらないよ」

「最初に断っておきますが、これはあくまでバカな私の考えですよ。Xは男なんですよね。ところが〝おかっぱさん〟をはじめとするヘルパーさんたちや、たまに顔を出すケアマネージャーさんは、みな女性です。つまりここに出入りしている人物の中で男性となると、対象はかなり絞られてきますね」

「いいね。バカだなんて自虐の極みだよ。実に論理的だ」

「はっきりいえば男性は、言語聴覚士の私と理学療法士——つまり〝親バカさん〟と〝ソフトクリーム屋さん〟のふたりだけです」

「そのとおりだ」

「でもそこから先を絞り込むとなると、私なんかにはお手上げですね」

「そんなことはないだろう。だがまぁ気を遣うのも分からないではないから、ぼくが引き継ぐこととしよう。まず、Xはやたらと足が速い人物だ。ところが君は、こういっちゃ失礼だが心臓を患っている還暦過ぎの男で、健脚のふた文字とは無縁だね。かたやソフトクリーム屋さんは見るからにガッチリしているし、実家の仕事も手伝っているという。ミルクタンクというのは大変な重さなのだそうだよ」

「するとやはり——」

「それに理学療法士はそもそも恐ろしく体力を使う仕事だ。体重が重い患者さんから全身を預けられることも珍しくない。となるとXの正体は——もう自明の理だよ」

「人は見かけによらないとはこのことですね。いや、他人を貶《おとし》めるような物言いはしたくないんですが」

「分かってるよ。意見を訊いたのはぼくのほうだから、なにも気に病むことはない」

楓の全身の汗が、いちどに冷えた。

そして電撃をくらったかのように、もうひとつの匂いの正体が降ってきた。

(バニラの匂いだ……!)

かすかではあるが、いつか彼に会ったとき確実に鼻をくすぐった、あの匂いだ。

こんな危急のときだというのに、なぜか楓の脳裏に、エラリー・クイーンの代表作に出てくる〝バニラの匂いがする人物〟が瞬間よぎった。

なんということだろう。

あの真面目そうなソフトクリーム屋さんが、わたしのストーカーだったなんて。

だが、尋常ではない足の速さや抱きすくめられたときの力強さを思えば、十二分に領ける。

もしも今この瞬間、彼がここに現れたとしたら――

楓は、その絵図に恐怖した。


「――実はソフトクリーム屋さんが怪しいと思ったのには他にも理由があってね」

「ほう。よろしければ聞かせてください」

「一見、実直そうに見えるが――彼はぼくに、明々白々たる〝嘘〟をついたのだよ」

「嘘、ですか」

「うちの庭に綺麗な音色を奏でる鈴虫が棲んでいることは知っているね。で、彼に請われて、スマートフォンで鈴虫の音色を録音してもらったことがあったのだ」

「そういや私もＩＣレコーダーで録らせていただいたことがありましたね」

「ところが、だ。この間うちに来た子供たちがプレゼントしてくれた昆虫図鑑に書いてあったのだがね――鈴虫の音は高周波過ぎて、スマートフォンでは録音できないのだよ。指向性の高いリニアＰＣＭレコーダーか、あるいは君が持っているような高性能のＩＣレコーダーを使った上で、しかも鈴虫に極端に近付かないことには、綺麗な音は録れないのだそうだ」

「へぇ……それは知りませんでした」

「なのに彼は、鈴虫の声を待ち受けの音に使っているといった――明らかに真っ赤な嘘だ。そして嘘をつくからには、なにかしらの理由があるはずだ。なんだと思うかね」

「うーん。たとえばですが碑文谷さんを油断させるため、というのはどうでしょう」

「考えられる線だね」

「だったら最初にいいましたけど、これ以上ストーカー行為がエスカレートしないうちに彼を警察へ出頭させるべきじゃないでしょうか」

「いや、それには及ばないよ、親バカさん」

「どういうことでしょう」

「ぼくがはじめに下した結論は、たしかに君と同じだった。だがね……視点を変えて考察を重ねていくうち、最終的にはまったく違う結論に達したのだよ」

「違う結論ですって」

「うむ。まずは、なぜ彼が〝鈴虫の声を録音した〟という嘘をついたか、というところから掘り起こしてみよう。そもそも彼がぼくの油断を誘ったり、ぼくの歓心を買おうとしたところで、さほどメリットはないとは思わないかね。よくよく考えてみれば、むしろ嘘がばれたときのデメリットのほうが大きいと思うのだがね」

「なるほど。たしかに嘘をついた奴のことって、まるで信用できなくなりますもんね」

「ならばこういう理屈はどうかね。彼は庭の草むらのどこかで音を奏でている鈴虫の姿を、どうしても見つけることができなかったのだ。ぼくには明らかに見えているのに、なぜかその鈴虫に近付くことができなかったのだ――それでも彼は、ぼくを安心させるために、さも、その鈴虫の音が録れたかのような〝ふり〟をしていたのだよ」

「するとその鈴虫は、まさか――」

「そのまさかだよ。鈴虫は、ぼくの幻視だったのだ。たしかに彼は嘘をついた。だがその嘘とは、彼の生来の優しさに根差すものだったのだ」

「ははぁ……そういうことですか。では、あなたが達した違う結論とはなんですか」

「説明しよう。だがその前に、ひとつだけ頼まれごとを聞いてはもらえないかね」

「このタイミングでですか。なんでしょう」

「悪いがね――煙草を一本くれないか」

「へぇ、煙草を。お吸いになるんでしたっけ」

「ほんのたまにだがね。そら、その鏡台の引き出しの中だ。ゴロワーズと書かれてる青い箱だよ。ライターもあるだろう。そう、申し訳ないが、火を点けて渡してくれるとありがたい。ふーっ。いや、申し訳ないね」

「お安い御用ですよ。で、お話の続きですけど」

「お話の続き？　なんだっけな」

「意地が悪いな。ストーカーの正体について、違う結論に達したっていう話ですよ」

「そうだったね。まず、楓本人は気付いていないようだが……彼女がXの犯罪的行為によってこうむった〝具体的な被害〟に目を向けてみようか。だいたい大抵のストーカーというものは、対象人物の持ち物を欲しがるものだ。ふーっ。Xの場合も例外ではない。彼は白昼堂々と、楓に関する〝ある物〟を盗んでいったのだよ」

「なるほど、いかにもストーカーっぽい行為ではありますね。でもそれがどのように違う結論と繋がるんですか」

「まぁそう焦らず聞きたまえ。きのう楓がここに来たときに、冬物の整理をしていったのだがね。そこの箪笥の中に何着かの冬物を仕舞い込んで、代わりにこの赤いカーディガンを出してくれたんだよ。どうだね、似合うかね。いくら春物とはいえ、ぼくは少し派手過ぎるんじゃないかと思うのだけれど」

「羨ましいほどお似合いですよ」

「なら良かった……いや良くはないね、これはしまった」

「どうしたっていうんですか」

「いや、せっかくのカーディガンにいきなり煙草の匂いがついてしまうと思ってね」

「あのう、勘違いなら謝りますけど。なんだか私を焦らして楽しんでませんか」

「そりゃ思い過ごしだよ、ふーっ。ええと……どこまで話したかな？　そうそう、冬物の話だね。楓は冬物を仕舞うとき、引き出しの中にちょうどいいスペースを見つけて喜んでいる様子だった。だがね、箪笥の中にそうそう都合よくぽっかりと冬物が入るほどのスペースなんて空いているものじゃないよ。つまりそこには、つい先日まで別のなにかが入っていたのだ」

「別のなにか……。碑文谷さんのことだから、昔の本かな」

「残念ながら違う。その別のなにかとは、楓が写っている複数の写真立てだったのだ。我々DLBの患者は、人物写真や風景画を見ると、そこに幻視を重ねてしまうことがある。だから楓はぼくの身を案じて写真立てを箪笥にまとめて仕舞い込んでいたのだが、そのことを彼女自身がすっかり忘れていたのだね。あぁ、親バカさん。まだ時間は大丈夫なのかな」

「なんだか面白くなってきましたよ。せっかくだから全部聞かせてもらいたいですね」

「それは嬉しいね。さて、ストーカーというものは、写真のような無機物だけではなく、往々にして対象人物に関する有機物関連のものも欲しがるものだ。たとえば、切った爪。あるいは、唾液の付着したペットボトル。そしてあるいは——そう、髪の毛だよ。え、どうだね？」

「なぜ私に訊くんですか」

「ふーっ。いや、失礼した。ここまでの話の流れはどうだね、理解してもらえているかな、という意味だったのだがね」

「理解できていますよ。いつもどおり話がお上手で感心しきりです」

「ありがとう。さて、そこに楓専用の鏡台があるね。楓はいつも帰りにそこでささっと髪の毛を整えてから帰っていくのだが……どうにも不思議なことに気が付いてね。楓が来てから何日か経ったあと、虫眼鏡を使ってヘアブラシをためつすがめつ、じっくりと眺めてみたのだけれども、なぜか抜け毛が一本も残っていないのだよ。一度ならば、抜け毛が残らない場合もあるだろう。だが、何度試してみても同じだったのだ。ヘルパーさんたちは、ぼくの身の回りのものは綺麗に掃除してくださるが、楓の鏡台にまではさすがに手が回るはずがない。となるとすなわち楓の髪の毛は、Xがヘアブラシから盗んでいったのだ——とまぁ、こう結論付けざるを得なくなるわけだよ」

「ははぁ。ではソフトクリーム屋さんが、楓先生の髪の毛を盗んでいったというわけですね」

「いや、そう決めつけるのは早計だ」

「どういうことでしょう」

「まずXは、ジョギングを趣味としている二十代の男性教師の追走を振り切るほどの脚力の持ち主であり、すなわち陸上経験に長《た》けている人物であると容易に推察できる」

「ですから、ソフトクリーム屋さんがXとしか考えられないじゃないですか」

「それがそうともいえないのだよ。足が速そうな男といえば——たとえばぼくはだいぶ前から親バカさん、君のことを陸上経験者だと踏んでいるのだがね」

「えっ」

「秋口だったか、ここで君がぼくのことを褒めてくれたことを覚えているかな。君はぼくが広範な分野における知識や知見を持っていることを持ち上げて、『十種競技《じっしゅきょうぎ》』のチャンピオンに例えてくれただろう。どうだい、え？　忘れたとはいわさないよ」

「覚えてますよ。でもねぇ、あれはあくまで例として十種競技を持ち出しただけですから。そんなに無理のある例えとも思いませんし、十種競技というワードを使ったからといって陸上競技の経験者に決めつけられちゃかないませんよ」

「いや、問題はそこではない。発音なのだよ」

「は、はつおん？」

「そうだ」

「大丈夫ですか。なんだか仰ってることが支離滅裂になってきましたよ」

「では、プロの前で発声練習といこう。聞いてくれるかな」

「勝手にしてください」

「じっしゅ、きょうぎー。じっしゅ、きょうぎー。じっしゅ、きょうぎー。じっしゅ、きょうぎー」

「いつまで続けるんですか。あのぉ……なにを伝えようとされているのかさっぱり分かりませんね。でも、今日の発声が調子いいのは確かです」

「ほかの誰でもいい。十種競技という四文字熟語を読ませてみたまえ。モーゼの十戒《じっかい》を『じゅっかい』と誤読する人が多いのと同様に、おそらくほとんどの人たちが『じゅっしゅ・きょうぎ』と読んでしまうのではないだろうか。十種競技の正確な読み方が『じっしゅ・きょうぎ』だなんて、多少なりとも陸上をかじっていた者じゃないと知らないと思うのだよ」

「ふうん。じゃあ、あなたはどうなんですか」

「私に限っては知識だね」

「そこがおかしいじゃないですか。じゃあええと、私の場合もそうです、知識です。一般常識として十種競技は『じっしゅ・きょうぎ』と読むということを知っていただけで、陸上経験なんか皆無ですよ」

「うむ、もちろんそういう可能性もなくはないね。ならば聞こう。今日もそうなのだが——なぜ君の口からは、バニラの甘い匂いが漏れているのかね」

「えっ」

「プロテインを飲んでいるからだよ。バニラ味は随分と人気があるそうだね」

「そんな情報知りませんよ。違います、私はアイスが大好きなんです。中でもバニラ味に目がないんですよ。糖尿なのに日にひとつやふたつは必ず食べちゃう始末で」

「ほほう、初耳だな。そこまでバニラアイスが好きなのならば、ソフトクリーム屋さんの話題になったとき、当然飛び出すべき話なんじゃないのかね」

「うーん、理屈ではそうかもしれません。でもうっかり伝え忘れてただけなんです」

「では、もうひとついこうか」

「まだあるんですか」

「昨日、楓がこの部屋にいたときにやってきた君はいきなりこういった。『玄関で見ましたけど、いいランニングシューズをお履きなんですね』とね」

「そう思ったからそういったまでなんですけど」

「ではなぜ〝ランニングシューズ〟と呼んだのかね。普通はあのかたちの靴を見れば、〝スニーカー〟あるいは単に〝シューズ〟と呼ぶものなのだがね」

「そ、それは――」

「言い淀むならば説明しよう。陸上経験者じゃない普通の人たちは、スニーカーとランニングシューズの違いなど、ぱっと見ただけでは区別がつかないものなのだよ。事実、走り慣れている岩田先生でさえ、楓のシューズを初めて見たときには、いつものスニーカーと見間違えたほどだからね。ところが君は、玄関口の楓の靴を一瞥《いちべつ》しただけで、それを〝ランニングシューズ〟と呼んだ。今もランニングを欠かしていないとしか思えない」

「――だったらどうしたっていうんですか」

「なに？」

「仮にわたしが陸上経験者だとして、しかも今もそこそこ鍛《きた》えているとしましょう。でも、それで理学療法士さんの容疑が晴れるわけじゃない。私と彼の年齢、さらに体格や見かけを虚心坦懐に比べてみてくださいよ。結局いちばん怪しいのは、やはり若くて元気のいい理学療法士さんってことになるんじゃないですか」

「違う。彼はXではない」

「やだな。どうしてそういいきれるのかな」

「何回かに分けてヘアブラシの指紋を採ってみたのだ。余り知られていないことだが、鏡台の中にあるものを使っただけで、意外と簡単に指紋というものは採れるものなのだよ。耳かきの梵天《ぼんてん》にファンデーションを付けて、ヘアブラシの持ち手部分に優しくちょんちょん、と当てる。そこにセロファンテープを慎重に貼れば——指紋が浮き出てくるという寸法だよ」

「よく分からないなぁ。ヘアブラシの指紋がどうだっていうんですか。私の指紋が出てきたとでもいうんですか」

「逆だよ」

「——逆？」

「日をおいて何度試してみてもヘアブラシからは楓ひとりの指紋しか出てこなかったのだ。理学療法士さんは素手だから、ブラシを触れば指紋が残るはずだね。つまりXは——この部屋にいるときに手袋を付けている、ただひとりの人物ということになる」

「こういうやつですか」

「そう、そういうやつだ。楓のストーカー、Xは君だよ」

ぱちん、ぱちん。

ぱちん、ぱちん。

沈黙の中、薄いゴム手袋を何度もつまんでは鳴らす単調な音が、楓の耳朶に響いた。

信じられない。

自分を付け回していたストーカー「X」は——

あの人の好《よ》さそうな親バカさんだったのだ。

髪の毛を盗まれていたという直接的な恐怖と、親子ほども年の離れた初老の知人がストーカーだったという意外性の恐怖が、見えざる二本の縄のように楓の心臓を締め付けた。

いや、それよりも——

考えたくはないが、もっと現実的な恐怖が、胸中に忍び寄っていた。

なぜ祖父は、ストーカーの正体を目の前で暴いておきながら、あぁも泰然としていられるのだろう。

もしも肉体的な反撃を受けたら——

(ひとたまりもないわ。おじいちゃんも、わたしも)

こうなったら、外に助けを呼びに行くしかなさそうだ。

体じゅうに巻かれた紐を一本でも切ることができれば、まずは寝返りが打てる。

そして廊下を転がり、玄関まで行ければ——

(いや、ちがう)

ここには祖父のベッドがあり、枕元には医療機関に繋がる緊急用のボタンがある。

そのボタンさえ押せれば――

いや、とてもその高さに手が届くとは思えない。

（そうだ――トイレだ）

トイレにさえ行ければ、たとえ床からでも緊急用ボタンを押すことができるはずだ。

そしてトイレは、この居間から廊下に出てすぐのところにある。

目隠しをされてはいるが、目指す方向は分かっていた。

楓は書斎の様子に注意を払いつつ、紐を切るため、右半身を床に擦《こす》りつけ始めた。


「ふーん……。いかにもミステリ・マニアならではの穿《うが》った結論ですね。どうなんでしょう。〝意外な犯人〟好きのあなたは、無理矢理にでも私を犯人扱いしたいんじゃありませんか」

「なるほど偶然そんなかたちとなっているね。しかし、君の邪推するようなわけではないよ」

「筋が通っているようには思えます。でもその線は、やはり無理がありますよ」

「そうかね」

「いいですか。あなたは単に『楓さんのヘアブラシから髪の毛を取り除いた人物が言語聴覚士である』ということを証明したに過ぎません。私、こう見えても綺麗好きなんです。ご家族の負担を少しでも減らすため、目についたゴミなんかをパッと捨てちゃうんですよ。感謝されこそすれ、ストーカー呼ばわりされる覚えはありませんね」

「ではなぜ、そこの屑籠に髪の毛がなかったのかね。居間の大きなゴミ箱にも台所の三角コーナーにも髪の毛は一本もなかったのだよ。え、どうだね。髪の毛はどこに消えたのだね」

「ことによるとあなたが捨てたんじゃないですか」

「なるほど、そう来るかね」

「いずれにしろ〝髪の毛がない〟〝指紋がない〟なんてことはなんの証拠にもなりゃしませんよ。たまたま抜け毛がない日が続いたのかもしれない。指紋にしても、それがヘアブラシに付いていなかったから触ったのは言語聴覚士だ、というのはこじつけが過ぎますよ。私の指紋がなかったのは、すなわち――私が触っていなかったからです。普通はみんなこう考えると思いますよ」

「うむ、ゲームらしくなってきたね、親バカさん」

「私も楽しくなってきましたよ、碑文谷さん」

「ふーっ。煙草はもう結構だ。手間をかけるが吸い殻は濡らしてから今度こそ屑籠へ頼むよ」

「言い方が引っ掛かりますけど承知しました」

「さて――さっきはあえて触れなかったのだが」

「そういうパターンで来ましたか」

「君は〝手袋痕《てぶくろこん》〟という言葉をご存じかね。ほう、その顔は知らんと見える。もちろん指紋ほどはっきりとした紋様は検出されないのだが、手袋を使ったか否かくらいのことは、この手袋痕によって容易に立証できるのだ。まぁしかしだな、そんなややこしい手間は掛けずとも良かろう。警察が君の家を捜索すれば、すぐに楓の髪の毛と写真が見つかるだろうからね。そうだ、大切なことを伝えるのを忘れていたよ。さっき君は、〝嘘をつく奴ってまるで信用できない〟などといっていたね。だが、君だって嘘つきだよ。いつだったか、ICレコーダーで録音した鈴虫の声を娘さんに聴かせたら喜んでいたといっていたが――あれは嘘だ」

「なんですって。いや待ってください。私が使ったのは、スマホじゃないんですよ。どんな虫の音だって楽に録れる最新式のICレコーダーなんですから。さっきあなたも仰っていたじゃないですか。嘘をついたのはソフトクリーム屋さんであって、私じゃない」

「違う。君も嘘をついている」

「分からないな」

「これもまた、子供たちがくれた昆虫図鑑に書いてあったのだが――鈴虫とは、けして群れて鳴かないものなのだそうだ。一匹ずつ、離れた草むらの中で孤独に鳴くものだというんだ。だが、ぼくが見つけた鈴虫たちは、一枚の葉っぱの上に三匹が群れていたのだ。そんなことはあり得ない。つまり――その鈴虫たちも、幻視だったのだよ。ソフトクリーム屋さんの嘘は優しさからくる嘘だった。だが、君の嘘は違う。素性をごまかすための汚い嘘だ。ＩＣレコーダーは楓の声を盗聴するためのものだったのだ。断言してもいいが、レコーダーの容量は楓の声でパンパンになっているはずだよ。そうそう――君は、そもそも〝親バカさん〟じゃない。君には〝娘〟などいない。やたらと娘さんの髪の毛の美しさを自慢していたが、あれは楓の髪の毛を褒めていたのだ」

「――あんた、いったい何者だ」

「ただの認知症の老人だよ」

親バカさん――いや、Ｘの口調が、瞬間、がらりと変わった。

(気を付けて、おじいちゃん)

必死で右半身の紐を床に擦りつけるが――どうしても切れない。

同世代の女子のように派手なネイルでも付けていれば、役立ったかもしれない、と思う。

皮肉なことに猿ぐつわは外れつつあり、口を覆うガムテープにも舌の先が届きそうになっていたが、こうなると逆に大声を出すのは悪手だと思える。

（あの力――）

凄《すさ》まじいまでの力で羽交い絞めにされたときの感触が、瞬間、楓の身体に蘇った。


「まだゲームは続いていますか、碑文谷さん」

「そろそろゲームオーバーだとは思うのだがね。なにか訊きたいことがあるかね」

「私のゲーム運びです。のらりくらりと、うまく逃げた感触はあったんですがね」

「あはは、そんなことはない。ついさっきも失策があったよ」

「ついさっき、ですって？」

「思い出してみたまえ。ぼくが『孫娘がストーカー被害に遭っていてね』と切り出したときのことだ。普通ならばまず『Ｗｈｏ？』が先に立つはずじゃないか。『誰にですか？』『どんな関係性の人物ですか？』『友人ですか？』『職場の人間ですか？』――まぁなんでもいいが、まずは犯人の正体に興味の矛先が向くはずだ。ところが君はそこをすっ飛ばして、いきなり警察に知らせたほうがいい、などといい始めた――。これは失策だよ、君。大失策といってもいい。事件の概要さえ知らずしていきなり警察を呼ぶという発想は普通なら出てこない。ということは、君自身が事件の概要を誰よりも知っているということになるわけさ」

「なるほど。たしかにそろそろゲームは終わりかもしれませんね」

「本来なら、このあたりでもう一本煙草が欲しいところなのだがね。まぁ時間も時間だから、我慢しておくとしよう」

「待て——時間とはどういうことだ」

「まぁ落ち着いて聞きたまえ、せっかくの機会じゃないか。さて、ゲームの最後に、ストーカーXの目的を類推してみよう。先日君は、電話ボックスから楓に電話を掛けてこう告げたはずだ。『準備はすべて整ったんで、もう安心してください』とね。さぁ君はいったい、なんの〝準備〟をしてきたのだろう？　ストーカーの歪んだ恋愛感情は、ときに無理心中といった悲惨なかたちをとることもあるが、幸いにも今回のケースは違うように思える。電話で『殺すよ。そんな心にもないことというと』と楓を脅した君の発言を別の側面から見れば、殺すつもりはないと判断できるからだ。となると——やはり〝準備〟とは、結婚の準備だろうね。今、君の家には、楓の髪の毛と写真が飾られてある——そして、部屋の真ん中にウェディングドレスが吊るされてあったとしても、ぼくは驚かないね。君は部屋の中に楓を監禁してずっと一緒に暮らすつもりなのだ。それが君にとっての〝結婚〟なのだ」

「すごいですね、碑文谷さん。こんな狭い部屋で死んでいくのはもったいないですよ」

「ほう、それはどういう意味だね。ごく近い将来のことをさしているのか——それとも、今現在のことをさしているのかね」

「後者だとしたらどうしますか」

「ならばやめといたほうがいい。さっき時間も時間といったろう？　つまり、そろそろ警察がやってくる時間なのだよ」

「なんだと」


慌てて立ち上がったのだろう。

椅子が転がる音が響いてきた。

（さすがおじいちゃんだ。あらかじめ手を打っていたのね）

ふたりとも助かった——そう思うと、わずかに残っていた全身の力が一気に抜けた。

もう無駄に体力を消耗する必要もない。

楓は息を殺して警察がやってくるのを待った。

そして、書斎の会話を聞き漏らすまいと、頭をわずかに持ち上げた。


「いつ警察を呼んだんだ」

「君が来る直前だよ。もう来てもおかしくないのだが、少し遅れてるようだね」

「この部屋にスマホはないじゃないか。どうやって呼んだ？」

「たまたま香苗が来ていてね――君がXだという話をしたら随分と驚いていたよ。それで、すぐに警察を呼ぶように伝えたのだ」

「――香苗？」

「知らないかい。ときどき顔を見せる、ぼくの娘だよ」


あぁ。

そんな。

そんな馬鹿な。

ここまで圧倒的に知的だったのに。

やめて、おじいちゃん。

哀しすぎるよ、そんなの。

お母さんは……

お母さんは！


「親のぼくがいうのもなんだが、香苗は子供の頃からひまわりみたいに明るい子でね――人前で歌うのが大好きなんだ。隣の居間は、今じゃバリアフリーにリフォームしてあるが、昔は和室でね。真ん中を襖《ふすま》で仕切ってあったのだが、親戚が集まると、いつの間にか香苗は襖の向こう側に隠れているんだよ。香苗は襖越しにぼくにささやく。『おとうさん、ここだよ。ふすま、ゆっくりあけて』とね。やがて襖の向こうのカセットデッキから、演歌のイントロが流れ始める。ぼくは襖を緞帳のようにゆっくりと開けながらいうんだ。——皆さまお待たせいたしました、五歳の香苗が切々と、おんなごころを歌います、『津軽海峡・冬景色』。香苗の歌に親戚は皆やんやの大喝采でね、あはは。いったい何回、緞帳係をやらされたことだろう。なぜか歌は決まって『津軽海峡・冬景色』なんだ。だから香苗が結婚したときも、もちろん彼女はあの歌を……いや、式で歌ったのかどうかは覚えてないな。はて、どうしたっけか。ん？　どうしたね、妙な顔をして」

「笑っているんですよ」

「なぜだね」

「なぜだねじゃないでしょう、こんなの笑わずにいられませんよ。実はこのゲームは最初から私の勝ちが決まっていたからです」

「君、なにをいっている」

「惜しかったですね、碑文谷さん。キレ者のように見えても、あなたはやっぱりただのボケジジイですよ」

「ボケ、ジジイ……」

「論理的なのをご自慢にされておられるようだから、このさい論理的に反駁《はんばく》しましょうか。そこに貼られてある緊急連絡先のメモに楓先生の連絡先が書かれてあるのに気付いたのはさすがです。ならば訊きましょう。どうしてそこに香苗さんの連絡先が書かれてないいんですかね。あなたの娘でしょう。しょっちゅうこの家に顔を見せているんでしょう。なのになぜ大事な娘の連絡先がないんですか。え、どうです。ヘアブラシに指紋がないことよりもよほど不思議じゃありませんか」

「それは気付かなかった」

「発音練習のとき、私が鎌を掛けたのをお忘れですかね。私はこういった――〝どなたかとお喋りでもされましたか〟とね。するとあなたは、〝そういうわけでもないのだがね〟と、答えをはぐらかしました。でもね――私は、この部屋に入って来る直前に、あなたが〝もはや実在しない誰か〟と話し込んでいたのをはっきりと耳にしていたんです。あなたはこともあろうに、娘の幻に向かって警察を呼んでくれと頼んでいたんですよ。いや、笑えるね」

「ちょっと待て――。うむ、認めたくはないが、ぼくが香苗の幻視と話していたという事象は可能性としてはあり得なくはない。だがね、〝もはや実在しない〟というのは違うだろう。事実、娘の香苗は明確にこの世に存在するじゃないか」

「だめだ、腹が痛い、あはは。ちょっとあんたね、もう勘弁してもらえませんかね。なにしろここまで芝居を続けていて、笑いをこらえるのに必死だったんですから」

「――どういうことだ」

「この際はっきり教えてあげましょう。香苗という人間はそもそももうこの世にいません。二十七年前の結婚式の日、私がこの手で香苗を殺したんです。あのひどい裏切り女をね……だから残念ながら、警察は来ません」

楓は声にならない叫び声をあげた。

（おかあさぁん！）

そして――

失神しそうな自分を叱咤《しった》するために、また叫んだ。

（おとうさぁん！）

同時に書斎から、だん、という不吉な音が響いてきた。

祖父の腕が肘掛けから外れ、壁に体をぶつけたのだろう。

楓は我を忘れて、ガムテープに遮られたわずかな空間の中で叫び続けた。

（おかあさぁん！）

（おとうさぁん！）

（犯人が……犯人が、ここにいるよ！）

「おっとふらつくなよ。こっちの話も聞いてもらわないとゲームが終わらないじゃないですか。あと、最近、香苗そっくりになってきた楓のことですけど……あぁいうのを生き写しっていうんでしょうね。あそこまで似てくると私だって自分を制御できませんよ。そう、憎しみさえ覚えますね。つまり悪いのはすべて楓ってわけです。あ、呼び捨てにしてごめんなさいね。でもまぁ結婚相手なんで許してくださいよ。え、なんだって。聞こえないなぁ……あなた、ゲームに負けたとたん、急に萎《しぼ》んじゃったね。ん。今の楓はどこにいる、だって。はい、お答えしましょう。楓なら今まさに隣の部屋で、気を失ったまま転がっていますよ。あいつさえおとなしくしてくれていれば大切にするつもりです。なにしろ私のことを結局は愛しているんでね。まぁ安心して先に死んでくださいよ、碑文谷さん」

ぱちん、ぱちん。

また手袋を鳴らす音が聞こえてきた。

あまりの怒りに涙さえ出てこない。

許さない。

許せない。

あの男を――

トイレの緊急連絡ボタンを押す余裕はもはやなさそうだった。

ここはもう一か八か、大声で助けを求めるよりほかはない。

楓は、わずかに緩んだ猿ぐつわの隙間から舌を伸ばし、また懸命にガムテープを剝がし始めた。


「さ、もう一度、発声練習です。これはあくまで言語リハビリですから、あなたの口のまわりに手袋痕が付いていたところで誰もなんとも思わないでしょうね。まずは両方の口角から私のひと差し指が入ります……はい、準備ＯＫです。では、まいりましょう。『あーえーいーうー、えーおーあーおー』。どうしました、お声が出ていませんよ。では、言葉を変えてみましょう。『かーなーえー、かーなーえー』。おや、これもだめですか。さっきの元気はどこにいっちゃったんですか。では、また言葉を変えてみましょう。『かーえーでー、かーえーでー』……あれれ、すっかり調子が悪くなっちゃいましたね。じゃあ、お喉のマッサージに移らせていただきましょうか。あーあ、涎《よだれ》だらけだ……手袋、替えますね」

ぱちん、ぱちん。

楓の上唇の右側部分を覆っていたガムテープの一部が——

ようやく剝がれそうだ。

もうすこし。

あと、もうすこし——

ぱちん、ぱちん。

ぱっちん。


「では、お喉のほう失礼します。おやおや……さっき揉んだばかりなのに、もう凝っちゃってますね。少しだけ力を入れますが我慢なさってください。なぁに——ほんの一瞬です」


テープの一部が剝がれた。

楓はわずかな隙間からおもいきり息を吸い込んで、叫んだ。

「誰か、たすけ——」

そのとき、温かい指の感触が楓の口をそっと縦にふさいだ。

「静かに、楓先生。四季です」

目隠しが取られると同時に、柔らかい長い髪が、楓の頬をくすぐった。

「し、四季くん！　お、おじいちゃんが――」

「あっちは大丈夫ですよ。あなたのおじいさんを見くびっちゃいけません」


どぉん、と体が倒れた音が響き――

すぐに書斎のほうから、ひぃ、というXの悲鳴が聞こえた。

「い、痛い。腕が……腕が折れる！」

「ヴィクトリア朝の英国で流行した日本の柔術だよ。ホームズは〝バリツ〟と呼んでいたそうだがね――彼がこの〝腕がらみ〟を会得していたかどうかはさだかではない」

「ジジイやめろっ。あとで泣きをみるぞっ」

「逃れようとしても無駄だ、完全に極《き》まっているからな。今日のように体調がいい日は、昔とった杵柄《きねづか》が役に立つ。それに実は最近、理学療法士――ソフトクリーム屋さんを相手に腕相撲などもやっているのだよ。もちろん彼は手加減してくれているのだが、この間などは初めてぼくが勝ってしまってね。随分と悔しがっていたものさ」

そうか――
今なら分かる。

ソフトクリーム屋さんが書斎を出ていくときに一瞬見せた、敵意にも似た目線――なんてことはない。

あの目の色は、祖父に負けた悔しさが思わず滲み出たものだったのだ。

「能書きはいいから離せっ……殺されたいのかっ」

「あがけばあがくほど苦しいぞ。さて、岩田先生。首尾はどうかな」

窓が派手に割れる音と同時に、岩田の声がした。

「はい！　すべて録音できましたっ」

「うむ。高性能のＩＣレコーダーの使い方とは、かくありたいものだね」

四季があーあ、と髪の毛をかきあげた。

「玄関からでいいっていったのに」

Ｘの声は、嘆願調に変わっていた。

「た、頼む。やめてくれ」

「そうはいかん。まずはしっかりと、ぼくの説明を聞いてくれないことにはね」

祖父の声は、腕を逆手に取り続けているとは思えないほどに力強かった。

「ぼくも、香苗が幻視の産物かもしれないとの疑念は持っていた。そこで楓が来るたび『今日も香苗とは入れ違いだったよ』などと声を掛けてその表情を窺っていたのだが……無理に笑っている彼女を見て、やはり――と思った。そうなると、緊急連絡先に香苗の電話番号がないという事実は、恐ろしい過去を示唆していることになる。さらにもっと想像を広がらせるならば、Xは二代続けて〝たんぽぽ娘〟をストーキングしていた、という可能性も否定できなくなってくる。だがね……やはり人間とは弱い生き物だよ」

「ウダウダうるせぇな。いいから離せっ」

「今日もぼくは、いつものように香苗が来てくれると思っていた。そして実際に現れた彼女に警察を呼んでくれるよう頼んだときには、これで落着だ、との思いを捨てきれなかった。哀しいことではあるが彼女が幻視である可能性を考えて、四季くんと岩田先生にも来てくれるようにお願いしていたのだがね。どうやら香苗が実在するかどうかの問題については」

祖父が一瞬だけ、言葉に詰まった。

そこにはほんの少しだけ、涙の気配があった。

「実在するかどうかの問題については、議論の余地はなさそうだ。さて――ぼくには今、ふたつの物語のどちらかを紡ぐ権利がゆだねられている。ひとつめは――君の腕をこの場でへし折る、という物語だ」

「物語？　なにを気取ってんだジジイ。やれるもんならやってみろ」

Xが苦しそうな声色のまま、虚勢を張った。

だが、まるで祖父の耳には入っていないようだった。

「そしてもうひとつは——意志の力で、恨みには流されないという物語だ。ただでさえぼくの知性は、日一日と失われつつあるのだ。君の腕を折ったら……それはもう、ぼくではない」

祖父は、毅然とした口調でいった。

「ぼくには、折れない——」

そして、迷いのない声で続けた。

「ぼくは、折らない」


なんて。

なんて強い人なのだろう。

祖父は強靭《きょうじん》な意志の力で、私怨を彼方に——

紫煙の彼方に、追いやったのだった。


一瞬、祖父の力が抜けたのか、どん、とXが体を跳ね返すような気配があった。

書斎に飛び込もうとしたのか、四季が腰を浮かせた。

だが——

Xがまた、ひい、と叫んだ。

「い、痛い。今度はアンタか、やめろ。俺はとっくに還暦を過ぎているんだぞ」

どうやら岩田がXを殴っているようだった。

「どの口がいってんだ」

岩田の声——殴りながら泣いているようだ。

「これは、おじいさんのぶんだっ」

「助けてくれ」

「そしてこれは——これは、俺が大好きな人のぶんだっ」

岩田先生——

(いわた、せんせい)

ややあって四季が、書斎の元キャッチャーに向かって声を投げ入れた。

「先輩、そこまで。一般人にも逮捕権がありますが、それ以上やると暴行罪に問われますよ」

やがて——

響いてきたパトカーと救急車のサイレンが、ゲームの終わりを告げた。

Xは観念しつつも、なにやら呪詛《じゅそ》の言葉を吐き続けていた。

そのときだった。


「香苗」

さっきまでとはまるでトーンが違う優しい祖父の声が、書斎から漏れ聞こえてきた。

「反対したぼくが悪かった。もういいから、ふたりとも頭を上げてくれないか」

どうやら、昔の想い出を重ねた幻視を見ているようだった。

「君のほうはお酒がいける口らしいね。そうだ、新婚旅行で買ったベーカー街のスコッチがあるんだよ。なぁ、とっておきのあれ……どこだっけかなぁ」

祖父の声音が、いっそう優しくなった。

楓は、すぐに気付いた。

今、祖父の目の前には――

若い頃の両親だけではなく、祖母もいるのだと。

「いや、ぼくが持ってくるから立たんでいい。割り方にも絶妙のコツってものがあるのだよ。あはは、その顔はなんだね。喧嘩なんかするわけないだろう。愛し合っているふたりを引き離す権利なんてぼくにはないよ。だいたい、ぼくらが結婚するときだって……最初は反対されたじゃないか」

それは、楓も初めて耳にする話だった。

6

ベッドで目覚めた楓に、四季がどきりとするほど顔を近付けた。

「少しは眠れましたか」

人をほっとさせずにはおかない子供のような笑顔だ。

「念のため今夜だけは入院してくださいってことです」

「おじいちゃんは？」

「隣の病室でぐっすりと寝てますよ。疲れただろうなぁ」

バイタル計の規則的な音だけが部屋に鳴り響く。

夜の救急病棟は、まるで人気《ひとけ》がないようだった。

「岩田先生は大丈夫？」

四季は小声でささやいた。

「証言するために警察に行ってます。最近あの人、ほんと警察づいてますね」

楓は両腕を布団から出し、伸びをしてから頭を白い枕にぽん、と預けた。

「ねぇ、四季くん――教えてほしいんだけど」

「なんですか」

「どうしてふたりは私の居場所を知っていたの？」

四季は鼻の頭をかいた。

「河川敷で、誰かが楓先生をじっと見てたでしょ。あれから先輩と相談しましてね――おじいさんとも会って話し合った上で、平日は僕、週末は先輩って感じで、なるべく時間を見つけては楓先生のことを警護するようにしてたんですよ」

「じゃあ最近、尾けられてる気配をいっそう強く感じてたのは――」

「むしろ僕たちのせいだったかもしれません。でも僕は以前に刑事ものの芝居を打ったとき尾行の練習は散々やったんで、バレない自信はありました。もしも尾行を気取られていたなら、先輩のせいだと思いますけどね」

四季は低く笑った。

「昨日も碑文谷から弘明寺までは僕が警護してたんですけど――その前にあいつはブーケを置いていってたんですね」

救急病棟の静寂に、救急車のサイレンが割り込んだ。

その音が鳴り止むやいなや、今度はストレッチャーを運ぶ音や、人々が慌ただしく廊下を走っていく音が響いてくる。

僕はね、楓先生――と、真顔になって四季がいった。

「あぁいった医療に向き合う仕事はもちろんのこと、先輩や楓先生のような教職――あるいは介護職のことを本気で聖職だと思っているんです。これは、僕が役者という虚業を生業《なりわい》としているからかもしれませんが、心の底から尊敬しているんです。だからといって卑下してるわけじゃないですよ。人それぞれに役割があるんだろうな、と思っているんですけどね」

「うん」

「だからこそこんな事件は残念で仕方ないし、妙な違和感があったんですよ」

四季は、まだ喧騒がやまないドアの外に優しい目線を送ってから、楓を見た。

「でね――ケアマネージャーさんやヘルパーさんたちに、聞き込みめいたことをしてみたんです。すると、実に興味深い事実が分かりました。彼は、言語聴覚士になりすましていたんですよ」

「えっ」

介護を要する高齢者の自宅介護をスタートさせる場合、ケアマネージャーがチーフとなり、理学療法士や言語聴覚士、そしてヘルパーたち全員で介護体制を取りまとめてひとつのチームを作ることとなる。

だが、意外と知られていないことには、彼らはそれぞれ別々の事業所に所属しているのが通例であり、要介護者の自宅で会うまで面識がまるでない、というケースも多く、メンバーが頻繁に入れ替わることもけして珍しくないのだという。

「奴はその盲点をついたんです。まずは本物の言語聴覚士の事業所におじいさんの声色を使い電話を掛け、費用がかさむのでリハビリはもう結構です、などと伝える――そして、前任者が急に移動になったので今日から私が担当します、というような理屈を付けて碑文谷に乗り込んで来たんです。当然ながら、ケアマネージャーさんの自宅訪問《モニタリング》と自分の担当時間がカチ合うことだけはないように、細心の注意を払っていたようです。でも、この程度の偽装工作ならばすぐさま発覚していたことでしょう。狡猾なあいつはね――ケアマネージャーさんの事業所に、捏造した給付管理書類《レセプト》を定期的にＦＡＸしていたんです。あたかも本来の言語聴覚士用のそれであるかのようにね」

楓は枕の隅をぎゅっと握り、病室の窓の外を見た。
無数の夜の灯りのもと——
彼らは今、どんなことを考えながら過ごしているのだろう。
いつの時代も常人では考え付かないような醜い奸計《かんけい》を巡らせる人間は存在する。
それよりも祖父が見る幻視のほうが、よほど美しい光景なのかもしれなかった。

7

初めてあなたの写真を撮った
あなたは気付いてないでしょう
私とあなたの〝ツーショット〟
あなたは気付いてないでしょう

丸みを帯びた太い文字に癒やされる。
（これはエコー写真のことね）
楓は、いつも肌身離さず持ち歩いていて、ちらりとでも読むたび心が落ち着くその小さなダイアリーを、そっと閉じた。

表紙には、祖父譲りの達筆な母の字で『香苗よりおなかの中のあなたへ』と書かれていた。

柔らかい日差しを浴びながら、父が植えた庭のソメイヨシノの芽がほころびかけている。

縁側の祖父が誇らしげにいった。

「きのう香苗が来たんだがね。ここの桜のほうが御鎮守様の桜より先に咲くんだぞ、といったら喜んでいたよ」

並んで座っている楓は、安堵の涙がこぼれそうになるのをぐっとこらえた。

自己防衛本能が働くせいか、負の記憶は消えやすいというのは本当のようだ。

祖父の場合も、今回の事件の概要は事細かく覚えているのに、母の死についての記憶だけは完全に欠落しているようであり、母が警察を呼んでくれたと思い込んでいるようなのだ。

いや——

と楓は自問自答する。

祖父はすべて分かっていながらも楓に心配をかけまいと、思い込んでいる〝ふり〟をしているのかもしれなかった。

楓は幾筋もの皺が柔らかいカーブを描く祖父の横顔をそっと見た。

今日の祖父は、すこぶる調子がいい。

贈り物とおぼしきカステラをコーヒーも飲まないまま、もりもりと頬ばっている。

「実は香苗だけじゃなくて、最近、岩田先生がしょっちゅうやってくるんだ」

「えっ」

そんな話はまったく聞いていなかった。

「床に擦りつけんばかりに頭を下げて、ミステリを初歩の初歩から教えてくださいっ、というのだよ。ちょうどそのとき、あの可愛い三人組が本を借りに来てね。『うわっ、ガンちゃん先生！』『なにしてんのー？』なんて笑われて、随分とバツが悪そうな顔をしていたよ。まぁ、まずは彼にはポオから読んでもらっているところなのだがね」

「そうなんだ。じゃあ、そのカステラってもしかして――」

「そう、岩田先生の手土産さ。しかしどうしてぼくが極度の甘党だと知っていたのだろう。持ってくるお菓子のどれもこれもがなぜか強烈に甘いんだ」

祖父はおどけたように片目をつぶってみせた。

「あの男……見かけによらず推理力があるのかもしれない」

楓は瞬間、目を閉じた。

手作りのお菓子がある以上、岩田先生は幻視ではなく、本当に顔を見せにきてくれている。

世界初のミステリ、E・A・ポオの『モルグ街の殺人』を借りるときの岩田の、顔全体をくしゃりとさせる笑顔が目に浮かぶ。

だが、本当のところミステリ講義は口実に過ぎず、実は祖父の体調を本気で心配しているのであり、祖父も当然そのことに気付いている――


(あ、いけない)

岩田たちに思いを馳せるうち、肝心の用事を忘れそうになっていた。

「ちょっとおじいちゃん、これ見てくれる？　差出人不明の手紙なんだけど」

楓は祖父の了解を得てから、丁寧な字で宛名が書かれた封筒の封を切った。

老眼鏡を掛けて封筒を一瞥した祖父は、消印を見ただけで口元をわずかにほころばせた。

「マドンナ先生からだ」

時間をかけて中身を読むと、少しだけ震える手で丹念に手紙を畳む。

「水泳クラブの顧問になったらしいよ。今から夏が来るのが楽しみで仕方ないってさ」

会ったこともないのに、心の底から嬉しい。

どこの島の学校に勤めているのかは、あえて訊かないことにしよう。

「そうだ――」

嬉しいことといえば、もうひとつ。

「さっき、『はる乃』に行ってみたんだけどね。もちろんまだ閉まってるんだけど、常連さんたちの寄せ書きが貼ってあったの。なんだっけな――『女将、待ってるからね』とか、『新しい味の煮込みが今から楽しみだよ』とか、なんかいっぱい書かれてあった」

「そりゃまさにぼくが伝えたいことだ」

祖父は、近所の竹林から飛んできた雀に、カステラのきれっぱしを投げた。

雀はお菓子をついばむと、すぐに『はる乃』の方向へ飛んでいった。

まるで、思いを伝える伝書鳩《でんしょばと》だ。

（伝える――）

楓は、ずっと相談したかったことをいってみようと心に決めた。

「ねぇ、おじいちゃん」

「なんだね」

「わたしね」

今度は、自分でも理屈がつかない涙が頬をつたった。

「わたしね――初めて、好きなひとができちゃったかもしれないんだ」

祖父は、スローモーションのようにゆっくりと相好を崩していった。

それは、ここ何年もみたことがない、とびっきりの笑顔だった。

まるで十歳は若返ったようだ。

「そうか」

ややあって、噛みしめるように、同じ言葉をくりかえした。

「そうか」

祖父は、また桜の芽に目をやった。

「それは大変な難事件じゃないか」

チャーミングな笑みをたたえたまま、高い鼻に指を添える。

「ふたりとも好青年だからね。〝女か虎か？〟――ぼくが楓だったとしても大いに悩むところだよ。でも、そんな大事な話をぼくが聞いてもいいのかい」

「わたしがおじいちゃんに聞いてもらいたいんだ。相談に乗ってもらいたいんだよ」

すると祖父はまた嬉しそうにつぶやいた。

「そうか」

そして――
やはり、あの言葉を口にした。

「楓。煙草を一本くれないか」

本書は、二〇二三年一月に小社より単行本として刊行した『名探偵のままでいて』を文庫化したものです。この物語はフィクションです。作中に同一の名称があった場合でも、実在する人物、団体等とは一切関係ありません。

《参考文献》

小阪憲司『レビー小体型認知症がよくわかる本』講談社（2014）
小阪憲司ほか『知っていますか？　レビー小体型認知症』メディカ出版（2009）
小野賢二郎・三橋昭『麒麟模様の馬を見た　目覚めは瞬間の幻視から』メディア・ケアプラス（2020）
樋口直美『私の脳で起こったこと　レビー小体型認知症からの復活』ブックマン社（2015）
内門大丈『レビー小体型認知症　正しい基礎知識とケア』池田書店（2020）
山田正仁ほか『レビー小体型認知症　診療ハンドブック』フジメディカル出版（2019）
瀬戸川猛資『夜明けの睡魔　海外ミステリの新しい波』早川書房（1987）
瀬戸川猛資『夢想の研究　活字と映像の想像力』早川書房（1993）
瀬戸川猛資『シネマ免許皆伝』新書館（1998）

〈解説〉
父と病と名作への思いがこめられた優しく上質なミステリー

瀧井朝世（ライター）

小学校の教師の孫娘、楓《かえで》が謎を持ち込み、元校長の祖父が名推理を披露する連作集。オーソドックスな安楽椅子探偵ものだが、ユニークな点がひとつ。探偵役の祖父はレビー小体型認知症なのだ。この認知症の特徴として幻視があるそうで、彼は幻視を通して謎を解決していく。謎解きは硬派、読み心地は優しく温かい小西マサテルの『名探偵のままでいて』は二〇二二年に第二十一回『このミステリーがすごい！』大賞の大賞を受賞した、著者のデビュー作である（応募時のタイトルは『物語は紫煙の彼方に』）。

祖父が早稲田《わせだ》大学のワセダミステリクラブ出身、楓も相当なミステリーマニアという設定ということもあり、作中にさまざまな先行する作家や作品への言及がある。そこで大まかな内容や特徴も説明されているので、各作品についてここでは触れない（触れていたら紙幅が足りない）。少しだけ加えておけば、マニアックすぎないところに著者の配慮がうかがえ、大半が海外ミステリー好きなら必ず知っている名作なので、未読の方は本書をブックガイドとして活用するのも方法だろう。著者も相当な海外ミステリー好きで、ご本人にうかがったところ、祖父の人物造形は好きだった海外の名探偵や名刑事のキャラクターを醸成させたものだという。そうした要素を考えると、本作は『このミステリーがすごい！』大賞というより鮎川哲也《あゆかわてつや》賞に適した作品なのでは、と思われる方もいるかもしれないが、実は本作、鮎川賞に応募した原稿を大幅に改稿したものだそうだ（改稿が施されていること、応募時期が重なっていないことから、応募規定としてまったく問題はない）。

全篇を通して安楽椅子探偵ものという枠組みは一貫しているが、各章で扱う謎の種類はさまざまだ。日常の謎、広義の密室殺人、人間消失……。ウィリアム・アイリッシュの『幻の女』や萩尾望都《はぎおもと》のコミック『11人いる！』といった特定の作品へのオマージュと受け取れるものもある。第一章のシンプルな謎から始めて、秘密裡《ひみつり》に進行していた不穏な事態を少しずつ表面化させ、最終章はサスペンスにしたうえで、とある仕掛けを用意して盛り上げ、真相では「あの時のあれはこうだったのか」と伏線回収的な驚きも味わわせてくれる構成が巧み。リドル・ストーリーの話題を絡ませたうえでの着地のさせ方も美しい。デビュー作ながら熟練の味を感じさせるのは、著者自身のミステリーへの造詣の深さと、放送作家として人を楽しませることを生業《なりわい》としてきた経験が大きいのかもしれない。

会話が楽しいのも本作の魅力だ。祖父と楓が推理を重ねていくシーンでは、その内容はもちろん、まず祖父が楓に真相についての「物語」＝「仮説」をいくつか披露させ、祖父がそれ以外の「物語X」を披露するのがお決まりのパターン。そこからまた二転三転していくので、多重推理ものの醍醐味《だいごみ》もある。楓と同僚教師の岩田《いわた》、岩田の後輩の四季《しき》の三人のテンポのよいやりとりも楽しい。楓と、アンチミステリー派のようで実は古典的ミステリーもがっつり読み込んでいる四季とのミステリ談議、底抜けに明るい岩田のボケた発言とそれに対するツッコミ（「僕って〜じゃないですか」「初耳ですけど」が定番化していて、もはや本人たちも楽しんでいるのではないかと思わせる）。

ちなみに祖父の暮らす碑文谷《ひもんや》は東京目黒《めぐろ》区で最寄駅は学芸大学《がくげいだい》。楓の暮らす弘明寺《ぐみょうじ》は京浜《けいひん》急行沿線にあり、住所でいえば神奈川県横浜《よこはま》市となる。電車でだいたい一時間弱、ドアトゥドアだともう少しかかると考えると、祖父と孫それぞれの住居は決して遠くはないが、日常生活の中で気軽に行き来できる距離ではない。その距離感が、離れて暮らす祖父に抱く楓の心配や不安に説得力を持たせるうえ、それでも頻繁に祖父を訪ねる様子から彼女の祖父への愛情深さも伝わってくる。

祖父と楓には、辛《つら》い過去がある。そのために恋愛からも距離を置き、地味な服装しかできなくなっている楓の心の成長でも読ませる。彼女に生きづらさを忘れされてくれるのが教師の仕事であり、ミステリー小説であり、祖父との謎解きの時間であり、そしてひょんなことから生まれた岩田と四季との三人の交流なのだ。ただしこれは三角関係の予感しかなく、読者はその行方も気になるところだろう。

聡明《そうめい》だった祖父がレビー小体型認知症になったという家族の寂しさ、認知症の特徴である幻視を通しての推理、さらには彼が認知症だからこそのハラハラさせる展開など、病を上手に物語に絡めている点も特徴的。このあまり知られていないタイプの認知症についての情報も分かりやすく盛り込まれており、単に個性的なキャラクターを生み出すために安易に設定したものではないと感じられる。実は著者は、数年前にレビー小体型認知症だった父親を誤《ご》嚥《えん》性肺炎で看取ったという。それが本作が生まれる大きなきっかけだった。

小西マサテル氏は一九六五年香川県高松《たかまつ》市生まれ。長年放送作家として活躍しており、ラジオ番組「ナインティナインのオールナイトニッポン」などを手掛けている。やはり幼い頃からミステリーが好きだったそうで、ウィリアム・アイリッシュ（別名義：コーネル・ウールリッチ）、アガサ・クリスティー、Ｅ・Ｓ・ガードナー、セバスチアン・ジャプリゾ、イアン・フレミングらの作品に親しんできたという。ただし小さい頃の将来の夢はミステリー作家でも放送作家でもなく、〝名探偵〟。地元の探偵事務所に電話して「少年探偵団に入れてください」と頼んだこともあったのだとか。

高校ではミステリー研究会に入りたかったが存在しなかったためオリエンテーションで各部活をまわっていたところ、落語研究会で爆笑をさらっている上級生を見かける。それがのちにウッチャンナンチャンとして人気を博す南原清隆《なんばらきよたか》さんだった。落語とミステリーは発端の意外性、中盤の急展開、綺麗《きれい》なオチという構造が似ていると感じて落研に入会、高校時代は落語とミステリー漬けで、この時期に自分で探偵ものを書いたこともあった。卒業後は東京の大学に進学。折しも漫才がブームとなっており、小西さんも友人とコンビを組んでオーディション番組「お笑いスター誕生!!」に出演して受かり、芸人として活動を開始。だが大学卒業と同時に相方が就職してコンビを解消せざるを得なくなってしまう。その時、世話になっていたコント赤信号の渡辺正行《わたなべまさゆき》さんに呼ばれ、彼のラジオ番組の放送作家となり、現在に至るという。

漫画のノベライズを手掛けたことはあったが、本腰を入れてミステリー小説を書いたのは本作がはじめてだという。なぜそれまで書こうとしなかったのかというと、「放送作家をやっていると駄文でもお金になる。文学賞に挑戦するとなると99・9%、それは一銭にもならない。それでなかなか踏ん切りがつかなかったんです」とはご本人の弁。では、なぜ書いて応募する気になったのか。理由はふたつ。刊行当時にご本人にインタビューしたので、その際のコメントを引こう。

「一番大きかったのは、ある元ディレクターの存在です。現在ニッポン放送プロジェクトの常務取締役の方で、昔一緒にラジオ番組を担当したことがあるんです。まさにラジオマンという印象の方ですが、志駕晃《しがあきら》というペンネームで『このミス』大賞の隠し玉として『スマホを落としただけなのに』でデビューして、大ヒットした。読んだら本当に面白くて、傑作だと思いました。それで自分の中で、ふつふつとミステリー熱がわきあがってきたんです」

もうひとつの理由は、先にも述べた父親の死だ。彼は五、六年間レビー小体型認知症を患った後、コロナ禍の直前に誤嚥性肺炎で亡くなった。母親は小西さんが中学二年生の時に亡くなっており、長らく二人で生活し、小西さんが大学進学で東京に出て以降、父親はずっと一人暮らしだった。認知症が分かったため最後の四年間ほどは東京に呼び寄せ、自宅の近所の施設に入ってもらっていた。小西さんや家族が足しげく通って会話を交わしていたところ、ドラスティックに良くなったのだとか。

「自分が病気だと理解する、つまり病識ができて本人もすごく楽になったようでした。お薬の配合が父に合ったということもありますが、一番効いたのは、会話だと思います」

第一章で楓が祖父に認知症の自覚があるのか確かめる場面があるが、それも病識の有無の重要性を知っているからこそだろう。小西さんの父親にも幻視の症状があったそうで、作中、祖父が「青い虎が入ってきた」と言ったり、「血まみれの楓がここに倒れている」と言い出したりするエピソードは実体験に基づいている。大事に保管している父親の日記には、毎日のように「無視」と書き込まれている。目の前に青い虎が出てきても「無視」、というわけだ。非常に楽しい人だったそうで、虎の幻視に苦しんでいるなかでも、

「〝これ以上虎が出てきたらもう阪神応援せえへんぞ〟とか、〝巨人ファンやったら兎《うさぎ》だったから、もうちょっと楽やったのにな〟と言って僕や妻を笑わせるんです。最後の二年くらいは幻視もなくなり、頭もしっかりして、それはもう本当に安らかに旅立ちました」

とのこと。実際には、息子としても辛いことや苦しいこと、理不尽に思うことも多かった

はずだ。その体験を優しく上質なミステリーに仕立て上げたのは、冗談ばかり言っていつも人を楽しませていた父親の人柄を尊重する思い、そしてエンターテインメントを通して、まだあまり知られていないこの病気について少しでも多くの人に知ってもらいたいという思いがこめられているからだろう。本作は、過去の名作やその書き手へのオマージュはもちろん、父親への愛と敬意と哀悼の思いも詰まっているのだ。

本作にはすでに続篇『名探偵じゃなくても』（宝島社）も刊行されている。こちらも楓たちがさまざまな謎に遭遇する連作集。岩田と四季との関係がどうなっているのかというと……そちらは読んでからのお楽しみに。

二〇二四年三月

宝島社
文庫

名探偵のままでいて
(めいたんていのままでいて)

2024年4月17日　第1刷発行

著　者　小西マサテル
発行人　関川 誠
発行所　株式会社 宝島社
〒102-8388　東京都千代田区一番町25番地
電話：営業 03(3234)4621／編集 03(3239)0599
https://tkj.jp
印刷・製本　中央精版印刷株式会社

First published 2023 by Takarajimasha, Inc.
ISBN 978-4-299-05298-8

『このミステリーがすごい！』大賞 シリーズ

宝島社文庫

《第22回 文庫グランプリ》

卒業のための犯罪プラン

浅瀬《あさせ》 明《あきら》

木津庭商科大学では、モノや〝単位〟の売買にも使用できる「ポイント」を獲得するため、学生たちがしのぎを削る。突如残り半年で卒業しなければならなくなった2年生の降町《ふるまち》は、不正にポイントを稼ぐ者を摘発する「監査ゼミ」に所属する。ある日、調査対象者から取引を持ち掛けられ……。

定価 790円（税込）